Textilfrei unter Straßenräubern

Für die Lebenden und die Toten,
meine Moni
und für unsere Lilli,
aus meiner Familie my Sister BäBel forever,
und die Verstorbenen:
Vaddern Götz, Mutti Marie und Brother Gerry

Manfred Schloßer

Textilfrei unter Straßenräubern

Abenteuer & Lieben

Roman

Bibliografische Information der Deutschen Nationalbibliothek:
Die Deutsche Nationalbibliothek verzeichnet diese Publikation in der Deutschen Nationalbibliografie; detaillierte bibliografische Daten sind im Internet über dnb.dnb. de abrufbar.

© 2020 Manfred Schloßer
Satz, Umschlaggestaltung, Herstellung und Verlag: BoD – Books on Demand, Norderstedt
ISBN 978-3-7519-4681-0

Inhalt

Über den Autor

Manfred Schloßer, geboren 1951 in Selm, aufgewachsen in Datteln, wohnt seit 1980 in Hagen. Also ein Ruhri durch und durch: nach den Steinkohlen-Städten Selm und Datteln wohnte er einmal in Meschede, im fernen Sauerland. Aber selbst dieser Ort liegt an der Ruhr. Jeden Tag zweimal fuhr er über den Fluss seiner Heimat: einmal von seiner Wohnung zur Arbeit und abends wieder zurück. Danach folgten Wohnungen in der Ruhr-Metropole Dortmund und in seiner neuen Heimatstadt Hagen an der Ruhr, wo man auch heutzutage beim Wandern über den Kaisberg-Pfad noch ein Stück Kohle am Wegesrand finden kann. Er studierte Sozialwissenschaft an der Bochumer Ruhr-Universität, Sozialarbeit an der Hagener Fachhochschule, Sozialpädagogik an der Dortmunder FHS und machte drei Diplome. Zur Belohnung durfte er sein Geld als Leiter eines Abenteuerspielplatzes, eines Jugendzentrums und eines Jugendinformations-Zentrums verdienen und danach in einer Betreuungs-Behörde arbeiten. Mittlerweile im ›Unruhestand‹, hat er noch viel mehr Zeit, seinen verschiedenen sportlichen Aktivitäten und natürlich seiner Leidenschaft fürs gedruckte Wort zu frönen.

Mit dem Reise-Roman ›Textilfrei unter Straßenräubern‹ erscheint 2020 bereits der dreizehnte Danny-Kowalski-Roman.
Die vorherigen zwölf Romane:
›Die sieben Leben eines Fußball-Fans‹, Fußball-Roman 2019
›Es geht eine Leiche auf Reisen‹, Krimi 2018
›Die sieben Jahreszeiten der Musik‹, Musikroman 2017
›Das Ekel von Horstel‹, Krimi, 2017
›Wer andren eine Feder schenkt‹, 2016
›Das Geheimnis um YOG‹TZE‹, Krimi, 2015
›Zeitmaschine STOPP!‹, Öko-Science-Fiction-Story, 2014
›Leidenschaft im Briefkuvert‹, Liebesroman, 2013

›Der Junge, der eine Katze wurde …‹, 2012
›Keine Leiche, keine Kohle…‹, Ruhrgebiets-Krimi, 2011
›Spätzünder, Spaßvögel & Sportskanonen‹, 2009
›Straßnroibas‹, Reise-Roman, 2007

Weitere Informationen im Internet: http://www.petmano.jimdo.com/

Mitreisende

Danny Kowalski, als Traveller durch die Welt
seine Frau Moni reiste gerne mit ihm zusammen
sein Vater Götz war sein Vorbild: Wandervogel und Camper

Amerika: Dannys Freund Achim und seine Jane; Buck, der kalifornische Freund von Achim und Danny; der Dattelner Freund Matthes; Ex-Kollege Florian; Dannys frühere Kolleginnen Cora und Lia; die drei Girls aus Massachusetts MaryLou, Amy und MissLiz

Europa: Dannys Family, Vater Götz, Mutter Marie, Bruder Gerry und Schwester BärBel; Ehefrau Moni; Schulfreund Perry, Brieffreundin Suzanne aus London, Festivalbekannte Ann aus Leeds; die dänischen Schwestern Jytte und Inger-Lise; Paula, Ex-Geliebte aus Datteln; die Holy Flips Laufi und Willem; aus Norwegen Osko, Berit und Sigurd, sowie Kommilitonin Ann-Kathrin; die vier Freunde des Tetraeders, Harry, Achim und Carlos; Cerutti aus Sizilien; der Hagener Musiker und Freund Pedro; die Urlaubsbekannten Karl und Angela aus Bielefeld

Afrika: Dannys Ex-Freundinnen Lydia und Pia; Dannys Frau Moni; sein Onkel Edwin

Asien: Ex-Freundin Nicole; Freund Matthes; Brieffreundin Charlotte aus Teheran; Freund Carlos; in Goa zusammen mit Joss, Corinna und Tim; die Taiwan-Reise mit Ex-Freundin Marina, Lia und Flo; immer wieder nach Thailand mit seiner Frau Moni und ihren Freunden Hanno und Anna aus Bad Zwischenahn

Australien und Südsee: Bruder Gerry; Schulfreund Fritz; die Facebook-Freunde Jacomoon aus Brisbane, ihr Mann Chris und Fatman Tom aus Solingen

Einleitung – The World is round

›Textilfrei unter Straßenräubern‹ …: whow, was für ein Programm …!

Danny erinnerte sich nicht mehr daran, aber es war ein Fakt, dass er bei der Geburt textilfrei war. Er war bei der Geburt nackig. Und beim Tode wird er eines Tages wieder nackig sein. Und wahrscheinlich waren seine Eltern bei seiner Zeugung auch nackig, zumindest die wichtigsten ›Vermehrungs-Werkzeuge‹ dabei waren nackig. Sex, na klar, textilfrei. Das war schon immer elementar, wie schon bei Adam & Eva im Paradies …

… heuer nur noch beim Sex, in der Sauna oder beim FKK.

Von daher zeugt auch Dannys phänomenales Textil-Album davon, dass alle Textilien darin, also T-Shirts, Hemden, Hosen, Sarongs, Decken und Lungis, an irgendeinem Körper fehlen, also irgendwann –irgendwo – irgendwie ausgezogen worden waren …

Tja, und der andere Part, der mit den ›Straßenräubern‹ …!?

Guckstu hier, schon rein historisch: im Mittelalter gab es regelmäßig Postkutschen-Überfälle. Aber auch einsame Fuß-Wanderer oder Reiter waren nie davor sicher, auf ihren Wegen überfallen und ausgeraubt zu werden. Da gab es bestimmt auch immer wieder besonders gefährliche Stellen, wo gezielt Überfälle gemacht wurden: »Im Wald, da sind die Räuber …« heißt es nicht umsonst in einem alten Volkslied. Oder: »Durch diese hohle Gasse wird er kommen«, in Friedrich Schillers Drama ›Wilhelm Tell‹ aus dem 19. Jahrhundert, wo ein Überfall an der erwähnten Engstelle geplant war.

Da hätten sich die Opfer ja wenigstens freuen können, wenn es zufällig Robin Hood im Nottingham Forest gewesen wäre, der sie überfallen hätte. Denn der verteilte angeblich die erbeuteten Kostbarkeiten der ausgeraubten Reichen an die umliegende arme Bevölkerung.

Tja, und dann gab es da die ›legalen‹ Räuber: Zölle und Maut an allen Ecken, der Zehnt für die Kirche, das Lehen oder die Fron für die Fürsten. Jede Menge

Möglichkeiten hatte das Mittelalter zu bieten, es dem armen einfachen Mann schwer zu machen: er schuftete, bis er tot umfiel.

Aber die allgemeine Ausbeutung von Reisenden hat nicht mit der Neuzeit aufgehört. In der heutigen Zeit gibt es die Benzinsteuer an den Staat. Oder sei es nur so etwas Banales wie die Gebühren für die Benutzung von Autobahn-WCs.

Das zieht sich auch in diesem Roman durch die verschiedenen Kapitel und Erdteile, bis hin zu den ›burmesischen Straßenräubern‹, die Danny Kowalski und sein Reisegenosse Carlos in einem thailändischen Reisebus ausraubten: und zwar alles, auch die Kleidung – Textilfrei unter Straßenräubern …

Der Burmese schrie: »Lobbeli, Lobbeli, Lobbeli …!«, also ›robbery‹ für Überfall. Und weiter: »Take off, take off evelything …!«, also ›everything‹: »Ausziehen, alles ausziehen …!«

Danny Kowalski ist wahrscheinlich einer der wenigen West-Europäer, der ein Textil-Album hat …!? Das ist ein Foliant im Format DIN-A-3 mit riesigen Klarsichthüllen, ebenfalls im DIN-A-3-Format. Darin befinden sich T-Shirts, Hemden, Seidenhosen, Lungis, Decken, Sarongs …, halt eine Ansammlung von Textilien aus allen Kontinenten.

Ja, da drin sind sie also gelandet –> in der Textil-Kollektion. Was da drinnen ist, befindet sich nicht mehr an oder auf oder unter Dannys Körper …: der Akt der Textil-Freiheit manifestierte sich jeweils in den Hüllen des Textil-Albums. Hüllenlos in Klarsichthüllen, textilfrei durch Textil-Kollektion.

Das ist ein wahrer Trumm von einer ›Schwarte‹, 4 kg schwer, 45 cm hoch, 36 cm breit und 11 cm dick. Da drin wäre Raum für fünfzig dieser Taschenbücher. Und es passt in kein Bücherregal. Danny hat es sich zu seiner Aufgabe gemacht, diese Monster-Textilienblätter zusammen mit den dazu gehörenden Stories in diesem kleinen handlichen Taschenbuch unterzubringen.

Die Erlebnisse aus diesem Roman mit dem Untertitel ›Abenteuer und Lieben‹ hangeln sich an den Textil-Beiträgen aus dem Textil-Album entlang, nämlich textilfrei und topografisch nach Erdteilen, von West nach Ost. Vom äußersten Westen der kalifornischen Pazifik-Küste, von Sausalito bei San Francisco, 123 ° westliche Länge, bis zum äußersten Osten der Insel Taiwan, früher Formosa, jetzt ROC, die Republic of China, und dort die Ostküste, in Hualien, 122 ° östliche Länge, und wieder ist es der Pazifik, bloß dieses Mal von der anderen

Seite. Und in der Nord-Süd-Achse wagte sich Danny weit über den Polarkreis bei Rovaniemi in Finnland hinaus: ›im Weihnachtsmann-Dorf in Rovaniemi im finnischen Lappland können Sie täglich den Weihnachtsmann treffen sowie den magischen nördlichen Polarkreis überqueren. Rovaniemi ist die offizielle Heimatstadt des Weihnachtsmannes in Lappland.‹ Aber für Danny ging seine damalige Tramp-Reise 1975 noch viel höher nach Norwegen, bis kurz vor das Nordkap, bis Alta bei Tromsö, 70 ° nördlicher Breite. Von dort noch nach Senjahopen auf der Insel Senja, im Europäischen Nordmeer, Nord-Atlantik. Und in südlicher Richtung überquerte er 30 Jahre später sogar den Äquator, um mit seiner Frau Moni 2005 die schöne Insel Mauritius zu entdecken: deren Südspitze liegt im indischen Ozean, ca. auf dem 20 ° südlicher Breite.

Links unten – das Textil-Album, rechts oben: das Titel-Cover der Textil-Kollektion

Danny erreichte also eine West-Ost-Ausdehnung von 245 Längengraden und eine Nord-Süd-Ausdehnung von 90 Breitengraden.

Das wäre beim Ideal einer Erdumrundung mit 360 Längengraden bei ihm immerhin mit 245 ° über 2/3 der Erdumrundung. Es fehlten ihm eigentlich nur die 115 Längengrade, die der Pazifik ausmacht.

Dagegen gibt es in der Ausdehnung vom Nordpol bis zum Südpol 180 Breitengrade, also jeweils 90 vom Äquator in Richtung Nord und Süd. Davon hat er mit 90 Breitengraden immerhin die Hälfte geschafft.

Nicht umsonst fanden auch schon die BeeGees 1967 in ihrem Single-Hit ›World‹, dass die Welt rund ist. Die drei Gebrüder Barry, Robin und Maurice Gibb kamen schließlich aus Australien, also topografisch genau gegenüber von uns Mitteleuropäern. Sie mussten es ja wissen, dass die Erde eine Kugel ist, wenn sie sangen: »Now, I found, that the world is round.«

… nichts ist spannender als die Wahrheit. Deshalb würde ich mir manche dieser Geschichten selber kaum glauben, wenn ich nicht dabei gewesen wäre …

›Abenteuer und Lieben‹ sind dabei die Themen der aufregendsten Erlebnisse aus meinen über 60 Reisetagebüchern, aber auch Fiktionen mit realen Vorlieben und Leidenschaften, wie meine Lieben, Fußball, Schriftsteller und Musiker. Und die modernen Straßenräuber sind mitunter Obrigkeit und Staatsgewalt, Polizei und menschenverachtende Bürokratie, wenn sie sich in Korruption und Ungerechtigkeit üben.

Hagen, im Sommer 2020
Manfred Schloßer

I. Amerika

Der bunte ›Sommer der Liebe‹ in San Francisco mit den fröhlichen Hippies war ja schon in den 60er Jahren. Und während sich die Hippies 1967 in San Francisco, im fernen Kalifornien, selber zelebrierten, staunten Danny und seine Altersgenossen damals nur über den ›Sommer der Liebe‹, wie er verlockend für die schüchternen Provinz-Bubis hieß. Aber woher nehmen und nicht stehlen? Denn bei ihnen in Datteln, Oer-Erkenschwick und Recklinghausen, in ihrer westfälischen Provinz, war von ›Love & Peace‹ nicht die Rede. In Kalifornien versicherte man sich, Blumen im Haar zu tragen, wenn man nach San Francisco kam: »If you›re going to San Francisco, be sure to wear some flowers in your hair«, gab Scott McKenzie die Parole für die Flower-Power-Bewegung bekannt. Dagegen versicherte man sich bei ihnen in Westfalen höchstens, ob zwischen den Blumen im Vorgarten kein Unkraut wuchs …

So währte es noch bis zum Ende der 1970er Jahre, als viele aus Dannys Szene davon träumten, nach Amerika zu reisen: das gelobte Land Kalifornien hatte es ihnen allen angetan. Alle lasen gerne die fortschrittlichen Autoren wie Jack Kerouac von der Beat Generation, Henry Miller, der offen über Sex schrieb, den alten grummelnden Süffelkopf Charles Bukowski, John Steinbeck mit seinen Romanen wie ›Die Straße der Ölsardinen‹* oder Jack Londons Abenteuer-Romane. Aber auch die tollen Hits von The Mamas & the Papas, ›Californian Dreamin‹, von den BeeGees ›Massachusetts‹ oder von Scott McKenzie, ›San Francisco‹ waren in aller Munde, oder besser: Ohren.

So wollte dann 1978 auch Danny mal eine Amerika-Reise starten. Er hatte gespart, und der Zeitpunkt schien günstig, die Planung war punktgenau: ein halbes Jahr Amerika sollte es sein, von Anfang Oktober 1978 bis Ende März 1979.

Und dann wäre fast schon alles auf der ersten Etappe gescheitert. Es war

---

* *John Steinbeck – Die Straße der Ölsardinen, München 1970*

quasi, als Freddie Laker ihn in die High Society einführte. Amerika ist ein Kontinent, den man heutzutage mit dem Flugzeug erreicht. Bis dahin war er noch niemals zuvor geflogen. Aber dass Dannys allererster Flug überhaupt auch gleichzeitig fast sein letzter und dadurch sein Lebensende gewesen wäre, das hätte er sich auf keinen Fall träumen lassen. Und das kam so: ursprünglich wollte er am 5. Oktober 1978 mit Freddie Lakers ›Skytrain‹ vom Londoner Flughafen Gatwick nach Los Angeles fliegen. Dieser Stand-by-Flug war für einen Preis von 350,-- DM äußerst günstig, und er kam auch am selbigen Tag ins Flugzeug hinein. Bei anderen Stand-by-Flügen hätte er einige Tage warten müssen, selbst bei Laker musste man unter Umständen einige Tage Wartezeit in Kauf nehmen. Aber die Linie nach Kalifornien hatte Laker erst kurz vorher eingerichtet, und so war diese Reisemöglichkeit noch relativ unbekannt. Die DC 10 jedenfalls flog mit nur einem Drittel besetzt los. Danny war allein unterwegs und wurde neben eine junge Schweizerin mit langen roten Haaren gesetzt. Sie hieß Vreni, kam aus Zürich und war ebenfalls Alleinreisende. Sie kamen ins Gespräch und waren froh, bei diesem langem Flug jemand zum Plaudern neben sich zu haben. Aber leider hielt der Flieger nur bis etwa Mitte des Atlantiks durch. Es begann mit einigen Wolken-Rempeleien und turbulenten Erschütterungen, bevor sie der ›Tanz der Lüfte‹ verunsicherte. Danny dachte sich: »das muss wohl so sein beim Fliegen,« ohne dass er überhaupt wusste, wie's denn eigentlich zu sein hätte beim Fliegen.

All das geschah während des Bord-Filmes, in dem Robert Redford als ›Downhill-racer‹ skifahrend Gangster und Skihaserln jagte. Als dann nach dem Film die Flugzeug-Rolläden wieder hochgezogen wurden, befand sich seltsamerweise die Sonne – im Gegensatz zum Beginn – auf der anderen Flugzeug-Seite. Nun kam allerdings doch größere Unruhe unter den Passagieren auf: »Was war geschehen? Warum flogen sie wieder zurück?«

Nach allerlei Munkeleien und als die Gerüchteküche fast am Überkochen war, wurden die Passagiere endlich – wenn auch nur zögernd – von der Bordbesatzung unterrichtet: »eine von den drei Turbinen sei ausgefallen.«

Damit war's natürlich mit dem Weiterflug ›Essig‹, und den nächsten Morgen im sonnigen California konnten sie sich alle abschminken. Sie mussten wieder umkehren. Zurück ins herbstlich-trübe London und dabei auch noch um ihr Leben fürchten. Glücklicherweise wusste Danny in diesem Moment überhaupt nichts über die Gefährlichkeit von DC 10-Flugzeugen. Wieviel davon schon abgestürzt waren. Warum gerade Laker mit seinen Billigflügen diese Maschinen so günstig erstanden hatte, oder ähnliche ›Scherze‹ …!?

Danny hielt das für ein ganz spezielles und individuelles Problem seines Flugzeugs. Nach sich endlos hinziehenden Stunden zwischen Hoffen und Bangen schafften sie's gerade noch mit Ach und Krach und einer linksschiefen Notlandung zu ihrem Ausgangspunkt Gatwick zurück. Der Pilot musste bei der Landung kräftig gegenlenken, deshalb setzte die Maschine auch mit einem wilden Ruck wieder auf den sicheren Boden von Mutter Erde auf, was von den Passagieren mit prasselndem Beifall bedacht wurde. »Aber was nun?« Es war mittlerweile Nacht geworden, und Ratlosigkeit machte sich sowohl bei der Laker-Crew, aber noch mehr bei den Passagieren breit. Zu früh wähnten sie sich schon unter Kaliforniens Sonne. Nun saßen sie wieder in Old England herum: mitten in der Nacht und ohne Gepäck, d.h. auch ohne Schlafsack. Aber die Flugfirma ließ sich nicht lumpen. Schließlich stand der gute Ruf auf dem Spiel, und es durfte sich nichts Negatives rum sprechen. Und damit kam die große Wende: seine ›goldene Laker-Serie‹ begann.

Zuerst wurden sie alle mit Bussen nach Brighton gefahren, einem berühmten und mondänem Kurort an der englischen Südküste. Unterwegs wurde ihnen allen ein umfangreiches Abendessen gereicht. In Brighton kaum im Hotel angekommen, servierte man ihnen Drinks nach Wunsch. Das Hotelzimmer erster Klasse überstieg bei weitem seine Fähigkeit, den gesamten Komfort auszunutzen. Nach seinem geheimen Wunsch war es dann tatsächlich mit Blick aufs Meer. Und es hatte die Größe einer ganzen Wohnung, nämlich Schlafzimmer, Wohnzimmer, Badezimmer, und bot an Schikanen einen Balkon an der Promenade mit Meeresblick, Farbfernseher, Telefon und telefonisches Wecken auf Wunsch, Lichtbedienung vom Bett aus, und im Badezimmer neben Wanne und Dusche natürlich ein Bidet.

Hinterher erfuhr er, dass die bescheidene Unterkunft rund 160,- DM pro Nacht gekostet hätte. Natürlich ging es wie alles Übrige auch auf Kosten von Sir Freddie Lakers Company.

Zusätzlich erlebte Danny am nächsten Tag Brighton bei Sonnenschein sehr freundlich, allerdings in einer Umgebung von verkalkten englischen Geldaristokraten à la St. Moritz. Diese Begegnung mit der High Society endete mit einem so reichhaltigen Lunch, dabei soviel Wein, wie er wollte, dass er gar nicht alles auf bekam.

Dann der zweite Versuch. Natürlich saß Danny wieder neben Vreni. Sie hatten ja die selben Sitzplatz-Nummern wie tags zuvor. Und es war dasselbe Flugzeug. Das war leicht daran zu erkennen, dass im Aschenbecher von Vrenis Sitzplatz noch das Kaugummipapier lag, das sie dort am Tag zuvor deponiert hatte. Das war natürlich nicht sonderlich beruhigend, mit derselben Unglücksmaschine wieder in die unsicheren Lüfte zu steigen.

Aber sie wurden wenigstens durch eine gute Aussicht belohnt. Und Erinnerungen wurden in Danny wach, denn sie flogen über die Isle of Wight – remember the Isle of Wight-Festival 1970, über die Black Mountains von Wales und über den Süd-Westen Irlands, wo er 1976 mit Achim herum trampte, den er in einigen Tagen in Kalifornien wiedersehen würde. Dann ging's hoch über die Wolken, wo die ewige Sonne schien. Die Wolken unter ihm sahen aus wie das ewige Eis- und Schneefeld von Grönland oder Alaska. Und immer der Sonne hinterher: neun Stunden Sonnenüberschuss gewann er ihr durch die Zeitverschiebung ab.

Kurze Zwischenlandung in Bangor, Maine: verregneter US-Nordosten. Wegen des Regens sah er von den USA eigentlich kaum etwas, nur ein Stückchen Neufundland und Kanada, den Huron-See, einer der großen Seen, abends die Lichter von Las Vegas, und endlich L.A. in Southern California. Endlich im Land von Sonne, Palmen, Weintrauben, Blumen und Beaches …

Und dann war er dort gelandet, im gelobten Land, California Dreamin‹. Aber er hatte keinen Plan, wie es nun weiter gehen sollte. Immerhin beschlossen die beiden Alleinreisenden Vreni und Danny, erst einmal zusammen zu bleiben. Los Angeles, der Riesen-Moloch mit ständigen Smog-Problemen, lockte ihn nicht gerade dazu, in die Innenstadt, also nach Downtown, zu fahren. Da kam es ihm gerade recht, dass er am Flughafen einen emsigen Deutschen traf, mit dem und mit einem holländischem Pärchen sie den Strand von Santa Monica aufsuchen wollten. Das klang schon eher nach Kalifornien. Also ab ins Taxi und zu Fünft zum Beach. Schlafsäcke hatten sie ja eh alle dabei.

So machten sie dann erst mal die nächsten Tage weiter. Nach Santa Monica kam der Strand von Santa Barbara dran.

Und schließlich der von Monterey. Dort im Norden war es im Oktober schon ziemlich nass-kalt geworden. Als sie sich am nächsten Morgen am Strand umsahen, erblickten sie überall so dunkle Hügel in der Morgendämmerung.

Erst dachten sie sich, dass es angeschwemmte Tangbüschel wären. Doch die bewegten sich plötzlich einer nach dem anderen. Nein, Seelöwen waren das auch nicht.

Sie hatten sich den Strand in dieser Nacht mit anderen Berbern geteilt. Und unter denen war der erste Mugger, also ein echter Straßenräuber, nicht weit. Denn der ihnen nächste der dunklen ›Hügel‹ sprang plötzlich auf, torkelte auf sie zu und schrie: »This is a robbery! Put off your clothes. I take everything.«

Also in etwa: »Ausziehen! Ich nehme alles,« kommentierte er seinen Raubüberfall. Das hatte einen anderen ›Hügel‹ animiert, ebenfalls zu ihnen rüber zu torkeln. Mit schwerer Zunge fragte dieser: »What a huzzle, Buck. What you wanna from these fucking hippies!?«

»Keep cool, Hank. It's only a highway robbery!« schrie Buck, der irre Mugger. Mit vorgehaltener Pistole verlieh er seinem Straßenraub Nachdruck: »First your money. Hurry up!«

Mit zittrigen Händen gab Danny ihm sein ganzes Bargeld, bestehend aus einer Fünf-Dollar-Note und vier 1-$-Scheinen. Den Rest hatten sie glücklicherweise am Abend vorher für Essen und Trinken ausgegeben. Und ihre Traveller-Schecks hatten sie gut versteckt.

Enttäuscht starrte Buck auf die nur neun Dollar. Erzürnt wiederholte er seinen Befehl: »Put off your clothes. I take everything.« Obwohl eigentlich zweifelhaft war, was dieser große klobige Kerl mit der Kleidung des kleinen schlanken Danny anfangen wollte. Vielleicht wollte er sich aber eher an Vrenis entblößtem Körper ergötzen …? Danny zog sein T-Shirt aus und hielt es Buck hin. Dieser Raubüberfall in der Morgendämmerung kostete ihn sein gelbes, selbst gebatiktes, ›California Dreamin‹-Shirt‹.

Nun ja, ›ein bisschen Verlust ist immer‹, besagt schon ein altes Sprichwort.

Dass es nicht schlimmer wurde, hatten sie dem Holländer-Pärchen Piet und Toos zu verdanken. Denn die beiden bogen just in diesem Moment von der Straße runter ab zum Strand und riefen fröhlich und laut: »De Koppie is klar!« Dabei schwenkten sie in jeder Hand einen Coffee-to-go.

Für Buck war ihr Rufen unverständlich, und er glotze sie irritiert an. Aber der irre Berber hielt in seinem Tun inne. Denn er hatte nur sowas Ähnliches wie ›the Cop is coming in car‹ verstanden. Holländisch verstand er ja nicht, wusste also nicht, dass sie ›der Kaffee ist fertig‹ meinten. Was er jedoch zu verstehen glaubte, dass ein Polizist im Auto käme, das gefiel ihm absolut nicht.

Mit einem Polizeiwagen, der ihn womöglich wegschleppen würde, da wollte er absolut nix mit zu tun haben. »Fuck! Fuck! Fuck!« rief er deshalb frustriert.

Auch Hank brüllte nur: »Take the money and run!«

Danny bekam dann aber bei seiner zweiten Kalifornien-Reise, acht Jahre später, genau am 27.09.1986, an seinem 35. Geburtstag, von seiner Reisegefährtin Cora ein neues California-T-Shirt geschenkt, in blau-türkis. Und wie man oben links sieht, hat das es ins Textil-Album geschafft.

Das wurde den beiden Pennern sichtlich alles zuviel. Buck knüllte Dannys T-Shirt und die Dollar-Scheine in einer Hand zusammen, warf seine Pistole in den Sand und suchte schnell das Weite. Hank torkelte ihm hinterher und verstand wieder gar nix. Aber immerhin hatte er die Dollar-Scheine den Besitzer wechseln gesehen. Deshalb erhoffte er sich, davon zusammen mit Buck eine Gallone Wein und einen Flachmann Tequila zu kaufen: »Da hätte sich der ›robbery in the dawn‹ wenigstens doch schon mal gelohnt …«

Danny stand nun ohne Shirt ein wenig textilfrei herum. Vreni hatte während des Überfalls noch keinen Finger gerührt, so verdattert war sie. Vielleicht weil sie als Schweizerin eh langsamer war? Aber als die beiden Holländer zu ihrer Rettung auftauchten, kam endlich wieder Leben in die beiden. Danny klaubte die Pistole aus dem Sand, die sich ziemlich leicht anfühlte. Kein Wunder, sie war aus Plastik. »Mann-Mann-Mann, ne Spielzeug-Pistole.« Damit schnappte er sich das Dingen, rannte zum Meeresufer und schleuderte das blöde Plastikteil in einem hohen Bogen in die Fluten des Pazifiks.

Erleichtert erzählten sie Toos und Piet, was vorgefallen war. Dabei schlürften sie den mitgebrachten heißen Kaffee. Nun ja, sie waren noch mal mit dem Schrecken davon gekommen. Nur die paar Dollars und ein T-Shirt weniger.

So zog Danny ein beruhigendes Resümee: »Besser ein paar Klamotten weg, als die Gesundheit oder gar das Leben …!«

Tja, und sonst: nach Dannys erster Amerika-Reise, die ja sage und schreibe ein ganzes halbes Jahr dauerte, wobei er geradezu sein ›Meisterstück‹ an Reise-Kultur ablieferte, folgten später noch fünf weitere Amerika-Reisen. Dreimal USA, einmal Mexico und viermal Karibik waren seine Reiseziele. Im einzelnen waren es insgesamt 14 Staaten, wobei er 16 verschiedene Inseln besuchte.

Hot, hot, hot, very hot in Death Valley

Wie viele Menschen träumte auch Danny 1978 von großen langen Reisen zu fernen Kontinenten. Aber im Gegensatz zu vielen Menschen setzte er seinen Traum in die Wirklichkeit um. Seine große Lebensreise stand vor ihm. Ein halbes Jahr lang durch Amerika reisen war geplant: California, das gelobte Land; Mexico, faszinierend und fremd; und die Karibik, der Traum vom Überwintern auf einer kleinen unbekannten Insel mit Kokospalmen, Sandstrand und türkisblauen Meer – wer hat ihn noch nicht geträumt?

Das waren die Ideen und Traumziele. Aber viele Fragen schwirrten ihm durch den Kopf, als er diese lange Reise begann: was wird ihm das Leben in der Fremde alles bringen, wenn er ein halbes Jahr durch Amerika unterwegs sein wird?

Nun ja, fürs erste war er jetzt schon mal nicht mehr allein unterwegs. Nachdem sie das Abenteuer mit den Berbern am Strand von Monterey gut überstanden hatten, blieb er bis auf weiteres mit Vreni zusammen, seiner Schweizer Bekanntschaft aus dem Flugzeug. Sie hatte auch massenhaft Zeit, ausreichend Schweizer Franken im Gepäck, und sie verstanden sich ganz gut.

Dannys Freunde Achim und Jane waren schon eher in Kalifornien. Sie hatten sich ein Auto gekauft, ein Oldsmobile. Mit dem wollten sie die ›Neue Welt‹ entdecken. Zusammen mit Vreni und Danny verließen sie Kalifornien im Death Valley. Dort bogen sie Richtung Osten nach Nevada ab. Boah, was war das heiß im Death Valley, so unwahrscheinlich heiß. Sie hatten rasch Visionen von kalten Getränken und erfrischenden Bädern. Besonders als sie einmal anhielten, um sich kalte Erfrischungsgetränke an der Tankstelle Stove-Pipe-Wells mitten in der heißen Wüste zu kaufen. Denn dort hörten und sahen sie hinterm Haus planschende Hotelgäste in einem Swimmingpool. Aber deren Privileg war für ihre Geldbeutel unerschwinglich, und sie fuhren weiter mit trockener Haut durch die knallende Hitze des salzverkrusteten Wüstentals. Das hatte dort teilweise mit minus 86 Meter unter dem Meeresspiegel den tiefsten Punkt der westlichen Hemisphäre aufzuweisen und war entsprechend heiß: bestimmt so circa 40 ° C im Schatten, aber es gab keinen Schatten. Ihre Visionen und ihr Durst nach Abkühlung nahmen schon fast neurotische Formen an, denn die brütende Hitze trocknete ihnen die Kehlen aus. Da sahen sie in der Ferne eine Oase. Jedenfalls erschien es ihnen wie eine Oase, lauter grüne Palmen. »Wenn das mal keine Fata Morgana ist …!?« unkte Achim. Denn der heiße Wunsch, gerade dort im Death Valley ein kühlendes Bad zu nehmen, wurde ihnen zur Traum-Halluzination. Aber es war tatsächlich eine Oase, Furnace Creek. Mitten in der Wüste eine großzügig angelegte Landschaft mit fließendem Wasser und voller Palmenhaine. Und dann auch noch Dattel-Palmen. »Wenn das mal nicht ein gutes Omen ist …!?« dachte sich Danny, »wo doch zwei von uns Vieren aus Datteln kommen.« Sie hielten, sie staunten, sie blieben. Denn es gab da einen Camp-Ground, direkt neben einem Swimmingpool, und das auch noch Ende Oktober alles umsonst, weil die Saison erst am 1. November begann. Dort konnten sie ihr Zelt und Achims

Auto abstellen, nach Herzenslust und solange sie wollten, im Pool schwimmen oder daneben relaxen. Zu essen gab es aus dem Lebensmittel-Laden. Und ab und zu ein gekühltes Bier trinken, und das auch noch recht günstig. Ihre Vision war Wirklichkeit geworden. Es war fast wie im Paradies …

… und dann kam da noch die Sache mit der lauten Musik dazu, mitten in der Wüste. Am Rande der Palmen-Oase hatte sich anscheinend so eine Art Hippie-Kommune angesiedelt. So in etwa wie die aus dem Film ›Easy Rider‹ von 1969, wo Peter Fonda, Dennis Hopper und Jack Nicholson anhielten und orgiastischen Erlebnisse hatten. Na, jedenfalls, von dort aus dem Haus schallte meistens laute Rock-Musik zu ihnen hinüber, und zwar Southern Rock, den sie eh mochten. Und das passte ja auch gut hier in die südliche Wüste: Lynyrd Skynyrd, Marschall Tucker Band, Allman Brothers oder Little Feat röhrten durch die wabernden heißen Hitze-Luftspiegelungen. Danny und Vreni gingen dann auch mal rüber. An dem Haus, das wie eine Tenne aussah, hingen jede Menge Kleiderbügel, an denen Anzieh-Klamotten in der Sonne hingen. Da die beiden von dem kurzen Gang in ihrer Kleidung durch die heiße Luft eh schon total verschwitzt waren, kamen sie dem Vorbild der Kommunarden gerne nach. Sie hängten ihre Kleidung auch auf und standen nur noch in Unterwäsche vor der Tenne. Sie waren also fast nackt, bis auf Dannys bunte Unterhose, und Vreni im weißen BH und Slip. Aber so gingen ja die anderen alle auch rum und bewegten sich träge zur Rockmusik in der Wüste. Fast wie eine riesige Freiluft-FKK-Disco …

Manche liefen nur mit Cowboy-Stiefeln und Unterhose rum, oder die Girls in Plateau-Schuhen und Mini-Bikini. Die Coolsten in Mokassins und Sombreros, dazwischen gar nix und ließen alles frei schwingen. Zwischendurch trafen sie sich immer wieder im oder am Pool des Hauses. Die einen kamen aus dem Wasser raus und zogen sich draußen im Trockenen die Unterwäsche aus, um sie über die Büsche zum Trocknen zu legen. Die anderen gingen gleich nackig in den Swimmingpool …

… das alles ergab eine dichte Atmosphäre, zumal die laute Rockmusik die Luft erfüllte und der ballernde ›Lorenz‹ vom Himmel brannte. Kein Wunder, dass es ihnen nur so dürstete. Sie tranken gierig die gekühlten Six-Packs von Coors oder Budweiser. Manche vergnügten sich auch dadurch, dass sie Flachmänner mit braunem Tequila rum reichten. Danny bevorzugte kühlen Weißwein aus den Halbgallonen-Flaschen der Gebrüder Gallo: »Sag Hallo zu Gallo.« Es waren bestimmt auch schon ein paar Marihuana-Joints durch die Runde weiter gereicht worden. Jedenfalls knisterte die Situation voller prickelnder Erotik dermaßen, dass sich die ersten Pärchen zum Sex am oder hinterm Haus fanden. Singles wurden zu Paaren, und alles artete in eine riesige Freiluft-Orgie aus …

Überwintern in der Karibik

Erst dachten Danny und Vreni, in Kalifornien würde immer die Sonne scheinen. Aber nachdem sie schon gut sechs Wochen rumgereist waren, mit Bus, Auto oder getrampt, zeigte sich auch California auf einmal von der ungemütlichen Seite. Nachdem Achim und Jane zurück nach Old Germany geflogen waren, trampten Danny und Vreni an der südkalifornischen Küste entlang. Da begann es so langsam ab Mitte November, auch dort schon mal zu regnen: »It never rains in Southern California …« … sangen die beiden im Herbst 1978 den Song von Albert Hammond aus den südkalifornischen Lautsprechern gerne mit. Denn unter der Sonne dachten sie, das stimmt schon so. Sie hätten sich das Ende der Zeile besser anhören sollen: »It never rains in Southern California, but if, it pause ….« heißt nämlich: » …aber wenn, dann pisst es!«
    Es regnete dann auch wie aus Eimern, schon zwei Tage lang, es stürmte und hagelte, und es warf Dannys Zelt um. Es wurde ungemütlich in Southern California. Deshalb aßen sie in San Elijo, Pazifik-Küste, nicht weit von San Diego, ausnahmsweise mal innen in einem nahe gelegenen Restaurant. Danach regnete es immer noch so stark, dass sie einfach zwei Fremde fragten, die gerade vor dem Restaurant mit ihrem Auto wegfahren wollten, ob sie sie ein Stück mitnehmen könnten. Sie konnten, brachten sie sogar bis direkt vor sein Zelt. Aber: »oh Schreck!« Das Zelt war weg. Keine Spur davon, nichts übrig gelassen. Die Ranger des San Elijo-State Parks, in dem sie zelteten, hatten es nämlich abgebaut. Denn die dachten, sie wären nicht mehr da, und wollten es so vor Diebstahl schützen. Alles sehr merkwürdig. Jedenfalls schlug Douglas, der Fahrer des Autos, dann vor, einfach das Zelt dort zu lassen. Denn sie würden doch eh nur pitschnass, wenn sie es aufbauten. Stattdessen sollten sie lieber mit ihm und Caroll nach Hause kommen. Das taten sie mit Freuden. Sie wurden von den beiden netten Kaliforniern sogar noch mit Bier und Saft

bewirtet. Danach durften sie ihr Nachtlager auf einem Fell vor dem gemütlich brennenden Kamin aufschlagen. Das war herrlich weich und trocken, und sie schliefen super. Trotz des Angebotes von Douglas und Caroll, ruhig noch wegen der Feuchtigkeit draußen die nächste Nacht auch bei ihnen zu verbringen, lehnten sie dankend ab. Denn das Zelt musste ja versorgt werden.

Das Wetter wurde dann sogar in Kalifornien so ungemütlich, dass sie weiter nach Mexico zogen. Dort wurden sie direkt mit strahlendem Sonnenschein empfangen, und es blieb auch während ihrer Zeit durchgehend warm und trocken. Sie reisten zwei Monate lang kreuz und quer durch dieses faszinierende Land. Mexico: Faszination, aber auch Chaos. Ihre erste Berührung mit Mexico war eine indirekte. Als sie noch bei ihrer mehrwöchigen Tour mit Achim, Jane und deren qualmendem und spotzendem Oldsmobile durch den Südwesten der USA reisten, also durch Kalifornien, Nevada, Utah und Arizona, wollten die beiden alleine einen Abstecher nach Mexico machen. Aber diese Absicht wurde bereits jäh an der Grenze gestoppt. Entweder lag es an ihrem alten Auto mit kalifornischem Nummernschild oder an ihrem Hippie-Aussehen? Jedenfalls durften sie nicht rein. Sauer auf ganz Mexico kamen sie zurück.

Nachdem Achim und Jane zurück nach Europa geflogen waren, versuchten Vreni und Danny es selbst, wenn auch mit einem etwas mulmigen Gefühl im Bauch, nach Mexico einzureisen. Allerdings fuhren sie mit einem Greyhound-Bus. Der mexikanische Zöllner zwischen San Diego, USA, und Tijuana, Mexico, schaute nur einmal kurz und faul in den Bus und winkte ihn weiter. Whupp, sie waren in Mexico: schneller als erwartet. Sie fuhren dann gleich weiter in die nächste Stadt Mexicali, wo sie das große Erwachen traf. Es stellte sich nämlich heraus, dass sie illegal nach Mexico eingewandert waren, da ohne gültigen Einreisestempel. Man wusste ja bei exotischen Bürokraten sowieso nie so recht, wie man bei ihnen dran war. Deshalb wollten sie es auf keinen Fall riskieren, einige Monate illegal durch Mexico zu reisen. Also musste der Stempel her. Nach einigem Fragen und Hin und Her und Anstellen und Drängeln und Rempeln hatten sie dann endlich den begehrten Stempel der Legalität. Ihre Mexico-Reise konnte losgehen.

Eine weitere wichtige topographische Landmarke überquerten sie kurz vor Mazatlan, als sie erstmalig tropischen Boden betraten. Denn dort geht der Tropic of Cancer her, der Wendekreis des Krebses, oder auch als nördlicher Wendekreis bekannt.

Schon noch in Mazatlan warnte sie ein mexikanischer Maler, mit dem sie ins Gespräch gekommen waren, vor seinen eigenen Landsleuten: »Alles Gauner und Ganoven! Also passt schön auf euch auf.«

Um so weiter sie in den Süden von Mexico kamen, und um so weiter sie sich damit vom verderblichen Einfluss der Gringo-Grenze entfernten, desto liebenswürdiger wurde die Mentalität der mexikanischen Urbevölkerung. Besonders bemerkbar machte sich dieser freundliche und friedliche Zug in Oaxaca, der Hauptstadt des gleichnamigen Staates. Der war überwiegend von Indios bewohnt, hier derer vom Stamme der Zatopeken und Mixteken. Aber trotz der erwärmenden Liebenswürdigkeit der mexikanischen Indios kam immer wieder quasi als Kontrast das arrogante und großkotzige Benehmen der mexikanischen Beamten zum Vorschein, die meist übrigens spanischer Herkunft waren.

Ein gutes Beispiel erlebten Danny und Vreni an ihrer eigenen Haut, als sie im Nachtzug von Mexico City nach Oaxaca unterwegs waren. Alles schlief in dem Großraum-Abteil, in dem sie sich nach langem nervenaufreibenden Kämpfen endlich zwei Plätze ergattert hatten. Alle lagen auf den Bänken, vor den Bänken, neben den Bänken, in friedlicher Eintracht. So auch Danny und Vreni. Sie schlief oben auf den Sitzen längs ausgestreckt, er unten auf dem Boden, ebenfalls längs ausgestreckt. Bis der mexikanische Schaffner kam, Danny weckte, und ihm verbot, seine Beine in den Gang hinein ragen zu lassen. Obwohl alle anderen, alles Mexikaner, in diesem Abteil dasselbe wie Danny machten. Sie schliefen ebenfalls auf dem Boden, mit den Beinen in den Gang hinein. Aber nur Danny wurde geweckt. Da konnte der mexikanische Eisenbahn-Beamte es einem Gringo mal so richtig schön zeigen. Danny stand kurz davor, sich auf den fiesen Möpp zu stürzen …: »Grrrzzzhh …!« Er konnte sich gerade noch bremsen. Denn Gewalt war auch keine Lösung.

Bevor sie nach Mexico kamen, und erst recht, als sie durch Mexico reisten, bekamen sie immer wieder die Warnungen zu hören, bloß nicht, auf gar keinen Fall, draußen im Freien zu übernachten. Dort wäre schon jede Menge Übles geschehen. Ganze Familien wurden ausgeraubt, alles weg, Auto oder Trailer weg. Wenn sie Glück hatten, blieb ihnen nur das nackte Leben. Traurig, aber wahr: hier konnte man tatsächlich von ›textilfrei unter Straßenräubern‹ sprechen …

Das war 1978 in Mexico, aber über 40 Jahre später könnte einem so was auch heutzutage, also 2020, schon tagsüber in Dannys Heimatstadt Hagen geschehen, nämlich ausgeraubt zu werden, und nachts sowieso. Dabei ist Hagen noch eine relativ friedliche ungefährliche Stadt, jedenfalls für deutsche Verhältnisse. Dagegen muss Mann oder Frau in gefährlichen Großstädten wie Berlin, Frankfurt, Hamburg, Köln oder gar Essen mit seinen libanesischen Clans jederzeit mit Straßenraub rechnen, tagsüber wie nachts ..: ›the times, they are changing …!‹

Zurück nach Mexico: im Bus von Oaxaca nach Veracruz am Golf von Mexico trafen sie auf Matthes, mit dem Danny sich vorher in Deutschland für Weihnachten in Veracruz verabredet hatte. Mit ihm würden sie bis in die Karibik zusammen bleiben. Dort in Veracruz konnten die drei auf der Plaza de Constitution, wenn auch mit leichter Erschütterung, eine christlich ›gute Tat‹ tun. Es war der 24. Dezember 1978. Im weihnachtlich ›wildem Westen‹ war ein Kanadier mit Frau und zweijährigem Kind von Mexikanern nachts mit Pistolen ausgeraubt worden. Sie hatten nichts mehr, als was sie am Körper hatten. Die Polizei tat natürlich auch nichts. Die junge Familie konnte froh sein, dass sie ihr Leben und ihre körperliche Gesundheit behielten und nur ihr materielles Gut verloren hatten. So gaben die drei der kanadischen Family soviel Geld, damit sie wenigstens nach Mexico City kommen konnten, um dort eine geöffnete Botschaft oder eine American-Express-Bank aufzutun. Denn an den Weihnachtstagen war in Veracruz der ›Arsch ab‹ mit öffentlicher Hilfe.

Sie erlebten am Golf von Mexico, am Küstenstreifen um die Ölhäfen wie Veracruz, Coatzacoalcos (›Kotz-Kotz‹) oder Villahermosa leider reichlichst verschmutztes Meereswasser. Obwohl das noch größere Unglück mit dem aufgebrochenen Bohrloch inmitten des Golf von Mexico erst ein halbes Jahr später passierte. Überall buntschillernde Ölflächen auf dem Wasser. Und die mexikanischen Auto-, LKW- und Busfahrer taten ihr Übriges dazu, wenn sie mit ihren Fahrzeugen am Strand entlang fuhren. Tja, überhaupt traf der Reichtum aus den ›goldenen‹ Ölfunden Mexicos leider nicht das gemeine mexikanische Volk, sondern blieb an einigen wenigen Auserwählten hängen. Die all übliche Korruption tat das ihrige dazu. Und im übrigen hatte die Finanzoberschicht Mexicos ihre Lektion vom reichen, wenn auch verhasstem, kapitalistischen Gringo-Nachbarn USA gut gelernt. Das waren sie schon damals, gute Straßenräuber-Nachbarn bis in die heutige Zeit mit US-Präsident Trump.

Derweil machte den drei Travellern im Mexico zwischen Weihnachten und Silvester die Hitze ziemlich zu schaffen, und sie wurden ziemlich träge. Das musste man sich mal vorstellen. 1978/79, einem der härtesten Winter, fror man sich zu Hause in Deutschland den Arsch ab, während die drei vor der Sonne in den Schatten flüchteten. Obwohl eigentlich Mexico auch noch zur Nordhalbkugel gehört, liegt es halt teilweise in den Tropen.

Dann hatten sie schließlich am ersten Weihnachtstag doch noch richtig einen drauf gemacht. Kaum war Danny von seinem Durchfall genesen, wurden sie von Willi, dem Seemann aus Mülheim an der Ruhr, zum Saufen eingeladen. Der lebte schon seit 22 Jahren nicht mehr in Deutschland und hatte mittlerweile seine Residenz in Costa Rica. Es gab Bacardi-Rum und Fassbier, solange wie sie wollten. Von da an ging es auch mit Danny wieder bergauf.

Silvester hatten sie dann in Coatzacoalcos auf einem deutschen Schiff gefeiert. Vorher am Zocallo hatten sie einen türkischen Seemann von diesem Schiff kennen gelernt, der sie zur Silvester-Feier eingeladen hatte. Welch eine tolle Sache: «nach drei Monaten Reisen endlich mal wieder leckeres deutsches Schwarzbrot und Schwarzwälder Schinken, hhhmmmm ….!» Dazu Sekt bis zum Abwinken. Matthes, Vreni und Danny erlebten mit den Seeleuten eine einmalige Sause in den Tropen. Die drei erfuhren um Mitternacht durch den Bordfunk, dass in Deutschland eine ungewöhnliche Wetterlage eingetreten war. Plötzlich war zwischen Weihnachten und Silvester die Temperatur um 20 ° runter auf eisige Minusgrade gefallen. Danach blieb es dort im heimischen Deutschland bei erst Blitzeis und folgenden hohen Schneefällen monatelang extrem kalt. Hinterher – Jahre später – hörten sie von tagelang eingeschneiten Dörfern in Norddeutschland. Skurril, skurril, denn sie freuten sich derweil über die kühlen Räume im airconditioned Schiff. Denn jedes Mal, wenn sie in dieser Nacht raus an die ›frische‹ Luft gingen, traf sie fast der Schlag, als würden sie gegen eine tropisch schwül-heiße unsichtbare Mauer prallen. Na ja, betrunken wie sie waren, durften sie dann sogar in den Kojen der Seeleute ihren Rausch ausschlafen …

Sie verlebten dann noch zum Ende ihrer Mexico-Reise die schönste Zeit in Mexico überhaupt. Nämlich bei den Mayas auf der Halbinsel Yucatan. Dort speziell gefiel es ihnen besonders gut auf der mexikanischen Karibik-Insel Isla Mujeres, wo sie zwei schöne relaxte Wochen verbrachten. Allerdings endeten die abrupt mit einer Salmonellenvergiftung von Matthes und Danny. Sie mussten deshalb sogar im dortigen Militärkrankenhaus behandelt werden.

Darum fiel es ihnen auch um so leichter, Mexico zu verlassen. Sie wollten ja eh danach die karibischen Inseln erforschen, wo sie gerne bis zum deutschen Frühling überwintern wollten. Es wurde Zeit für sie, weiter zu reisen. Denn die Inselwelt der Karibik lockte.

Nach nun 3 ½ Monaten Reisen durch den Südwesten der USA, also Kalifornien, Arizona, Nevada und Utah, und dann durch Mexiko von Tijuana im Norden an der Baja California bis nach Süden in Oaxaca und Yucatan, teils getrampt, teils mit Eisenbahn oder Bussen, wollten sie endlich in Ruhe in der Karibik relaxen.

Mit einem kleinen Flugzeug flogen sie in einer Höhe von nur wenigen hundert Meter über dem türkisblauen karibischen Meer dahin und schauten dabei dem Piloten über die Schulter bei der Arbeit zu. Dann landeten sie auf dem kleinen Provinzflughafen von St. Kitts.

Der Flieger flog sofort wieder weg, und die drei standen dort als einzige Gäste, wie bestellt und nicht abgeholt. Damals war noch Matthes ihr Begleiter, der dann aber von St. Kitts aus nach Hause flog, während Danny und Vreni mit der Fähre nach Nevis übersetzten. Sie gingen am Flughafen von St. Kitts ins einzig vorhandene Gebäude und sprachen dort einen Schwarzen in Zivilkleidung an. Der saß da locker mit baumelnden Beinen auf nem alten verkratzten Holzpult. Danny fragte: »Gibt es denn hier überhaupt einen Zoll oder so was?«

Er antwortete relaxt: »Ja. Da seid ihr genau richtig hier. Ich bin der Zoll.«

»Aha,« staunten die drei. Sie regelten dann mit ihm die Einreisemodalitäten, bis er auf einmal fragte: »Wo habt ihr denn euer Weiterreise- oder Rückreiseticket?«

»Oh, braucht man denn so was hier?« war Dannys wirklich überraschte Antwort, »das hat uns leider keiner gesagt.«

»Das ist aber schlecht, denn ohne Weiterreise- oder Rückreiseticket kann ich euch hier nicht reinlassen.«

»Aber der Flieger ist doch schon wieder weg. Wo sollen wir denn jetzt hin?« war ihre verzweifelte Frage. Glücklicherweise war er so unbürokratisch wie er aussah, gab ihnen die Einreisestempel, und drin waren sie in St. Kitts. Noch mal gut gegangen.

Wo er gerade so kooperativ war, fragte Danny ihn gleich auch noch, wo man denn hier auf St. Kitts zelten könnte?

»Zelten? Was ist das denn!«, war seine entgeisterte Frage. Umständlich erklärte Danny ihm, was ein Zelt ist und was man damit machen kann.

»Aha«, war seine einzige, aber erstaunte Reaktion. Als Danny ihm dann erklärte, dass sie dafür nur einen einsamen Strand bräuchten, schickte er sie zur Frigate Bay. Dort zelteten sie auch tatsächlich in einem Gebüsch am Strand wild und einsam für 1 ½ Wochen. Es gab ein Restaurant in der Nähe, so dass für Frischwasser und Hygiene gesorgt war. Ansonsten waren ihre einzigen Besucher dort ein paar wilde Affen.

Von den 13 angesteuerten Karibikinseln gefielen Vreni und Danny am besten die beiden ihnen vorher unbekannten Inseln St. Kitts und Nevis. Auf letzterer hatten sie nach viermonatigen Reisen endlich den Traum vom ›Überwintern in der Karibik‹ wahrgemacht. Nach solch einer langen Reise erfuhren sie nämlich eine gewisse Reisemüdigkeit und nahmen nicht mehr alle tollen Eindrücke mit der gebührenden Würdigung wahr. So kam es ihnen sehr gelegen, als sie inmitten der Insel Nevis, im Dorf Fig Tree Village, ein Haus mit Garten fanden. Dort kamen sie an und ›überwinterten‹ für fünf Wochen. Es war fast wie im Paradies. Exotische Früchte im Garten, Palmen an türkisblauen Karibikstränden, fröhliche und lebensfrohe Schwarze und ein einfaches zeitloses Leben. Im Februar war es wieder mal affenheiß, und sie machten sich über den europäischen Winter Gedanken: »Stell dir vor, Vreni, wir flüchten hier vor der Hitze in den Schatten von Kokospalmen, und zu Hause frieren se sich gerade den Arsch ab.« Vreni in ihrem knappen blau geblümten Bikini räkelte sich derweil in eine gemütliche Idealstellung in der Hängematte, aufgespannt zwischen Mango- und Affenbrotbaum, und schlürfte an ihrem Rum-Kokos-Drink. Ja ja, tropische Drinks zum Sonnenuntergang waren ihnen zur Gewohnheit geworden …

Wie alles Schöne ging auch diese Reise zu Ende. Ende März 1979 landeten die beiden nach ihrer karibischen Überwinterung im kühlen Luxemburg. Und was wurde aus dem deutsch-schweizer Paar? Nun ja, ein Paar waren sie nicht gerade, eher eine enge Reise-Zweckgemeinschaft. In Luxemburg trennten sich deshalb ihre Wege. Vreni fuhr zurück nach Zürich, zu Toblerone und Ütli-Berg. Da die beiden nach der Reise noch in Verbindung blieben, erfuhr Danny von Vreni, dass sie zuverlässig wie ein ›Schweizer Uhrwerk‹ eine erfolgreiche Hotelfachfrau am Zürcher See wurde. Und Danny kam mit einem Rucksack voller karibischer Musikinstrumente heim. Dort in Datteln gründete er die Kult-Rockband Søppel, von der auch noch 40 Jahre später in der lokalen Dattelner Presse die Rede sein würde.[*] Nach dem Søppel-Ende zog es Danny noch zu Zeiten der ›Neuen Deutschen Welle‹ 1979 nach Hagen. Obwohl er auch dort eine neue Musikgruppe gründete, wurde er trotzdem kein Popstar, haha …

Aber beide, Vreni wie Danny, hatten nach einem ganzen halben Jahr Dauerreise am Stück für die nächste Zeit überhaupt kein Bedürfnis mehr auf Urlaub. Deshalb gingen sie beide ihre neuen beruflichen Tätigkeiten mit einem großen Elan an. Danny begann damals beim Jugendamt Hagen mit viel Schwung als Jugendzentrumsleiter in Hohenlimburg.

Modder auf Cuba

Das war 1984, als Danny mit Kumpel Florian auf Kuba rumreiste und sie den ›Reinfall Karibik‹ erlebten. Sie wohnten in der Hauptstadt Havanna und unternahmen von dort aus ihre Touren. Havanna, seine umliegenden Strände und auch das Touristenzentrum Varadero liegen ja alle an der Nordküste Kubas, also am Atlantik. Deshalb wollten die beiden auch unbedingt wenigstens einmal zur Südküste Kubas, um dort ein Bad in den Fluten der Karibik zu nehmen. Aber ihr Ausflug zur Karibikküste entpuppte sich im wahrsten Sinne des Wortes als Reinfall.

Dabei fing alles so gut an: sie schafften es sogar von selber, morgens um 06.45 Uhr aufzustehen. Sie fuhren, wie man es ihnen geraten hatte, mit der städtischen Buslinie 174 los. Und durch das Empfehlungsschreiben der Dame von der Bahnhofs-Information vom Tage zuvor wurden sie vom Busfahrer in den Außenbezirken Havannas an der richtigen Station heraus gelassen. Dort sollte ein Überlandbus nach Batabano zur Karibikküste fahren. Bloß wann? Denn sie warteten da bereits eine Stunde. Und es tat sich fast gar nix, außer dass ein Bus in eine andere Richtung fuhr. Aber dafür drängelten sich dort wahre Volksmassen. Sie wollten ihren Plan, die Karibikküste zu besuchen, schon aufgeben, da kam doch noch der Bus nach Batabano. Und oh Wunder: er nahm sie sogar noch mit, obwohl eigentlich schon alle Sitzplätze belegt waren.

[*] *Martina Bialas – ›Mit Mülltüten-Kleidung im Zirkuszelt gerockt‹, Dattelner Morgenpost 25.11.2019*

Nun gut: standen sie halt die 1 ½ Stunden Busfahrt. Bei einem Ticketpreis von umgerechnet 0,25 DM will man ja auch nicht meckern. Dabei war die Entfernung der Kuba-Durchquerung von Nord nach Süd nur 60 km.

So fuhren sie mal wieder übers Land und sahen dabei riesige Tomatenfelder, dann Zuckerrohrplantagen oder Bananenwälder, Kokospalmen-Haine oder einfach grünes Nutz- oder Brachland. In Batabano angekommen, stiegen sie aus dem Bus und irrten etwas in dem Ort herum: wo war nur das Meer? Sie erfrischten sich aber immerhin durch eine leckere Bananen-Mixmilch. Sehr viele Kubaner waren freundlich und zuvorkommend. So hatten sie auch in Batabano Glück, als ihnen ein freundlicher Busfahrer den Hinweis gab, mit einem anderen Bus nach Surgidero de Batabano zu fahren. Denn dort sollten ein Fährhafen und die Küste der Karibik liegen. Von diesem Fährhafen ging es übrigens auch zur ›Isla del Juventud‹, die angeblich die berühmte ›Schatzinsel‹ von Robert Louis Stevenson gewesen sein soll.

Nach Surgidero de Batabano fuhren sie also hin. Aber mit einem erfrischenden Bad in der Karibik wurde es nichts. Dafür überall Docks, Hafengelände und Schlickwasser. Dann wurden sie von einem Hafenarbeiter darauf hingewiesen, dass es wohl weiter östlich einen Strand geben sollte. Frohlockend machten sie sich auf den Weg. Da war es nun, das Meer, der Sandstrand kilometerbreit, keine Menschenseele, nur ein Vogelschwarm auf dem Strand, sonst völlig leer. »Die reinste Idylle,« dachten sie. Bis sie nach einigen 100 Metern immer mehr und mehr in den Sand einsackten. Und dann ging es plötzlich überhaupt nicht mehr weiter, obwohl sie nur noch zehn Meter vom Meer entfernt waren. Aber ein kleiner Bachlauf versperrte ihnen den Weg. Und der Untergrund, auf dem sie gingen, wurde immer glitschiger. Im Anblick der nahen karibischen Küste sprang Danny wild entschlossen über den Bach. Das Ergebnis: er sackte am anderen Bachufer bis zu den Knien in Modder ein, mitsamt der Schuhe, Socken und der halben langen Hose. Florian konnte gerade noch vor dem Sprung stoppen und ging barfuß und mit hochgekrempelter Hose zurück. Dagegen musste Danny aber noch einmal über den Bach zurück springen. Prompt quotschte er noch einmal bis zu den Knien in der Motsche ein. Er sah aus wie ›die Sau‹ und war völlig bedient von der Karibik. Dreckig und stinkend wuschen sie erst mal alles im Meerwasser an der Kaimauer und ließen ihre Klamotten von der Sonne trocknen.

Ganz anders erging es ihm 5 Jahre später auf einer anderen Karibik-Insel, als er mit Lia in der Dominikanischen Republik zu einem Dschungel-Wasserfall wanderte und schlitterte und durch Flüsse watete. Da gab es hinterher ein Santo Domingo-T-Shirt, das es ins Textil-Album schaffte.

Tja, und dann mussten sie ja auch wieder zurück nach Havanna kommen. Aber dieses Mal hatten sie im Gegensatz zum chaotischen Hinweg mächtig Glück. Sie trampten. Und ihr erster Tramp-Lift auf Kuba, ein leerer Reisebus, nahm sie von Batabano bis kurz vor Havanna mit. Von dort aus kamen sie mit einem Linienbus gut weiter. Und das Hervorragende an der Rückfahrt war, dass der Reisebus von der Karibik zur Golfküste eine andere Strecke fuhr, als auf dem Hinweg. Denn da hielten sie ja an jeder Haltestelle an. Der Reisebus fuhr zurück nahezu Luftlinie und nahm dabei total irre Abkürzungen über holprige Feldwege. Und trotzdem kamen sie gut und schnell an. Unterwegs hatten die Dörfer solch klingende Namen wie San Antonio de las Vegas, La Julia, San Felipe, Rancho Boyeros oder Santiago de las Vegas.

Zurück im Hotel in Havanna, ging Danny erst mal in all den dreckigen Kleidungsstücken unter die heiße Dusche. Er wusch mit Seife und Schaum den

modrigen Dreck und das Salz des Schlicks, den Modder des ›Karibik-Aus-
flugs‹, wieder aus den Textilien. Danach die nassen Klamotten ausziehen
und trocknen lassen. Aber da war doch wohl nix mehr fürs Textil-Album
zu retten.

California Dreaming

oder: Dem Tode gerade noch mal von der Schüppe gesprungen

Seine blonde Kollegin Cora und Danny hatten Jahre lang im Jugendzentrum
Hohenlimburg zusammen gearbeitet. Und sie mochten sich auch privat, so
dass sie am liebsten auch mal zusammen in den Urlaub gefahren wären. Aber
sie waren ja die einzigen hauptamtlichen Leiter in ihrem Jugendzentrum, so
dass eine(r) den anderen immer vertreten musste: gemeinsam zu verreisen war
einfach nicht drin. Bis sich ihre beruflichen Wege trennten, womit es endlich
mal klappte. 1986 war ›California Dreaming‹ angesagt, und sie träumten dann
fünf Wochen lang als zwei Freunde zusammen im September/Oktober live in
California, USA.

Erst erlebten sie eine Woche lang zu Fuß San Francisco, sicherlich eine der
schönsten Städte der Welt. Sie fuhren über die Golden Gate Bridge, sahen das
bekannte Haight-Ashbury-Viertel und im Greek-Theater von Berkeley live die
beiden Musikgruppen ›UB 40‹ und die ›Fine Young Cannibals‹. Sie unternahmen eine Fährtour vorbei an Alcatraz bis hinüber nach Sausalito, wo sie die
fantasiereichsten Hausboote bewunderten. Danach liehen sie sich einen blauen
Ford Tempo Automatik bei ›Budget‹ für nur 118 $ pro Woche und bereisten
für die nächsten drei Wochen das südliche Kalifornien: Sacramento; Camping
am Lake Tahoe; Schnee im Yosemite-Nationalpark; ihr südlichster Punkt in
San Diego; Surfer beobachten bei San Clemente, der kalifornischen Riviera;
im strömenden Regen durch Los Angeles: West-Hollywood entpuppte sich
als Penner-Zentrum; Santa Barbara. Sie feierten Dannys 35. Geburtstag am
27.09.1986 in Carpenteria Beach.

Und schließlich Big Sur, wo einst Jack Kerouac und Henry Miller gelebt
hatten. Sie besuchten die Henry Miller-Memorial Library. Da trafen sie Emil
White, einen alten österreichischen Freund von Henry Miller, dem dieser

auch seinen Roman ›Big Sur und die Orangen des Hieronymus Bosch‹ [*] gewidmet hatte.

In Big Sur campten sie idyllisch unter den hohen Nadelbäumen des Redwood-Waldes, Sequoia Sempervirens, die bis zu 100 m hoch werden können. Außer dem Rauschen der riesigen Bäume im Wind war es sonst eine Oase der Stille. Außer wenn sich morgens um 07.00 Uhr plötzlich der Boden unter ihnen bewegte …

…dann war zwar die Welt immer noch in Ordnung, aber die Tiere im Redwood-Wald machten solch einen Radau, als würde ihnen jemand die Federn vom lebendigen Leib reißen. Steller Jay, der Sternhäher oder auch Mountain Blue Bird, so hieß der Raudi. Dazu bombardierte der Wald die beiden mal wieder mit Eicheln, dass es nur so im Unterholz krachte und auf den Boden aufbombte oder manchmal auch auf ihr Zelt aufprallte.

Nachts wurde Danny geweckt, weil ihn etwas leicht in die Seite stupste. »Was will denn Cora jetzt von mir?« dachte er. Aber sie schlief. Dafür hob und senkte sich der Zeltboden, darunter hobelte und knabberte es verdächtig. Da hatte sich doch tatsächlich ein Erdhörnchen einen Gang unter ihr Zelt gewühlt. Und es war auch mit Schlägen von Danny auf den Boden kaum zur Ruhe zu bekommen. Kein Wunder, die Tausende von Erd- und Eichhörnchen fühlten sich in diesem schönen Redwood-Wald mit dem durchfließenden Big Sur River wie die Herrscher der Natur. Überall flitzten sie herum. Einmal ließen sie aus Versehen ihren Frühstückstisch aus den Augen, weil sie am Waschhaus das Campinggeschirr spülen wollten. Als sie wieder kamen, war der reinste ›Krieg der Tiere‹ zugange. Einige Sternhäher hüpften auf dem Holztisch herum und stritten sich um Brot und Käse: »Hack, hack, hack, schon war das halbe Frühstück weg.« Aber gleichzeitig wurden die Häher von oben von einem Trupp Eichhörnchen mit Tannenzapfen bombardiert, weil diese wohl auch schon ein Auge auf die Leberwurst geworfen hatten. Ein wildes Durcheinander aus fliegenden blauen Federn, berstenden Zapfen, Hörnchen, Hähern und Frühstücksresten war das Ergebnis, haha, hihihi …

Als in Big Sur der berüchtigte Nebel aufstieg, fuhren sie runter zur Küste nach Carmel. Dort erlebten sie im Point Lobos State Park lärmende Seelöwen,

---

[*] *Henry Miller – Big Sur und die Orangen des Hieronymus Bosch, Reinbek 1975*

herumstreifende Pelikane und Kormorane und als Höhepunkt einen im Meerwasser schlafenden Seeotter, zwischen Schlingpflanzen verankert.

»Do you see the otter?« fragte sie die Rangerin ganz aufgeregt, als sie ihn Cora und Danny durch ihr Fernglas zeigte. Abgerundet wurde die Naturszenerie durch türkisfarbene Lagunen und schroffe Felsen, die die merkwürdigsten Farbformationen, Muster und Strukturen bildeten.

Das wirkliche Big Sur mit seinen wechselvollen Schönheiten konnten sie jedoch im Julia Pfeiffer Burns State Park genießen. Da gab es raue Klippen, friedliche Strände, rauschende Wasserfälle und gewundene Bäche zwischen Eukalyptus- und Redwood-Bäumen. Sie erlebten den wunderschönen Big Sur Beach State Park mit ›natural bridges‹, weißem Sandstrand zwischen umbrandeten Felsen. Das war wild und romantisch, besonders mit der über dem Horizont des Pazifiks untergehenden Sonne …

Nach diesen beeindruckenden Erlebnissen wollten sie sich was zum Grillen kaufen. Als sie mit dem Leihwagen zum Shop fuhren, hätte sie fast jemand ›getötet‹. Es war schon dunkel. Und ihnen kam in einer Linkskurve ein großer Trailer-Van entgegen. Danny wollte es kaum glauben, als die Hälfte dieses riesigen Fahrzeuges auf seiner Spur direkt auf ihn zu geschossen kam. Im allerletzten Moment konnte er das Steuerrad noch nach rechts reißen und war damit dem Tode gerade noch mal von der Schüppe gesprungen.

»Wohl dem, der einen Handball-Torwart am Steuer hat. Reaktion ist alles …«

Nachdem die konkrete Lebensgefahr durch den von der Fliehkraft außer Kontrolle geratenen Van gebannt war, musste er sein Herz erst mal wieder beruhigen. Sie realisierten, dass sie mit knapper Not dem verhängnisvollen Auffahr-Crash entkommen waren. Denn an dieser Stelle der Küstenstraße von Big Sur ging es rechts steil hoch, während links die Steilküste nahezu senkrecht runter zum Meer abfiel. Mit klopfenden Herzen kauften sie dann ein und grillten sich schließlich jeder einen Cheeseburger und Hamburger über der Glut ihrer Campingplatz-Feuerstelle. Das war nach T-Bone-Steak und Hotdogs die dritte US-amerikanische Spezialität, die sie sich selbst zubereitet hatten. Immer wieder Feuer, Rauch und Qualm. Ein großer Teil von Dannys Kleidung roch schon ganz verräuchert, nach all den vielen Camping-Grillabenden in Big Sur.

Nach dem Essen und bei einer gemütlichen halben Gallone kalifornischen Chablis der Gebrüder Ernest & Julio Gallo saßen Danny und Cora am Lagerfeuer und ließen noch mal ihr gefährliches Abenteuer Revue passieren.

»Danny, trotz unserer überstandenen Abenteuer gehe ich jetzt ins Zelt, ich bin müde.«

»Good night, sunny Honey,« gab er Cora mit auf den Weg und blieb noch eine Weile nachdenklich an der Glut des Feuers sitzen.

Um Mitternacht hatte Danny das Gefühl, wegen des gut ausgegangen und verhinderten Crashs für sich persönlich ein Fanal setzen zu müssen. So gab er dem Feuer ein Opfer für das gerettete Leben. Sein weißer mexikanischer Sonnenstrohhut aus Mazatlan von 1978 war zwar inzwischen schon arg lappig geworden. Trotzdem tat er Danny hier in Kalifornien als Sonnenschutz für seine ›Birne‹ ein paar Mal gute Dienste. Den warf er in die Glut. Und der Hut ging in Flammen auf. Aber schließlich begann für Danny ein neues Leben, weil das alte schon fast verwirkt gewesen wäre … Also Hut ins Feuer –> Kopf textilfrei, haha …

Am nächsten Tag auf dem Weg von Big Sur aus nördlich Richtung Santa Cruz grölte Danny laut und schräg ›Purple Rain‹ von Prince & the Revolution mit, das aus den Autoboxen dröhnte. Dieses pompöse Musikwerk von 1984 hatten sie auf einem Sender im Autoradio gefunden und die Lautsprecher volle Pulle aufgedreht. Das hatte die beiden dermaßen inspiriert, dass sie sich einige Tage später sogar mal einen Abend den ›Purple Rain‹-Film in einem Auto-kino am Stadtrand von Santa Cruz anschauten. Und in ihrem Leihwagen lief auch häufig die mitgebrachte Audio-Kassette von den Talking Heads mit dem genialen Sänger David Byrne. Von Santa Cruz aus fuhren sie nicht etwa auf dem schnelleren und direkten Weg per Highway nach San Francisco, sondern sie entschieden sich für die Califonia Number One. Die Sonne ballerte, wie bei uns nur in besonders warmen Sommern. Es war in diesem Oktober 1986 unheimlich heiß in Kalifornien. So waren sie froh, leichte Bekleidung in ihrem Gepäck zu haben. Und Danny trug dazu sein neues blaues California-T-Shirt, das ihm Cora zum Geburtstag geschenkt hatte. Diese malerische Route führte sie die ganze Zeit entlang des Pazifischen Ozeans durch Eukalyptus-Haine: »Hm, wie das hier duftet,« versuchte er sich an den Duft von Eukalyptus-Bon-bons zu erinnern. Es war aber auch ein wirklich fruchtbarer Landstrich, wo sogar Kiwis wuchsen. Gemütlich und entspannt zuckelten sie gen Norden, wobei sie nur den runden grünen Schildern mit der ›Nr. 1‹ zu folgen brauchten.

Und danach kehrten sie heim nach Germany. Danny hatte mit Cora fünf Wochen lang eine tolle California-Reise erlebt. Wie schon erwähnt, als gute

Freunde, ohne jede Erotik. Deshalb blieben auch die Textilien am Körper, außer beim Baden im Pazifik. Er trug sein neues California-T-Shirt noch einige Jahre, bis das Shirt es – als eines der ersten – ins Textil-Album schaffte.

Massachusetts

Bevor Danny 1991 nach Massachusetts flog, kannte er natürlich wie die meisten jungen Leute die gleichnamige Platte der Bee Gees. Die sogar sehr gut, denn ›Massachusetts‹ war Dannys erste Single. Die Bee Gees waren eine Band aus Australien und in ihrer Heimat bereits populär, als sie 1967 ihren ersten Hit außerhalb des australischen Kontinents hatten. ›Massachusetts‹ war ihr erster weltweiter Hit, denn der Song erreichte in Deutschland und Großbritannien Platz 1 der Charts. Außerdem führte er die Jungens auch näher an die ›Perlen‹ dran, wie sie damals die Mädels nannten. Deshalb waren also die australischen Jungens um die Gebrüder Barry, Robin und Maurice Gibb Dannys erste Lieblingsband. Einen eigenen Plattenspieler hatte er noch nicht, aber seine Eltern hatten einen. Deshalb kam er auf die glorreiche und nicht ganz uneigennützige Idee, seiner Mutter die Single ›Massachusetts‹ zum Geburtstag zu schenken. Sie freute sich auch über diesen romantischen Ohrwurm, und er hatte seine erste Single.

Immer wenn er heutzutage seine Kassette mit der 1967er Musik im Auto-Radiorekorder hört, bekommt er eine Gänsehaut, wenn die ersten Takte von ›Massachusetts‹ beginnen …

Damals hatte er nicht im Leben dran geglaubt, dass er mal in echt nach Massachusetts kommen würde. Und dass er dort dann sogar auch noch eine romantische Affäre mit seiner thailändischen Urlaubs-Bekanntschaft von 1988, nämlich MaryLou, haben würde. In Thailand hatten sich Danny und MaryLou ein wenig ineinander verknallt. Es kam sogar bis zum Petting auf der Veranda seiner Bambushütte in Pranang Place bei Krabi. Dort hatten die drei Girls MaryLou, Amy und MissLiz ihm schon immer was von einem geheimnisvollen Tower-Haus an der Küste von Massachusetts erzählt. Und dann stand er im Oktober 1991 sogar davor, sah es, ging rein und wohnte ein paar Wochen dort bei den Girls …

Er hatte eine wochenlange heißblütige Affäre mit MaryLou, von der er auch das schöne Batik-Hemd aus Bali bekam, das es hinterher ins Textil-Album schaffte. So dichtete er frei nach dem Bee Gees-Hit:

»And the lights all went out in Massachusetts,
the day I left her standing on her own,
poor Danny and sweet MaryLou,
gotta do the things I wanna do in Massachusetts.«

Vor seinem Besuch bei MaryLou erklärte sie ihm klipp und klar, er könne gerne kommen. Aber er solle sich keine unnötigen Hoffnungen machen. Denn sie hätte jetzt einen Freund, ihren Ray. Doch dann kam die Überraschung schon in der ersten Nacht. MaryLou schickte Ray nach Hause. Und dann machten Amy, sie und Danny eine Riesen-Sause mit reichlich Tequila. Danach kam sie in Dannys Bettchen gekrabbelt. Dort blieb sie die ganze Nacht, und ziemlich textilfrei. Das war quasi Dannys Prophezeiung. Denn als MaryLou 1988 aus Borocay nach Berlin zurückkam, wo sie damals wohnte, da wollte sie schon Danny. Doch der hatte gerade eine frische Liebe zu Julie begonnen. Er war nicht frei und wollte seine neue Liebe nicht durch Eskapaden gefährden. MaryLou war darob todtraurig und reiste heim nach Massachusetts. Drei Jahre später war Danny inzwischen wieder Julie-los und besuchte MaryLou in Massachusetts. Da holten die beiden dann endlich alles nach, was sie sich vor drei Jahren in Sachen Sex versagt hatten. Ihre Prophezeiung war endlich eingetroffen. Hin und wieder trafen sie sich in den fünf Wochen seines Aufenthalts textilfrei in den Nächten von Massachusetts, trotz Freund Ray, dem Erfinder der genialen Smart Scarves, der lustigen Schals.

Mit MaryLou und Amy fuhr er auch zusammen nach New York, um dort Halloween zu feiern. New York, New York. In sechs Stunden durch die Nacht schafften sie locker die circa 400 km lange Strecke von Gloucester nach Manhattan. Dort im Stadtteil Chelsea lag das Loft von MaryLous Cousin Walter, wo sie die drei Tage verbringen konnten.

Es war ein gutes Timing, weil Danny bei ihrer Ankunft in der Morgendämmerung die imposante Skyline von Manhattan vor sich liegen sah. Dorthin fuhren sie entlang des schwarzen Stadtteils Harlem: »Oh, schaut doch mal, Girls, wie interessant! Das sieht ja aus wie im Film, Harlem … Seht doch nur, die Tonnen mit züngelden Feuern vor den abgerissenen Hochhäusern. Und alles so verkokelt und teilweise wohl auch schon unbewohnt. Sollen wir da nicht mal anhalten oder reinfahren und uns das anschauen ...?«

»Bloß nicht!« war die einstimmige und sofortige Anwort. Gleichzeitig wurden von den Girls alle Verriegelungsknöpfe der Autotüren herunter gedrückt. Denn sie hatten wie fast alle US-Amerikaner seit dem verfilmten Roman ›Fegefeuer der Eitelkeiten‹* von Tom Wolfe eine wahre Paranoia vor den Schwarzenvierteln. In dem Film hatte sich ein Wallstreet-Yuppie mit seinem Auto aus Versehen in Harlem verirrt. Die beiden Girls beteten eher, dass ihr Auto nicht gerade dort schlapp machte. Denn dann wären sie verloren. Sie sind halt richtige WASP's: ›white anglo-saxon protestants‹. Und sie wollten sich auf gar keinen Fall Dannys Wunsch anschließen, da mal eben hinzufahren. So sah er sie nur von Weitem, die abgewrackten Straßen von Harlem mit teilweise leerstehenden Häuserruinen und Feuern zwischen den tristen Hochhäusern.

Aber sie kamen natürlich heile nach Manhattan. Angekommen in Chelsea, bekamen sie den Wohnungsschlüssel zum über und über schwarz gehaltenen Loft von Walter. Der war natürlich auch mit drei Schlüsseln und schweren meterlangen Metallriegeln gesichert wie der Schatz von Fort Knox: die spinnen, die Amis. Und es war die Halloween-Nacht. Nach einigen Bieren, Gläsern Chardonay-Wein und Pot-Sticks zum Relaxen gingen sie zur Halloween-Parade. Da hatten sie wirklich viel Spaß, denn das war so was wie eine Mischung aus Rosenmontagsumzug in Köln und Karneval in Trinidad. Da gab es diese Steelband-LKW's, da ja in New York City ein wahrlich farbenfrohes Völkergemix aus weißen, schwarzen, gelben und braunen Menschen lebten. Die Drei waren gerade dafür im richtigen Stadtteil gelandet. Denn Chelsea grenzte an Greenwich Village und Soho an. In diesen Stadtteilen lief die Action ab, die Manhattan oder New York City so bunt und attraktiv machte. All die Künstler, Wohngemeinschaften, Kneipen, Ateliers, Schwule und Freaks wohnten und arbeiteten dort zusammen. In der Transvestiten-Bar ›Lox‹ wurden sie von ›Jesus‹ bedient, mit Bart und langen dunklen Haaren, nur mit einem weißen Lendenschurz und Turnschuhen bekleidet, dafür aber über und über mit Blut beschmiert. ›Jesus‹, der die Drinks servierte, hahaha ...

Die nächsten 1 ½ Tage verbrachten sie mit ›fun –fun –fun‹. Sie liefen viel in Manhattan herum. Im Central Park, wo der aktuelle Spielfilm ›König der

---

* *Tom Wolfe – Fegefeuer der Eitelkeiten, München 1988*

Fischer‹ mit Robin Williams in der Hauptrolle spielte. Zwischendurch U-Bahn fahren. Dann Soho, Greenwich Village, Chelsea: »I really liked it!«, weil dort alles viel weitflächiger und gemütlicher war als man so meint. Das Manhattan aus unserer Vorstellung mit all den riesigen Hochhäusern gibt es natürlich auch. Das ist Uptown, aber nur ein kleines Stückchen Manhattan zwischen Broadway und Central Park. Um mit den Beatles zu sprechen: »Look at all these lovely people, look, where they all are going through…!« Danny liebte diese Mixtur aus Schwarzen, Hispanics, Japanern, Chinesen und Weißen in New York City sehr.

Vorher in ihrem Massachusetts-Dorf Gloucester hatten ihn die beiden Girls MaryLou und Amy eigentlich schon ganz anders auf die gefährliche Groß-stadt ›eingenordet‹: »Wenn du durch Manhattan läufst, Danny, dann gehe nur zielgerichtet. Dort geht man nicht spazieren, man schlendert nicht daher, als wäre man ein Tourist, nein-nein.« Noch schlimmer wäre es gar, eine Stadtkarte herauszukramen, um sich danach zu orientieren. Denn das hieße ja quasi eine Einladung an alle kriminellen New Yorker Elemente zu versenden, nach dem Motto: »Schaut her, ich bin ein Tourist, raubt mich aus!« So hießen dann auch die Warnungen seiner zwei einheimischen Mitreisenden: »Nicht stehen bleiben und ziellos aussehen. Immer straight geradeaus gehen, immer eilig und zielgerichtet irgendwo hingehen …!«

Na ja, so schlimm war es dann doch nicht, wie die beiden paranoiden Land-pomeranzen aus Massachusetts unkten. Danny hatte jedenfalls in Manhatten nie Angst vor irgendwem. Und er hatte es erlebt, New York mit all den großar-tigen Namen. Die fünf Hauptstadtteile Manhattan, Bronx, Queens, Brooklyn und Staten Island, die ihm das Historische aus all den Büchern und Filmen vermittelten, indem er jetzt hier war: »just now and live«, wo all die Künstler, Musiker, Schriftsteller, Schauspieler und Sportler agierten …

Aber eines der aufregendsten Abenteuer startete Danny von Massachusetts aus, nachdem ihm MaryLou die Flüge nach New Orleans per Telefon vermit-telt hatte.

Als er mit dem Flieger zur Landung ansetzte, lagen unter ihm die vielen verschlungenen Arme der Mississippi-Mündung in den Golf von Mexiko. Die großflächigen Sümpfe dort ›down by law‹ wurden von der im Westen unterge-henden Sonne vergoldet. Eine riesige grüne Sumpflandschaft, überschwemmt von unübersichtlichen Seenplatten.

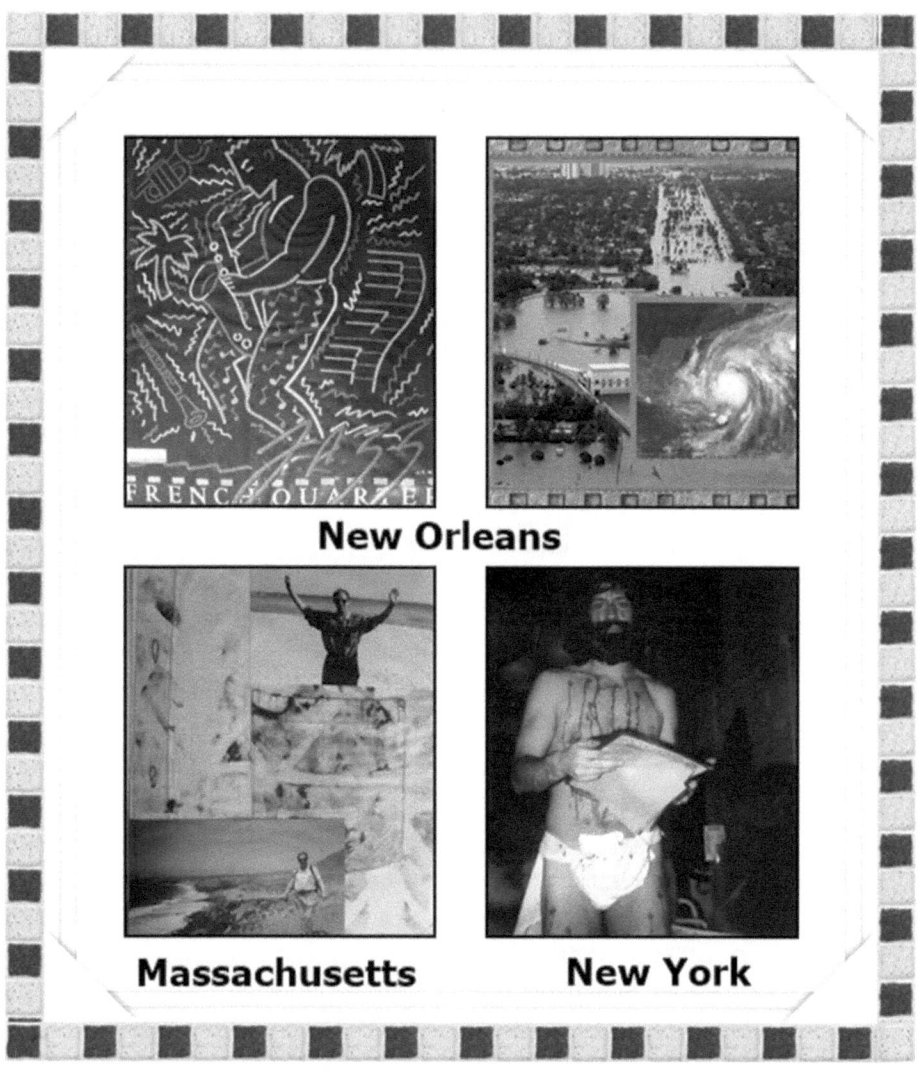

New Orleans

Massachusetts   **New York**

links oben: das New Orleans-T-Shirt aus dem Textil-Album, links unten: das Bali-Hemd von MaryLou, das Danny am Beach von Mississippi trug, rechts unten: der ›Jesus‹ aus New York

»Joh,« dachte sich Danny, »da mitten drin in den Sümpfen von Louisiana, da liegt New Orleans. Boah, da ist Musik drin, und nicht zu knapp. ›Big Easy‹, oder auch genannt ›der große Leichtsinn‹, so hieß damals ein Film mit Dennis Quaid, Ellen Barkin und den Neville Brothers …«

Danny stand ja auf diese spezielle Cajun-Musik-Kultur. Und das war es auch, was ihn hier hin lockte: das musikalische Nachtleben in New Orleans und da speziell in der Frenchmen Street. Gleich am ersten Abend bekam er schon einen tollen Tipp. Er hatte Hunger und ging in die ›Praline Connection‹, ein Cajun- & Creole-Restaurant. Dort bekam er so leckeres local-food, dass es zu seinem Stamm-Restaurant wurde. Und er erhielt dort von einem schwarzen Kellner die Information, dass Charmaine Neville in einem Club ein paar Blöcke weiter in der Frenchmen Street zu singen pflegte. Sie ist eine Schwester der Neville Brothers, die auch schon öfters auf deren CD's mitgesungen hat. Danny ist ja ein totaler Fan der Neville Brothers. Der Club hieß Snug Harbour. Und tatsächlich: dort sollte sie ein paar Tage später samt Begleitband auftreten.

»Jop, die Neville-Sister hab ich dort live erlebt. Das war super,« erinnerte sich Danny. Und dann gab's da in der Frenchmen-Street noch das Cafe Istanbul, nur ein paar Häuser von seinem Hotel entfernt. Da spielte eine fetzige Life-Band namens Ice Nine so ne flotte Musikmischung aus Rock und Soul. Und Danny unterhielt sich ein wenig mit Santiago, dem puertoricanischen Percussionisten der Gruppe. Den traf er übrigens in den nächsten Nächten im Cafe Brasil immer wieder bei seinen Auftritten. Er spielte nämlich parallel in vier verschiedenen Latin-Musikgruppen.

Dort in der Wiege der Jazz-Musik, am Ufer des Mississippi, in den Bars des French Quarters und inmitten der Sümpfe von Louisiana, erlebte Danny so manches Neue und nie Vergessenes. Aber auch dort lauerte die Gefahr. Es war nicht alles nur Spiel, nur Fun, nur Spaß. Da sah Danny mal einen Mann, wahrscheinlich ein besoffener Tourist, denn er war zu gut gekleidet für einen Berber, also für einen Obdachlosen. So lag er dann im French Quarter, inmitten des Amüsier-Viertels am Straßenrand, halb sitzend, halb liegend, noch ein Glas mit einem Drink in seiner rechten Hand, als würde er ein unsichtbares Schild halten, mit ner Einladung ›raubt mich aus!‹

Danny erfreute sich an der Neville Brothers and Sisters-Musik, am Latin-Tanz, Creole- und Soul-Food, Voodoo-Museum und Voodoo-Puppen, und wieder Musik,

er erlebte politische Demonstrationen …

… und immer wieder Saxophon-Musik.

Dazu beschenkte sich Danny selber mit einem echten New Orleans-T-Shirt, das es dann natürlich ebenfalls in sein phänomenalem Textil-Album geschafft hatte …

Aber 14 Jahre später, Ende August 2005, nachdem der Hurrikan Katrina den südöstlichen Teilen der USA total überschwemmt hatte, erinnerte sich Danny an all das Positive, was er dort erlebt hatte. Denn leider hatte Katrina insbesondere an der Golfküste enorme Schäden angerichtet und zeitweise die Stufe 5 erreicht. Zu den betroffenen Bundesstaaten gehörten Florida, Louisiana, dort besonders der Großraum New Orleans, Mississippi, Alabama und Georgia. Der Hurrikan Katrina galt als eine der verheerendsten Naturkatastrophen in der Geschichte der Vereinigten Staaten. Durch den Sturm und seine Folgen kamen etwa 1.800 Menschen ums Leben. Der Sachschaden belief sich auf etwa 81 Milliarden US-Dollar. Insbesondere die Stadt New Orleans war stark betroffen. Durch ihre geographische Lage führten zwei Brüche im Deichsystem dazu, dass rund 80 Prozent des Stadtgebietes beinahe 7,60 Meter tief unter Wasser standen. Da hatte er natürlich ein enormes Mitgefühl für die Opfer des Wirbelsturms ›Katrina‹. Der hatte New Orleans und halb Louisiana überschwemmt und alle diese bunten fröhlichen Menschen obdachlos gemacht und aus ihrer Gemeinschaft gerissen, die er noch bei seinem Besuch 1991 so frei und unbeschwert hatte erleben dürfen …

All diese Bilder standen Danny ganz lebhaft vor Augen. Und dann jetzt das hier – der totale Kontrast. Die Bilder vom Sommer 2005, als New Orleans, die Wiege des Jazz, in den braunen Fluten versank, nachdem Hurrikan Katrina gewütet hatte. Tausende von afro-amerikanischen Bewohnern der Stadt warteten verzweifelt darauf, aus der untergegangenen Stadt evakuiert zu werden. Doch wo waren die weißen Bewohner? Die waren längst weg. Und man wurde das Gefühl nicht los, dass von offizieller Regierungsseite nicht alles unternommen wurde, um der armen schwarzen Bevölkerung aus dem Elend heraus zu helfen.

Danny hatte sich damals in New Orleans mit der einheimischen Saxophonistin Jill eine Weile unterhalte: »Joh, Mann, so ist das hier in New Orleans. Schnell sprechen meine Brüder und Schwestern davon, dass wir Schwarzen immer noch Menschen zweiter Klasse sind. Auf jeden Fall hier im Süden der USA, da sind wir ja besonders von den sklavischen Traditionen geprägt. Offiziell ist die Rassentrennung abgeschafft, seit der Bürgerrechtsbewegung in den Sechzigern, unter Führung von unserem Brother Martin Luther King. Doch sehr häufig merkt man, dass in den Köpfen der Menschen im Süden dieses alte konservative Denken immer noch vorhanden ist.«

II. Europa

Als die Kanuten Segel setzten …

– Reisen in der Kindheit und Jugend –

Dannys Vadda Götz riet ihm, als er ihn während seines Studiums in den 1970er Jahren einmal fragte: »Sach ma, Papa, bald hab ich doch Semester-Ferien. Watt meinste, soll ich da nen Ferien-Job suchen und was dazuverdienen …?«

»Ach, Danny. Du reist doch so gerne in der Weltgeschichte herum. Mach das lieber. Geld verdienen musste später noch genug. Jetzt haste Zeit, da mach was raus und trampe in die Welt hinaus …«

Danny war sehr überrascht und fühlte sich von den großzügigen Äußerungen seines Vaddas überwältigt. Spontan freute er sich: »Oh ja, danke, so mach ich's.«

»Und überhaupt,« übertrumpfte sich Dannys Vadda selber, »ist die Welt sowieso ziemlich ungerecht verteilt. Die Jungen, die das Geld gut gebrauchen könnten, haben es nicht. Und die Alten, die genug davon haben, können nix damit anfangen.«

Wie weise gesprochen. Auf jeden Fall hat sich Danny diese Devise seines Vaters gut hinter die Ohren geschrieben und nie vergessen.

Dannys Vadda hatte es seinen Kindern ja vorgelebt. Er hatte seine Wurzeln in der Wandervogel-Bewegung der 1930er Jahre, als er mit Zelt und seinem ›Affen‹ in die Weltgeschichte reinwanderte. Der ›Affe‹, das war so ein flacher Rucksack, mit einem Fell außen drauf, deshalb ›Affe‹. Dann ließ er es sich in seiner Jugend auch nicht nehmen, trotz Kriegszeiten Anfang der 1940er Jahre Touren mit Fahrrad und Zelt zu machen. Puuh, dann aber mit 17 Jahren, bremste ihn 1944 doch noch der zweite Weltkrieg aus, mitsamt einiger Jahre in Kriegsgefangenschaft in Nord-Afrika, England, USA, Flucht nach Mexiko und schließlich im belgischen Kohlebergbau. Das alles zählte für ihn nicht als Reisen. Das holte er dann aber um so mehr in der Nachkriegszeit und in den 1950er Jahren wieder auf. Anfang der 50er Jahre fuhr er schon mit seinen beiden Brüdern per Fahrrad-Tour 1953 durch Holland und Belgien, zurück über das Saarland. Und dann die große Mopedtour 1955 bis ans Mittelmeer: da war er alleine mit seiner ›Vicki‹, also der Victoria, ein Klasse 5-Moped bis nach Italien, Frankreich und Monaco gereist. Später in den 1960er Jahren mit seiner jungen Familie als Camper kreuz und quer durch Europa.

Ja ja, das hatte sicherlich damit zu tun, dass die Kinder von Vaddern Götz Kowalski so reisefreudig geworden waren bzw. sind. Das Ergebnis: Dannys Bruder Gerry wurde Seemann und bereiste alle Welt-Meere. Seine Sister Bär-Bel wurde Völkerkundlerin, verbrachte dabei unter anderem ein Jahr bei den kanadischen Inuit. Und Danny selber reiste Jahrzehnte lang in der Weltgeschichte herum, wie sich hier in diesem Roman zeigt. In den ersten Jahren noch ohne Textilalbum, weil ihm diese Idee erst in den 80er Jahren kam. Die ersten Reise-T-Shirts gingen genauso verloren, wie Götz's Affe aus seiner Wandervogel-Zeit. Den hatte er Danny für seine erste Trampreise 1970 nach England geschenkt. Aber irgendwann war der auch verschwunden.

Durch diese familiäre Reise-Sozialisation wurde auch Dannys Art des Reisens geprägt, die sich anfühlte wie in den Romanen von Jack Kerouac: »Beat – Beat – Beat«, der Herzschlag von ›On the Road‹, also ›Unterwegs‹.[*] Erst beim Trampen in den 1970ern, später mit dem eigenem Auto, machte es sich bei Dannys Reisen bemerkbar. Dieses weiter, immer weiter, fremde Städte, fremde Menschen, fremde Länder, fremde Kulturen, ähnlich wie in Kerouac's ›Engel, Kif und neue Länder‹.

An seine früheste Tour als Kind in den 50er Jahren erinnerte sich Danny auch noch heute gerne, fast 65 Jahre später. Sie schrieben das Jahr 1958. Da wurde in der Nähe der Tülsfelder Talsperre gezeltet, Pilze wurden gesammelt und abends gabs ein zünftiges Lagerfeuer. Sie waren mit Götz' erstem Auto, dem schwarzen DKW 900, dorthin gekommen. Der Zeltplatz war direkt am Ufer der Talsperre. Aber nur ›Männer‹ waren dabei: Vadda Götz, Dannys Patenonkel Edwin, Bruder Gerry und Danny selber als Sechsjähriger. Da wurden jede Menge Pilze gesammelt. Und die gefundenen Pilze, alles Edel-Pilze wie Steinpilze und Maronen, wurden mit Speck und Zwiebeln in einer russ-schwarzen Pfanne über dem offenen Lagerfeuer gebra-

---

*   *Jack Kerouac – Unterwegs, Reinbek 1968 (›On the Road‹ im Original von 1957)*

ten. Nach dem frugalen Mahl schliefen die Kinder glücklich im Zelt. Die ›richtigen‹ Männer waren dann abends aber noch in eine Sause bei den Anglern geraten. Denn da fand tagsüber ein Angel-Wettbewerb statt. Und abends haben die Männer das Event am Lagerfeuer ordentlich begossen. Götz erinnerte sich 60 Jahre später wehmütig daran, dass das wohl das letzte Lagerfeuer war, das er auf irgendeinem Camping-Platz gemacht hat. Denn später – und mittlerweile sowieso – wurden offene Feuer auf deutschen Camping-Plätzen verboten.

Neunzehn-Fünfzig-Neun, die junge Familie Kowalski hatte Zuwachs bekommen. Sister Bärbel kam im Januar auf die Welt, wurde aber gleich im selben Frühsommer beim Zelten an der Ostsee mit der rauen Wirklichkeit der Kowalski'schen Art von Freizeit-Vergnügen vertraut gemacht. Camping hieß damals noch wirklich Zelten. In einem Hauszelt hatte die junge Familie alles untergebracht, was es zu einem Urlaub am Meer brauchte. Der vollgepackte Käfer hatte Vaddern Götz, Mutti Marie, Bruder Gerry und Danny nebst dem nur halbjährigen Schwesterlein zu transportieren. Da war die Zeltausrüstung dabei: bestehend aus den beiden Innenzelten, zwei Überzelten und dem Zwischenzelt. Dann noch die Luftmatratzen, Schlafsäcke, Kochgeschirr und Nahrungsmittel, Camping-Tisch und –Stühle, Urlaubs- und Bade-Kleidung, sogar ein aufblasbares Schlauchboot, Spielzeug und Baby-Utensilien. Das alles war innen im Käfer und oben auf dem Dachgepäckträger untergebracht. Eine für heutige Verhältnisse schier unglaubliche Leistung an demütiger Rationalität einerseits und bescheidener Lebensqualität andererseits. Und dann entpuppte sich dieser Kurzurlaub in Neustadt an der Ostsee auf dem Campingplatz Pelzerhaken als ein kurzzeitiges Inferno. Denn da fegte plötzlich und überraschend ein Sommersturm über die Ostsee und die Lübecker Bucht und ihr Zelt hinweg. Dieser Sturm riss ihnen fast das Zelt nieder. Danny erinnerte sich auch noch heute, 60 Jahre später, wie er vor Angst zitterte und fror, als der unerwartete Sturm über ihr Zelt hinweg tobte. Mutti Marie hatte ihr Töchterchen eng an sich gepresst und sich mit ihr tief ins Innere des Zelts verkrochen. Der Sturm sorgte für hohe Wellen im Meer, pfeifenden Wind und flatternde Zelte. Er zog und zergelte an den Häringen, Halteleinen und Planen, dass ihnen Angst und Bange wurde. Aber die Hauszelte früher, die hielten ja so einen Sturm besser aus als die späteren Steilwandzelte. Und diejenige, um die sie sich am meisten Sorgen machten, ihr kleines Schwesterlein BärBel, die hatte wahrscheinlich am allerwenigsten davon mitbekommen …

Dann hatten sie aber doch noch Zelter-Glück. Es war ja schließlich 1959, und das weitere Jahr bescherte Deutschland einen Jahrhundert-Sommer. Der war so heiß. Es gab kaum Regen, stattdessen sogar Wasserverbrauchs-Beschränkungen beim Rasensprengen und Autowaschen, dafür aber einen grandiosen ›Jahrhundertwein‹. So verlief auch der Familien-Zelturlaub an der Nordsee im holländischen Loosduinen bei Den Haag harmonisch und geschmeidig …

… ganz anders ein Jahr später, wieder in Loosduinen. Im Sommer 1960, da war BärBel schon ein Kleinkind. Ab mit ihr ins Zelt, als auch am schönen holländischen Strand mal ein Sommersturm toste, der an ihrem Familien-Hauszelt riss und zerrte. Da gab es viel Sand aus den Dünen, der durch den starken Wind vom Meer aufgewirbelt wurde. Der blies ihnen durch die Zeltritzen die feinen Sandkörner zwischen die Zähne und in die Ohren. Aber alles, was sie nicht umbrachte, machte sie nur härter …, haha. Quatsch, es war doch keine Soldaten-Anwerbung, es war nur ein harmloser Camping-Urlaub, hihihi ….

Ja ja, Camping-Urlaube in den 60er Jahren. Da gab es 1963 den großen Skandinavien-Urlaub mit der ganzen Kowalski-Familie, Götz, Marie, Gerry, Danny und BärBel. Erst in Dänemark bis rauf an die nördlichste Spitze von Jütland, noch nördlicher als Skagen, dort oben am Landsend, wo sich Skagerrak und Kattegatt treffen. Auf dem Weg zurück in Nord-Jütland zwischen Frederikshavn und Skagen hatten sie vom Auto aus am Straßenrand auf der Böschung Unmengen von Pfifferlingen gesehen und gepflückt. Alles war gelb, die Pfifferlinge wuchsen da überraschend flächendeckend. Alle Pilze wurden hinterher verarbeitet und alle wurden aufgegessen, und allen von der Kowalski-Family waren sie gut bekommen. Und dann setzten sie mit der Fähre von Frederikshavn nach Göteborg über. Sie waren erstmalig in Schweden, damals noch mit Links-Verkehr. Und unvergessen für alle Familienmitglieder: es gab nur süßes Weißbrot, wenn man nicht gerade auf Knäckebrot erpicht war. Sie verbrachten entspannte Urlaubstage auf der idyllischen Schären-Insel Tjörn. Dort gab es auch viel Bäume zum Klettern. Und Danny kletterte damals sehr gerne. Dazu gab es auch ein Foto im Familienalbum: Danny beim Klettern im Baum. Er hatte nämlich mit seinem Bruder Gerry eine Wette laufen, die über 25 Öre ging. Dafür musste Danny von da oben im Baum schreien: »Ich bin ein Affe ...!« Die 25 Öre hatte er locker gewonnen. Und hinterher in der Volksschule den Spitznamen ›Affi‹ obendrauf dazu bekommen. Von Tjörn aus machten sie einmal einen unvergesslichen Tages-Ausflug nach Norwegen. Die Grenze zwischen Schweden und Norwegen lag genau auf einer Brücke. Und vom Linksverkehr Schwedens kommend mussten sie auf der Brücke zum Rechtsverkehr Norwegens wechseln. Auf dem Rückweg natürlich das gleiche, aber umgekehrt. Unglaublich, was ...!?

Apropos Autofahren. Immer, wenn Danny als Kind im Auto mitfuhr, wurde ihm schlecht. Am schlimmsten war es, wenn es mit dem voll gepackten Käfer über die Alpen ging, über die Serpentinen hoch zu den Gebirgs-Pässen. Dann war ihm besonders spei-übel. »Mir ist soooo schlecht ...!« Vaddern hielt an und ließ den Sohnemann aussteigen. Der beugte sich über den Straßen-Graben und konnte nicht kotzen. Mist-Mist-Mist, immer war ihm kotz-elend, aber es kam nie was raus ...!

Aber wo was raus kam, das war 1960 in Italien an der Adria. Die Kowalski-Familie machte Camping-Urlaub in ihren Zelten. Da wurden gleich in einer der ersten Nächte mehrere Autos aufgebrochen. Als sie morgens aus den Zelten guckten, da quoll aus ihrem treuen kleinen blauen Käfer so einiges heraus. Die Straßenräuber waren schon da gewesen. Sie waren so frei, doch die Textilien ließen sie da. Die lugten nämlich zerknittert und unaufgeräumt durch die unverschlossenen Auto-Türen. Und diverse Kleinteile lagen auf dem Boden davor. Einige Dinge wurden ihnen und noch zwei anderen Campern in dieser Nacht gestohlen. Bei ihnen waren ein Fotoapparat und Muttis Portemonnaie mit ein paar Münzen dabei weg gekommen. Da war es schon viel schlimmer, als sich Sister BärBel als Kleinkind an der italienischen Rivera eine üble Lebensmittelvergiftung zuzog. Sie musste dort in Cervo vom lokalen Dottore sogar mit einer Tropf-Behandlung medizinisch versorgt werden. »Aber et hätt noch immer jodt jejange,« wie der Kölner so schön sagt. So ging es auch mit dem BärBelken wieder alles gut ...

Der Lago Maggiore 1961 wird Danny immer in Erinnerung bleiben. Ursprünglich waren sie am Bodensee zum Campen, aber wegen Dauerregens spontan vom Bodensee über die Alpen in den sonnigen Süden nach Italien geflüchtet.

Das war der Vorteil beim Camping-Urlaub. Wenn es einem nicht gefällt oder das Wetter nicht passt, alles zusammen packen und weiter reisen. Jedenfalls wäre Danny beim besagten Sommerurlaub 1961 im italienischen Cannobio am Lago Maggiore fast beim Schnorcheln ertrunken. Es war das Jahr des Mauerbaues in Berlin, die ja dann doch nur 28 Jahre bis 1989 hielt. Die Kowalski-Familie hielt sich unter südlicher Sonne auf einem Camping-Platz auf. Danny galt damals offiziell noch als Nichtschwimmer, da weder Frei- noch Fahrten-Schwimmerabzeichen seine Badehose zierten. Die erwarb er sich erst später im Münsterländer Waldsee am Ladbergener Campingplatz von Martin Harlamaat. ›Seepferdchen‹ gab es damals noch nicht. Dass er dann im Lago Maggiore fast beim Schnorcheln ertrunken war, das kam so. Er schnorchelte so in Strandnähe vor sich hin und war begeistert von der klaren Sicht. Denn dort hatte es keinen Sandstrand, sondern nur Kieselsteine im Wasser. Die Maske bedeckte damals noch das ganze Gesicht, wogegen der Schnorchel aus der Maske herausragte. Dabei machte der Schnorchel oben über dem Wasser einen 180°-Bogen nach unten, um in seinem Gummikörbchen einen Tischtennisball zu bergen. Der wiederum wurde gegen den Schnorchel gedrückt, falls man mal zu tief unter Wasser kam. So würde man zwar kein Wasser schlucken, bekäme dafür aber keine Luft mehr. So ganz ausgereift war dieses altertümliche Schnorchel-System nicht. Es wurde sogar später ganz verboten, mit dem Tischtennisball zu schnorcheln. Na ja, jedenfalls schnorchelte Danny so vor sich hin, ohne zu wissen, wo links und rechts, vorne und hinten war. Er dachte sich: »Es sieht so aus, als würde es hier tiefer. Also drehst du mal lieber um, damit du wieder zum Strand zurück schnorchelst.« Gesagt, getan. Er drehte um, und schnorchelte weiter. Auf einmal wurde ihm gewahr, dass sich der kieselige Seegrund immer weiter von ihm entfernt hatte. Er schaute auf und sah nur noch den weiten offenen Lago vor sich. Da bekam er aber sowas von einer Panik. Denn er galt ja doch als Nichtschwimmer und konnte dort schon lange nicht mehr stehen. Dabei hatte er anscheinend die ganze Zeit schon geschwommen, ohne es beim Schnorcheln überhaupt zu bemerken. Jedenfalls riss er sich voller Panik die Maske vom Kopf, schrie und strampelte herum, als würde er ertrinken. Das sah sein Vater, der am Strand im Camping-Stuhl lag. Der sprang auf und rannte, ohne sich auszuziehen, mit voller Montur ins Wasser, um seinen Sohn Danny zu retten. Eine Aktion mit mehr oder weniger Textilfreiheit.

»Danke, danke: et hätt ja noch mal jot jejange!«

Jugoslawien 1965, zum ersten Mal Urlaub im ›Ostblock‹. Und dann wurde auch noch ihr Wohnwagen auf der Küstenstraße in Rijeka gerammt. Vaddern Götz als Ausländer soll natürlich Schuld gewesen sein. Da sie in der Nähe auf die Gerichtsverhandlung warten mussten, wurde flugs der nächste Campingplatz angesteuert. In Bakarac wurden die Zelte aufgeschlagen. Dort gab es ein schönes familiäres internationales Miteinander. Neben der deutschen Familie Kowalski zelteten noch eine tschechische Familie, ein holländisches Ehepaar und die unvergessliche polnische Familie Grabowski aus Krakau. Bis der Fallwind Bora kam und mit Naturgewalt an den Zelten riss. Die Holländer flüchteten zuerst. Die Tschechen und Polen waren Unbill gewohnt und ließen sich von nichts erschüttern. Dannys Hauszelt machte die Bora nix aus. Aber das Wohnwagen-Vorzelt der Familie Kowalski hatten diese vorsichtshalber abgebaut. Somit auch die Kochecke, die sich darin befand. So machte sich die ganze Familie nach überstandenem Bora-Sturm zu Fuß zum Essen auf zum nächsten Ort. Der da hieß ›Kraljevica um die Ecke …‹, wie Danny und BärBel begeistert sangen, wenn sie dorthin unterwegs waren. Dort gab es keine kulinarischen Hochgenüsse, sondern in einer Art dalmatinischen Imbiss-Stube einfache Speisen wie serbische Bohnensuppe oder als Krönung mal eine Portion Cevapcici auf die Hand, für die ganze Familie …

Sommer Neunzehn-Sechzig-Sieben, ›als die Kanuten Segel setzten‹ …, in Lazise am Lago di Garda, dem italienischen Gardasee. Danny – mittlerweile 15-jährig – machte mit seinen Eltern und Schwesterchen Bär-Bel Urlaub. Er schlief allein im Zelt und beschäftigte sich tagsüber mit Speerwurf-Übungen oder hörte Fußballübertragungen aus dem Radio, wobei damals dem 1.FC Köln ein sensationelles 7:0 gegen Schalke 04 gelang. Einmal musste er nach dem Genuss von italienischer Eiscreme in schreienden Farben dermaßen kotzen, dass das eine bleibende Erinnerung in ihm verankerte. Noch Jahrzehnte später drängte er sich seitdem nie wieder in einer Eisdiele oder sonst wo nach einem Eis. Wenn überhaupt in solch einem kühlen Cafe, dann zog er immer einen Bananenmilch-Mix vor. Tja, und was man sonst so als Jugendlicher macht, nächtelange Selbstbefriedigung in seinem Zelt …

Sehr eindrucksvoll war auch das Segelabenteuer mit Vaddern Götz in ihrem Klepper-Faltboot, was eigentlich ein Doppel-Wanderkajak war. Also im Gegensatz zu den leichten und sportlich-schnittigen Rennbooten sind die

Wanderkajaks robuster, liegen besser auf dem Wasser, sind dafür aber auch sehr viel schwerer. Und das Klepper-Faltboot setzte dem noch einen drauf, weil es besonders schwer war und wie ein Klotz in ihrem kleinen Wohnwagen lag. Zu diesem Boot gab es auch einen Segelaufsatz, den sie vorher noch nie ausprobiert hatten. Sie bauten das Faltboot zusammen und bekamen sogar den Segelaufsatz eingebaut. Vorne im Bug des Boots, also vor dem vorderen der beiden Paddler, wurde ein hölzerner Masthalter installiert. Der trug dann den etwa 2 m hohen und einzigen Segelmast, der aus zwei Holzteilen zusammen gesteckt wurde. Das einzige Segel war ein dreieckiges weißes Tuch, das mit einem Tau am Mast befestigt war. Mit diesem und einem anderen Tau, dem so genannten Schot, konnten sie die entsprechenden Segelmanöver durchführen. Und so wurde es tatsächlich Wirklichkeit: sie fuhren locker mit Rückenwind auf den Gardasee hinaus. Danny hatte vom Segeln und Tuten und Blasen keine Ahnung. Aber sein Vadda schien sich auszukennen, zumindest in der Theorie. Als sie dann nämlich zurücksegeln wollten, konnten sie immerhin großräumig gegen den Wind kreuzen. Sie nutzten dafür fast die volle Breite des Gardasees, um sich langsam wieder kreuzenderweise ihrem Ausgangspunkt zu nähern. Aber auch nur nähern, denn die letzten 50 m schafften sie nicht mehr zum Steg zurück. Dort stand Dannys Mutter Marie, die wild auf sie ein gestikulierte. Aber es half alles nix. Denn sie ›strandeten‹ unweit von ihrem Camping-Platz in einem Schilfdickicht, von wo aus sie sich mitsamt dem unhandlichen Boot zum Zeltplatz schlagen mussten …

Diese folgende Geschichte ereignete sich im Spätsommer 1968, in Westende, an der belgischen Nordseeküste. Das war nicht weit vom bekannten Seebad Ostende. Dort machte Danny zum letzten Mal in den Sommerferien mit seinen Eltern Urlaub. Er war damals ein spirriger 16-jähriger Jugendlicher. Auf dem Weg runter zum Strand von Westende begegnete dem jungen Danny ein anderer Junge, Jacques, ein Belgier. Die beiden Jungen freundeten sich an diesem Nachmittag etwas an. Denn es war ja Urlaubszeit, und es war Sommer in Belgien. Herrliches Sonnenwetter. Die beiden hatten Zeit und waren sehr entspannt. Sie schlenderten auf dem Weg durch die Dünen, Richtung Strand. Ein kühlendes Lüftchen wehte vom Meer her und strich durch die Halme des Strandhafers, die in der Nordseebrise wisperten. Die laue Abendluft umschmeichelte die Haut der beiden Jungen in angenehmster Weise. Danny hatte seinen Ball mitgebracht, weil er damit am Strand ein bisken rumtoben wollte. Er warf Jacques den Ball zu, und der zauberte ein bisken damit rum. Dann passte er den Ball zurück zu Danny. Erst kickten sie sich den ganzen breiten Strand immer wieder die Pille zu, dann näherten sie sich dem Wasser. Und dort in der Brandung führten sie das Spiel weiter fort. Kicken, hechten, fangen, zurück schießen oder werfen, kicken, Fallrückzieher im Wasser, hechten, halten ….: was für ein Wahnsinns-Spaß …!!! Darüber vergaßen die beiden Zeit und Raum. Irgendwann waren sie alle und ließen sich nebeneinander in den Sand des Strandes plumpsen.

»Das hat mir sehr gefallen,« meinte Danny.

Und Jacques antwortete: »Ein schöner Nachmittag. Das machen wir noch mal, was …!?«

»Joh, Jacques, bis die Tage,« grinste Danny in die untergehende Sonne.

Als er am Camping-Platz angekommen war, merkte zuerst seine Mutter Marie: »Junge, watt biste rot, haste dich gar nich eingerieben …!?«

»Nee, hab ich nich, aber ich war ja auch fast die ganze Zeit im Wasser.«

Klar, er war im Wasser, aber auch nur immer ein bisken, meistens guckte der Körper raus. Da hatte es die Sonne einfach. Danny hatte tatsächlich nicht an Sonnenschutz in Form von Sonnenmilch gedacht. Das Ergebnis war ein Sonnenbrand par excellence: von oben bis unten war er verbrannt. Und im Laufe des Urlaubs am Meer löste sich seine verbrannte Haut in riesigen Fetzen und Fladen von seinem Körper. Und das schmerzte wie Hölle. Besonders nachts wusste er kaum noch, wie er sich legen sollte, weil alles brannte und weh tat. Nun ja, das war eine Erfahrung fürs Leben. Und wie das immer so ist: »Man muss Schmerz spüren, am Leib oder an der Seele, nur dann lernst du fürs Leben …« Und Danny hatte gelernt: sich nicht mehr ungeschützt in der Sonne aufhalten. Aber das Kicken, das hatte er beibehalten. Denn das machte Spaß. Das Kicken hatte ihm ja auch nicht den Sonnenbrand besorgt, nee, das war seine eigene Unvorsichtigkeit.

»Alles, alles war egal …!« Denn trotz aller Widrigkeiten hatte er immer wieder gerne Urlaub im Ausland gemacht.

Woodstock oder wie Danny die Welt sah …

Als Danny von der Kulmbacher Kulturzeitung ›Bierstädter‹ gebeten wurde, etwas über Woodstock zu schreiben, hatte er sofort zugestimmt:»Ich bin zwar im richtigen Alter, denn damals im Sommer 1969 war ich 17 Jahre. Aber ich habe in jener Zeit überhaupt nichts von Woodstock mitbekommen. Denn während 1967 in San Francisco, im fernen Kalifornien, die Hippies sich selber zelebrierten, da staunten wir nur über den ›Sommer der Liebe‹, wie er verlockend für uns schüchterne Provinz-Bubis hieß. Mit seinem All-Time-Jahrhundert-Hit ›San Francisco‹ gab Scott McKenzie 1967 die Parole für die Flower-Power-Bewegung bekannt. Das war die Zeit, als eine LP noch 22,-- DM kostete. Wir jungen Leute, die sich für Rock- und Beat-Musik interessierten, hatten einen Kassetten-Rekorder oder ein Tonband, um damit Songs aus dem Radio und von Freunden aufzunehmen. Da war es immer schon ein Wagnis, meinen kleinen Kassetten-Rekorder hinten auf dem Gepäckträger meines Vespa-Rollers mitzunehmen, um damit bei einem Freund mit Tonband-Gerät die neuesten Hits von Cream, Animals oder Jimi Hendrix aufzunehmen. Denn diese Geräte waren sehr empfindlich, und es ging auch schon mal beim Transport was kaputt. Im Woodstock-Sommer 1969 war ich erst 17 Jahre alt und hörte im Radio – wenn überhaupt – Beat-Musik. Mehr moderne Musik spielten die im deutschen Radio damals noch nicht. Das lief dann für mich und meine Freunde eher bei Radio Luxemburg, haha … Von Woodstock hatte ich erst viel später was gehört. Selbst wenn ich gewusst hätte, dass dort ein großes Musik-Festival statt finden würde, nein-nein-nein …! Das war ja in Amerika und damit weit entfernt und völlig out of order. Eben mal irgendwo hin zu fliegen, nein-nein, das war noch nicht einmal als Idee in unseren Köpfen. Entfernte Ziele überbrückte man damals mittels Trampen, also per Anhalter. So stolperte ich ein Jahr später dann auch nur rein zufällig auf das ›europäische Woodstock‹, nämlich auf das Isle of Wight-Festival 1970.«

Zum Woodstock-Jubiläumstag ›50 Jahre Woodstock‹ 2019 brachte der WDR II eine Radio-Sondersendung. Als Danny in der Nacht davor den Woodstock-Film im WDR III-TV sah, kamen ihm Tränen der Rührung, als er sie sah, all die friedliebenden jungen Menschen, die Hippies und Flower Power-Kids. Erst recht, als dann bei der Radio-Sendung ›All along the watchtower‹ von Jimi Hendrix gespielt wurde. Das so genannte ›Woodstock Music and Art

Festival‹ galt als musikalischer Höhepunkt der US-amerikanischen Hippie-bewegung. Es fand vom 15. bis 18. August 1969 statt. Damals begeisterten die Folk-Größen Melanie, Arlo Guthrie und als Höhepunkt Joan Baez die Massen der friedliebenden Hippies. Die wiederum durch vermehrten Drogenkonsum den einsetzenden Dauerregen gelassen nahmen und mit: ›No rain, no rain, no rain …‹ zum Stoppen bringen wollten. Da gab es trotz Regen ein tanzendes Publikum zu Santana oder The Who. Der letzte Tag von Woodstock begann mit dem Auftritt von Joe Cocker und seinem ›With a little help from my friends‹. Nach dessen Auftritt setzten erneut starke Schauer und Sturm ein. Nachdem es aufgehört hatte zu regnen, betrat der Farmer Max Yasgur die Bühne. Er dankte dem Publikum dafür, dass sie ihm halfen, der Welt etwas zu beweisen. Nämlich, dass eine halbe Million Menschen zusammenkommen und nichts als Spaß und Musik haben konnten. Er behauptete, dass dies die bisher größte Ansammlung von Leuten an einem Ort überhaupt wäre. Danach gab es einen letzten Höhepunkt. Jimi Hendrix spielte den Titel ›The star-spangled banner‹ als seine Interpretation der US-amerikanischen Nationalhymne. Und zwar als einen Friedensappell vor dem Hintergrund des Vietnamkrieges, in der er das Geräusch einschlagender Raketen und das Sterben der Soldaten musikalisch wiederzugeben versuchte. Bei der Erinnerung an dieses wunderbare ›Love & Peace‹-Event lief Danny ein Schauer über den Rücken: »Then I feel fine.«

Isle of Wight-Festival

Es war vor langer Zeit, als die Rebellen der 68er-Generation noch Hoch-konjunktur hatten. Auch die Jungen wie Danny und seine Freunde wurden flügge und wollten es den Vorbildern von wilder Freiheit nachahmen. Raus auf die Straße. Rein in die große aufregende weite Welt. Sie schrieben das Jahr 1970. Danny war 18 Jahre jung, aber damals noch lange nicht volljährig. Nach England wollte er mit Perry trampen – sich ins Swinging London einklinken. Sie waren mit allem ausgestattet, was man so brauchte, um die Welt zu entdecken: Neugier, Jugend und Humor. Sie verstanden sich prächtig und hatten Good Vibrations. Danny war mit seinen dunkelblonden Haarfusseln und durchschnittlicher Körpergröße drahtig-sportlich, aber unauffällig. Überraschenderweise gaben ihm seine Eltern sogar das Einverständnis für diese Tramptour. Entweder waren sie dadurch schon abgehärtet, dass Dannys älterer Bruder Gerry seit seinem 16. Lebensjahr als Seemann die Erde auf allen Weltmeeren umschwamm … Oder aber es lag am allgemein erfolgreichen Aufruhr der Jugend als Folge der 68er-Rebellion. Perrys Eltern waren ebenfalls einverstanden. Frisch und frei ging's jedenfalls los mit den beiden unbedarften Reisenden. Wenn man so das erste Mal ›on the road‹ ist, hat man natürlich nicht die Erfahrung eines alten Globetrotters, sondern tapert öfters völlig naiv in gefahrvolle Situationen.

Beim Stöbern in der Carnaby Street sahen sie zufällig ein Plakat vom Isle of Wight-Festival. »Boah, das ist ja ein Dingen. Da müssen wir hin,« meinten sie beide. Spontan entschieden sie, dort hin zu fahren. Gesagt – getan, von London nach Portsmouth getrampt, weiter mit der Fähre zur Isle of Wight übergesetzt. Und dort erlebten sie Legendäres: 50 Gruppen in 5 Tagen. Und das alles nur mit einer Umhängetasche voller Weißbrot als Proviant bewaffnet. Die sah nach der ersten Nacht als Kopfkissen missbraucht auch entsprechend aus: ein schräger Klumpen Brot im Taschenmantel. Die beiden lungerten zusammen mit hunderttausenden Menschen auf der großen Wiese herum. Von den Woodstock-Größen erlebten sie Jimi Hendrix, nur drei Wochen vor seinem Tod, The Who, die unvergessliche Joan Baez, aber auch noch den lebenden Jim Morrison mit den Doors. Außerdem noch viele andere, wie The Taste mit Rory Gallagher, Ten Years After mit Alvin Lee, Jethro Tull mit Ian Anderson oder Emerson, Lake & Palmer. Ein Jahr nach der Regen- und Friedens-Schlammschlacht von Woodstock 1969, USA, versammelten sich beim ›europäischen Woodstock‹, dem Isle of Wight-Festival, eine halbe Million junger Menschen unter fünf Tagen strahlendem Sonnenschein. Neben den oben genannten Rockgruppen außerdem noch Moody Blues, Supertramp und Folk-Größen wie Donovan, Pentangle, Leonard Cohen, Joni Mitchell, Melanie oder Kris Kristofferson. Von den fünf Tagen Festival kosteten die letzten drei Tage Eintritt, alles zusammen für drei englische Pfund, was in etwa 30,-- DM entsprach. Das waren noch Preise …!

Und wie kam es dazu? Danny und Perry landeten nach ihrer Tramptour durch Belgien mit der Fähre in Dover, England. Danach mit dem Zug in London. Von dort per Autostopp nach langen Irrungen und Wirrungen zur Isle of Wight, einer Kanalinsel vor der englischen Südküste. Das Isle-of-Wight-Festival vom 26. bis zum 31. August 1970 fand auf dem Gelände der East Afton Farm statt, einem Gebiet auf der Westseite der Isle of Wight. Es war das letzte von drei aufeinander folgenden Musikfestivals auf der Insel zwischen 1968 und 1970. Und außerdem galt es, auf die Besucherzahl bezogen, als das größte musikalische Ereignis seiner Zeit, noch größer als Woodstock 1969. Obwohl die Schätzungen variieren, schätzt das Guinness-Buch der Rekorde die Zahl auf 600.000, vielleicht sogar 700.000 Menschen, die 1970 das Isle of Wight Festival besuchten. Trotzdem geht man aufgrund der damals zusätzlich verkauften Fährpassagen zur Kanalinsel davon aus, dass dieses Festival das vielleicht bestbesuchte Event in der Geschichte der Rock-Musik gewesen sein könnte. Und Danny und Perry waren mittenmang dabei. Sie erlebten herrliches trockenes Festivalwetter und hatten keinen Regen mit Schlammschlachten wie in Woodstock. Kein »no rain, no rain, no rain …« war nötig. Sie waren gut drauf, es war die Zeit von ›love and peace‹. So lagen sie also am letzten Festivaltag auf ihrer mitgebrachten Decke nur 20 Meter von der Bühne entfernt mitten im riesigen Pulk der Festivalbesucher. Es wurde auch viel geraucht um sie herum, aber Danny als Nichtraucher ließ die kreisenden Joints an sich vorbei gehen. Die süßlichen Wölkchen von Haschisch- oder Marihuana-Sticks ließen ihn kalt. Danny war auch ohne Drogen gut drauf und ließ sich höchstens von den friedlich wabernden Rauchschwaden der duftenden Räucherstäbchen anturnen. So blieb ihm auch für immer dieser schwere Patschuli-Duft in der Nase, wenn er sich später an sein erstes Petting im Leben mit der blonden Ann aus Leeds zurück erinnerte. Zwar schaffte es das blaue Batik-Shirt vom Isle of Wight-Festival nicht ins Textil-Album. Einfach weil er damals in den 1970er Jahren noch keine ausrangierten Shirts sammelte. Aber immerhin wurde Danny dieses blaue Batik-Shirt von Ann unter ihrem schwarzen Lackledermantel ausgezogen. Uuiijjj, und dann begann für die beiden unter ihrem ›Lacklederzelt‹ ihr aufregendes Petting-Erlebnis während des Pentangle-Auftritts. Auch Danny zog ihr die Bluse aus, sodass sie beide obenrum textilfrei waren.

Perry und Danny waren mittlerweile vollauf vom ganzen Festival mitsamt dem bunten Treiben der vielen jungen Menschen begeistert, und von der vielfältigen Rockmusik sowieso. Und sie bekamen dann ja sogar auch ein wenig vom politischen Flair der 1970er Jugendkultur mit, als mit dem Auftritt von Joan Baez das Festival endete. Die US-amerikanische Folkmusikerin mit mexikanischen Wurzeln sang eindringlich mit ihrer starken, klaren Sopran-Stimme. Wegen ihres politischen Engagements wurde sie auch als ›das Gewissen und die Stimme der 60er‹ bezeichnet. Bekannt war sie vor allem durch das Lied ›We shall overcome‹. Die beiden Jungs hatten vorher verabredet, während des letzten Auftritts das Gelände zu verlassen, weil sie nicht in die Aufbruchsstimmung von 500.000 Menschen geraten wollten. Deshalb brachen sie schon vor dem Ende des Auftritts von Joan Baez auf. Nach einigen wilden Abschiedsumarmungen riss Danny sich schweren Herzens von Ann los, dem hübschen blonden Girl aus Leeds. Vom Festivalgelände machten sie sich auf den Weg zur Fähre. Dabei kamen sie an der großen Wiese mit all den bunten, mit Blümchen und Peace-Zeichen bemalten Autos vorbei, den VW-Bullis, Käfern, R 4's und Enten. Die beiden glücklichen Traveller gehörten nun auch zur Love & Peace & Musik-Generation und verließen mit einem breiten Grinsen auf dem Gesicht die Insel, um zurück nach London zu fahren.

Dog-Ski mit Hund Buster durch den Ealing-Common-Park

Und wie kam Danny mit seinem Klassen-Kumpel Perry 1970 nach London? Von Datteln aus trampten sie durch Belgien. Sie schafften es mit einigen Schwierigkeiten gerade eben noch, die Nachtfähre von Ostende ab 23.00 Uhr nach Dover zu erreichen. Morgens sahen sie den Kreidefelsen von Dover nahen. Und um 08.00 Uhr früh fuhren sie schon in die Victoria-Station in London ein. Kurzes Treffen mit Dannys Brieffreundin Suzanne und ihrer Freundin, beide mit langen Flower-Power-Röcken bekleidet, das angesagte weibliche Hippie-Outfit in jenem Sommer. Danach suchten sie ihr Quartier in Ealing Common im Westend von London auf. Sie wohnten bei Verwandten von Perry, und zwar Onkel, Cousine Mary und der Riesen-Labrador Buster, der sich gleich mit Gebell, riesiger Freude und noch riesigeren Sätzen auf die beiden Tramper stürzte. Danny wollte ihm eine Freude machen und ihm die übrig gebliebene Reise-Salami schenken. Aber er kam nicht mehr zum Auspacken derselben. Denn Buster stellte sich mit seinen mächtigen Tatzen auf Dannys Schultern, um ihn appetitlich aus seinen sabbernden Lefzen zu besprühen. So überließ Danny ihm die ganze Plastiktüte, die er auch sofort gierig zerfetzte. Wogegen Danny noch einmal davon gekommen war, hahaha.

Jeden Tag unternahmen sie in den drei Wochen ihres London-Aufenthaltes etwas anderes Aufregendes in der damaligen ›Swinging-London‹-Zeit. In Ealing Common verbrachten sie eigentlich nur ihre Zeit zum Schlafen, Essen oder um mit Buster anstrengende Spaziergänge durch den nahegelegenen Park zu machen. Besonders die ersten Schritte aus dem Haus hatte Buster immer ein dermaßen hastiges Tempo drauf, dass Danny seine Beine richtig in den Boden rammen musste, um ihn zu bremsen. Zwischen Haus und Park war nämlich noch eine belebte Straße, die Buster vor Jahren fast schon mal das Leben gekostet hatte. Eine Beule an seinem Kopf zeugte noch immer von seinem Autounfall. Und unter Perrys Verwandten wurde gemunkelt, dass er seitdem nicht mehr ganz richtig im Kopf wäre. »Als wenn das bei Hunden einen großen Unterschied macht, hihihi …« dachte sich Danny. Jedenfalls erinnerte er sich, wie er mal eines Abends alleine mit Buster im Park spazieren ging. Der erspähte in der Ferne einen anderen Hund. Sofort zog er an, und Danny stemmte sich – wie gewohnt – schräg mit den Beinen in die Erde dagegen. Vielleicht hatte es geregnet? Jedenfalls war der Boden leicht schlüpfrig, und Danny glitt aus. Auf dem Rücken liegend, aber trotzdem gegen Busters Urkraft gestemmt, wurde er wie ein Schlitten über den Boden geschleift. Das brachte Danny jedenfalls neue grün-schwarze Streifen am Rücken ein. Und dabei wurde gleich eine neue olympische Disziplin erfunden: statt Wasser-Ski diesmal Dog-Ski. Das kann man mal so machen, falls einem das Wasser fehlen sollte, dafür aber ein kalbsgroßer Hund zur Verfügung stehen sollte, haha …

Cool und gelassen geriet Danny an einem anderen Abend in London-City ohne große Vorwarnung oder Gedanken in seine ›Last night in Soho‹. Perry als begeisterter Spieler schleppte ihn nämlich in die sündigen Quadratmeilen von Soho, wo sie dann in verschiedenen Spielhöllen auf unterschiedlichste Weise ihre Pennies loswurden. Am simpelsten durch den einarmigen Banditen, der nur dann Geld ausspuckte, wenn vorne auf den drei laufenden Rollen drei gleiche Früchte nebeneinander stehen blieben. Vergleichbar mit der ›Goldenen 7‹ in Deutschland, bloß halt in England mit dem Arm zum Anwerfen eines neuen Spieles. Dann gab es auch noch Geschicklichkeits-Spiele für Sixpences mit dem damaligen Wert von nur 25 Pfennig. Diese Münzen hatten das gleiche Größenformat wie deutsche Zweipfennig-Stücke. Deshalb hatte Danny sich in Deutschland – auf Anraten von Perry – schon eine ganze Tüte 2-Pfennig-Stücke gesammelt, die er in seiner Hosentasche mit sich rumtrug. Als er gerade ein Tempo aus seiner Tasche herauszog, kam aus Versehen diese Tüte mit heraus. Und viele viele kleine 2-Pfennig-Stücke rollten durch den Spielsalon. Er fühlte sich ertappt, weil er schon einige davon benutzt hatte. Hilfesuchend sah er sich nach Perry um, aber erfolglos. Entweder hatte Danny ihn schon vorher verloren, oder der Filou hatte sich schnellstens verdrückt? Dasselbe wollte Danny nun allerdings auch machen. Er versuchte, sich unauffällig in Richtung Ausgang zu bewegen, und dabei seine rollenden 2-Pfennig-Stücke schmählich im Stich zu lassen. Aber die wollten wohl nicht ohne ihn. Denn ein Junge, der das gesehen hatte, sprang hilfsbereit auf Danny zu, um ihm beim Aufsammeln zu helfen. Verunsichert sammelte Danny dann mit dem Jungen seine Münzen auf. Aber niemand kümmerte sich weiter um sie.

Dann fand Danny endlich das Weite und stand nachts allein in Soho. Wohin sollte er sich wenden? Er kannte sich total nicht aus und irrte kreuz und quer durch dieses Neon-schillernde Viertel der Prostituierten und Spielhöllen. Deshalb fragte er einen englischen Bobby in einem Polizeiwagen, der neben ihm an einer Ampel hielt, nach der nächsten U-Bahn-Station. Als Antwort sprangen vier Uniformierte aus ihrem Bulli und umringten Danny wortlos. Sie begannen, ohne Kommentar in seinen Taschen herumzuwühlen. Höflich, wie Danny war, fragte er: »Kann ich Ihnen beim Suchen irgendwie behilflich sein? Was suchen Sie denn wohl?« »Alles«, meinte der Gesprächigste von ihnen, »Drogen, Waffen, usw.« In Bezug auf Drogen konnte Danny sie beruhigen, da er Nichtraucher war. Tatsächlich war er zu der Zeit in Sachen Drogen so unerfahren wie mit Mädchen. In Deutschland hatte er einmal mit Perry zusammen Haschisch rauchen wollen. Aber als Nichtraucher war sein Versuch kläglich gescheitert. Er konnte noch nicht einmal einen Lungenzug mit ner Filterzigarette machen. Langsam zogen die englischen Bobbies ihm alle Sachen einzeln aus den Hosentaschen. Zu der Tüte mit den 2-Pfennig-Stücken murmelte er entschuldigend: »Ich bin Münzsammler«. Bei einem Päckchen Pariser mit dem bezeichnenden Namen ›Londoner‹ musste er ihnen allerdings erst umständlich erklären, wofür man so was brauchen könnte. Die hatte er sich für alle Fälle – aber vergeblich – mitgenommen. Denn sein Freund Frankie hatte ihm von seinen ersten erotischen Erlebnissen mit einer holländischen Indonesierin während seines Spanien-Urlaubs erzählt. Und dort waren wohl Pariser sehr knapp und wurden deshalb zu Schwarzmarktpreisen gehandelt.

Am meisten Angst hatte Danny jedoch davor, was sie zu seinem Fallschirm-kappmesser sagen würden. Das war ein Messer mit herausspringender Klinge von 20 cm Länge. Denn er hatte von Frankreich-Urlaubern gehört, die wegen eines Messers mit feststehender Klinge in den Knast kamen. Und das wollte er nicht gerade in London zum ersten Mal auskosten. Ihm schwante schon Übles bei der Hosentaschen-Grabbelei. Aber als wäre ein Wunder geschehen, und aus welchen Gründen auch immer …? Jedenfalls schauten sie ausgerechnet nicht in die hintere rechte Hosentasche, ahnten nichts von Dannys Messer und ließen ihn verdutzt stehen. Danny traf Perry dann Stunden später in ihrer Herberge in Ealing Common wieder. Und sein Fallschirmkappmesser verlor er irgendwann während der Rückreise. Das war dann genauso futsch wie irgendwann sein ›Affe‹ verschwand. Aber das schöne blaue Batik-Shirt vom Isle of Wight-Festival trug er noch einige Jahre. Leider gab es das Textil-Album bei dessen Ausrangierung noch nicht. So blieb ihm nur ein Foto davon als Erinnerung.

Zoll-Happenings mit Ausziehen

1971 erlebte Danny seinen Wendepunkt im Leben, also seinen ›Turning-Point‹, unterwegs nach Dänemark. Gleichzeitig las und lebte er das so beeindruckende ›Unterwegs‹ von Jack Kerouac. Auffälligerweise begann der erste Satz in ›Unterwegs‹ ungefähr folgendermaßen: »Nicht lange, nachdem meine Frau und ich uns getrennt hatten, …. begann der Teil meines Lebens, den man mein Leben auf den Straßen nennen könnte.« Und genau solches musste Danny gerade einige Wochen vorher selbst erleben. Denn das Ende seiner Beziehung zu Nicole warf ihn aus wohligen Liebesgefühlen nahezu sprichwörtlich in die ›Freiheit‹. Und er landete auf dem realistisch harten Pflaster der Straße: unterwegs. Da wurde ihm der Geruch von abenteuer-geschwängertem Wind derartig in die Nase eintätowiert, dass er seitdem seine Lebenstriebe so stark betörte wie die Leidenschaft der Lemminge für das ›Nacktbaden im Meer‹ …

Zum ersten Mal im Leben verbrachte er einen Geburtstag im Ausland. Es war sein Zwanzigster, was damals noch keine Volljährigkeit bedeutete. Und zwar weilte er unter ausländischen ›Eingeborenen‹, den Jüten. Mit zwei von diesen blond blühenden Däninnen hütete er für zwei Wochen das Haus und manches Andere. Es waren seine dänische Brieffreundin Inger-Lise und ihre ältere Schwester Jytte, die zwei Jahre später seine Freundin werden sollte. Und deren Eltern waren derweil beide auf Dienstreise.

Jedenfalls verließ Danny an einem Tag Mitte September 1971 um Mitternacht seine nicht wenig erstaunte Oma Selm in Richtung Dänemark. Diese hatte damals wegen der urlaubsbedingten Abwesenheit seiner Eltern das Kinder-Sitting übernommen.

Auf dem Weg nach Dänemark klopfte Danny – unangemeldet – zu einer Stippvisite bei seinem Bruder Gerry in Hamburg an. Die Überraschung war groß auf beiden Seiten. Gerry und Betty lagen nackig im Zollbett: textilfrei unter der Zolldecke. Sie feierten Bettys Geburtstag. Und Danny hatten sie am frühen Morgen bestimmt nicht als ersten Gast erwartet. Viel Zeit blieb ihnen nicht mehr zum Feiern, da brachten sie ihn von der Zollschule zum Bahnhof.

Er wollte mit dem Zug nach Dänemark reisen. Nach Hamburg war die nächste Station Flensburg. Dort gab es einen längeren Aufenthalt an der Grenze. Sein erster Kontakt mit ›filzenden‹ Grenzern überhaupt. Das wurde ihm von da an zur unlieben Gewohnheit. Er hatte nur seine praktische und gut verpackte Umhängetasche dabei. Die hatte er 1970 auf dem Londoner Flohmarkt ›Portobello Road‹ erstanden. Aber sie wurde ihm im November 1971 bei einer radikalen Autoknackung in Amsterdam bereits wieder gestohlen. Na ja, die jedenfalls hatten die Zöllner total auseinander genommen. Danny erinnerte sich noch an eine herumfliegende Unterhose, ›sommer – kurz – weiß‹. Danny war ja nur zwei Wochen unterwegs. Aber trotzdem hatte er es geschafft, in seiner kleinen Umhängetasche drei Kombinationen Jeans/T-Shirts zum Wechseln unterzubringen. Damit hatte er neben der Kombi, die er anhatte, noch drei andere mit. Und zwar jeweils alle vier farblich aufeinander abgestimmt: eine ganz in weiß, eine ganz in schwarz, sodann noch eine in dunkelblau und eine dunkelbraune.

Die Grenzer wollten Auskunft über das ›Woher?‹, ›Warum?‹ und ›Wohin?‹

Erst einmal waren die dänischen Zöllner über seinen Bundeswehr-Ausweis verwundert. Den hatte er wegen der dadurch auf den halben Preis reduzierten Bundesbahn-Tickets dabei. Danny wurde zwar einen Monat später als Kriegsdienstverweigerer anerkannt, aber bis dahin gehörte er halt noch zur Bundeswehr. Im Ausweis stand nämlich ›Jäger Kowalski‹. Dagegen lautete es in seinem Personalausweis ›Danny Thomas Kowalski‹. Diese dürftige Übereinstimmung aufzuklären, kostete ihn einiges an Händeringen. Außerdem war er zu dieser Zeit des Dänischen noch nicht mächtig. Das lernte er erst drei Jahre später. Und so konnte er natürlich auch nicht seinen Zielort Vejle, sprich: ›Waile‹, richtig aussprechen. Er versuchte sich stattdessen mit: ›Fäjlje‹, was des Grenzers Misstrauen über sein ›Wohin?‹ noch vergrößerte. Danny verwunderte überhaupt, dass der Zöllner nicht das seltsame Holzkistchen untersuchte, in dem er dummerweise sein Haarshampoo abgefüllt transportierte. Da er seine Umhängetasche mit

Kleidungsstücken zum Wechseln voll gepfropft hatte, war kaum Platz für was anderes. Also auch nicht für eine Shampoo-Flasche. Deshalb hatte sich Danny ein Holzstückchen aus seines Vaters Hobby-Keller mit kleinen runden Ausfräsungen zum Abfüllen des Reise-Shampoos angefertigt. Als er das Shampoo dann später vor Ort benutzen wollte, war es allerdings schon vollkommen ins Holz eingezogen. Haha, »vertan-vertan,« sprach der Hahn. Zu seiner größten Überraschung ließen die Zöllner jedoch nach all diesen Untersuchungen von ihm ab, und er konnte endlich weiter.

Und nur so nebenbei erwähnt: einen halben Monat später bekam er die Anerkennung als KDV. Militärhelm weg, Barett weg, und der Kopf war wieder textilfrei, dideldei …

Dies war nur der Anfang einer ganzen Serie von Zoll-Happenings sondergleichen. Denn Danny schien damals in den 70er Jahren eine magische Anziehungskraft für Grenzbeamte zu haben, ihn, seine Papiere und sein Gepäck zu durchforsten. Grundsätzlich folgte bei seinem Anblick der Griff zum Verbrecheralbum, sobald er aus dem Ausland zurück in die ›geliebte BRD‹ kam. Auch seine Mitreisenden, die sonst nie was mit Grenzern oder Polizei zu tun hatten, wurden dann zur Zollkontrolle angehalten oder gar auf der Autobahn mit vorgehaltenem MG gestoppt. Danny hätte ja ein Terrorist sein können? Sein Jahrgang 1951 galt in der RAF-Paranoia der 70er Jahre per se als verdächtig. Dabei war er doch nur ein harmloser Sponti und Kriegsdienstverweigerer.

Manfred Schloßer, einer von Dannys besten Freunden, berichtete ihm, dass er in exotischen Ländern oft Ärger mit dem Reisepass des ›Herrn Schlober‹ hatte. Denn in seinem Pass stand in Blockbuchstaben ›SCHLOßER‹. Aber ein ›ß‹ wurde außerhalb des deutschsprachigen Raumes nicht benutzt. Um so weiter er von Deutschland entfernt war, um so schwieriger wurde es, die Verbindung zwischen ›ß‹ und ›ss‹ einem misstrauischen Zollbeamten zu erklären. Aus dieser Not heraus hatte er es sich sogar schon angewöhnt, seinen Namen einfach zu verleugnen und auf ›Schlober‹ zu hören, hihi …

Weniger verleugnen oder überhören konnte Danny jedoch die Grenz-Happenings, die man mit ihm schon alle veranstaltet hatte. Von all den Beispielen ragte sicherlich die Super-›Filzung‹ an der deutsch-dänischen Grenze vom 25. Februar 1974 heraus. Wegen seiner Beziehung zu Inger-Lises Schwester Jytte hatte er bestimmt schon ein Dutzend Grenzüberquerungen der Station Flensburg-Kupfermühle in beiden Richtungen mit allen möglichen Verkehrsmitteln absolviert: zu Fuß, getrampt mit anderen Autos, im eigenem Käfer oder mit dem Zug. Und er hatte mittlerweile einiges an Erfahrung vom günstigen Verhalten an Grenzen gelernt. Aber diesmal sollte es anders kommen. Aus dem Auto, das ihn beim Trampen mitgenommen hatte (»adieu, du schöner Lift«) pickte ihn ein Grenzpolizist – kein Zöllner wohlgemerkt – sehr zielstrebig heraus. Der durchwühlte ihn alleine eine ganze Stunde lang, obwohl er als einziges Gepäckstück nur eine kleine Umhängetasche mit sich trug. Diese Umhängetasche beschäftigte ihn dann eine halbe Stunde lang. Er untersuchte den Belag seines Butterbrotes, blätterte intensiv in den Büchern und hielt sich längere Zeit an einem kleinen gehäkelten Beutel mit allerlei Krimskrams wie Amuletten und Totem-Tierchen auf. Auch das rostige Döschen mit dem für solch eine Militär-Umhängetasche obligatorischen Fernglasputztuch stachelte seinen detektivischen Ehrgeiz ins Unermessliche an. Zumal dieses Putztuch ein schmutziges altes Läppchen war und sich überhaupt kein Fernglas in der Tasche befand. Danach ging es ins ›Filz-Separee‹ für Leibesvisitationen. »Ausziehen!« hieß der kurze und eindeutige Befehl. Und der Zöllner betastete noch eine weitere halbe Stunde jeden von Dannys zahlreichen Flicken an seiner Jeanshose und seinen ganzen Körper. Er wühlte ihm in den Haaren und schaute in und hinter den Ohren, Po und Genitalbereich. Danach schien er sichtlich enttäuscht über seine vergebliche Suche. Das war ja fast wie bei der Musterung für die Bundeswehr. Da wurde Danny auch der ›Ausziehen‹-Befehl erteilt, um seine Genitalbereiche hinten und vorne besser begutachten zu können. Leider hatte ihm noch kein nettes Mädel die Aufforderung erteilt, sich ›auszuziehen‹. So einer Aufforderung wäre er sicherlich lieber gefolgt, als sich von Musterungsbeamten oder Grenz-Zöllnern betatschen zu lassen …

Zurück zur deutsch-dänischen Grenze. Schlussendlich ließ der Zöllner Danny mit heruntergelassener Badehose stehen und verschwand frustriert. Wenn der geahnt hätte, was er vielleicht geahnt hatte: »Hihihihihihi …« Er hätte nur das Innenfutter der Badehose befühlen müssen, um die dort versteckte Streichholzschachtel mit einem Rest von einem Joint und einem kleinen ›Turnpiece‹ zu finden. Erleichtert zog Danny sich an und räumte seine Tasche wieder ein …

Ebenfalls 1974 – auf dem Rückweg von Afghanistan. Die Rückreise mit einem Bus von Istanbul nach München sollte eigentlich 1 ½ Tage dauern, brauchte aber fast drei Tage. Davon alleine sechs Stunden an der österreichisch-deutschen Grenze. Ein skurriles Grenz-Happening wurde Danny dort geboten. Denn in seinem Bus saßen 15 Iraner, 15 Türken, 4 neuseeländische Musiker und er. Alles wohl potentielle Schmuggler, dachten sich die Grenzer. Und was war das Ergebnis ihrer langen und gründlichen Durchsuchung? Eine Flasche Schnaps zu viel, hahaha …

Tennis, Schläger & Kanonen

Wieder mal ›on the road‹ mit Harry. Sie wollten Osko besuchen. Der war eigentlich ein echter gebürtiger Dattelner, der aber durch norwegische Verwandtschaft schon seit Jahrzehnten in Norwegen lebte. Er hatte eine dermaßige Über-Identifikation für Norwegen durchgemacht, dass er sogar das umstrittene norwegische Walfang-Programm verteidigte.

Die beiden fuhren über Hamburg, durch Dänemark bis Frederikshavn, von wo sie die Nachtfähre über das Kattegat zum schwedischen Göteborg gerade noch schafften. In Hamburg hatten sie Station bei Harrys Bruder Eddie gemacht, wo sie übrigens im TV das gewonnene Wimbledon-Tennishalbfinalspiel von Boris Becker sahen. Dummerweise vergaßen sie in Eddies Wohnung ihre sämtlichen für Norwegen gebunkerten Alkoholvorräte. So mussten sie diese kurz vor der dänischen Grenze an der letzten ›Alkohol-Tanke‹ vor Skandinavien wieder auffüllen. Für jeden eine Flasche Rum und je eine Flasche Wein, halt soviel, wie es erlaubt war, durch den Zoll einzuführen. Und noch zusätzlich eine Palette Dosenbier.

Bei der Zollkontrolle zeigte sich dann jedoch der schwedische Staat von seiner ›besten‹ Seite. Sozialutopie à la Sjöwall/Wahlhöö und ›Big brother is watching you‹ in einem. ›Schweden‹ hatte alles unter Kontrolle. Volle zwei Stunden wurden die beiden Freunde untersucht. Und zwar in Zollgarage Nr. 1 von vier Personen, mit allen Schikanen, wie nackig ausziehen oder die Wagentür-Verkleidung öffnen.

Aber diese speziellen schwedischen Zolldeppen suchten wohl nur nach Drogen, allerdings vergeblich, weil die beiden so was nicht mit führten. Dabei übersahen die Schweden glatt, dass die beiden im Kofferraum 24 Dosen Bier zu viel hatten. Na ja, zu viel jedenfalls laut Einfuhrbestimmungen. Harry erlebte die ›Controletti-Session‹ allerdings schon ziemlich angesüppelt, weil er sich notgedrungernermaßen im ›Kampf-Trinken‹ übte. In der Wartezeit vor Zollgarage Nr. 1 zog er sich eine Dose Bier nach der anderen rein. Er dachte sich: «wenn ich die Menge der ›Schmuggelware‹ verringere, dann verringere ich auch eventuell dadurch das Strafmaß …» Er kam auf fünf Dosen, der Arme. Gut, dass Danny an dem Tag nur der Fahrer war und deshalb nix zu trinken brauchte.

In Göteborg am schwedischen Zoll: nix, absolutely nix passierte. Der Alkohol blieb von den Zöllnern unerwähnt, und mit einem ›Gute Fahrt‹-Wunsch ließ man sie ziehen. Dieses Ergebnis war ihnen das Erlebnis echt wert. So holten Harry und Danny die vom schwedischen Zoll gestohlene Nachtruhe an einem waldigen und ruhigen Straßenrand Richtung Norwegen nach. Sie kurbelten die Sitzbank-Rücklehnen runter und dösten ein wenig in ihren Schlafsäcken. Dann kamen sie endlich bei Osko im südnorwegischen Städtchen Aas an. Der wartete schon auf sie, so dass sie dann direkt von dort aus im Konvoi zum Gudbransdal aufbrachen. Osko mit seiner Frau Berit und ihrem Sohn Sigurd fuhren in ihrem Lada, Harry und Danny in seinem Passat.

Schließlich schafften sie auch die letzte Etappe. Nach ungefähr 1600 km waren sie endlich in den beiden Hütten im Mysuseter Fjell im Rondane-Nationalpark bei Otta angekommen. Das liegt auf halber Strecke zwischen Trondheim und Lillehammer. Erst mussten sie mit Osko ihre mitgebrachten Alkoholvorräte leer trinken, dann konnten sie endlich schlafen, schlafen, schlafen …

Am zweiten Tag waren sie dann im Nationalpark schon längst mit der Natur eins. Mit ›Tennis, Schläger & Kanonen‹ hatte ihr norwegischer Zyklus seinen Namen gefunden. Denn Harry, Osko und Danny führten bis in die späte Nacht Sportturniere durch. Mitten in der Nacht war es in Norwegen kurz nach Midsommer nämlich immer noch taghell.

Ein Wettschießen mit Oskos Luftgewehr auf Steinchen, leere Bierdosen, Schaf-Scheiße und schließlich der Höhepunkt: auf den kleinen roten Weindrehverschluss. Nicht Kratzer oder Dellen zählten, sondern nur der astreine Durchschuss mittendrin. Und Danny wurde Schützenkönig, wobei sich sicherlich seine ehemalige Schießausbildung bei den Wildeshausener Fallschirmjägern bezahlt machte. Zusammen mit der richtigen Dosis Alkohol war das eine unangreifbare Festung. Als neuer Schützenkönig wählte er Berit zu seiner Schützenkönigin für das Schützenfest am nächsten Abend.

links unten Dannys T-Shirt für diese Tour, als er mit Harry durch die skandinavische
Sonne bretterte. Harry fragte: »Was steht denn da eigentlich auf Chinesisch drauf?«
Dannys spontane Antwort:
»Gehst du ins Badehaus,
ziehe besser Hose aus.«

Den heiß umstrittenen Badminton-Kampf nannten sie die ›Mysuseter Open‹. Das alles natürlich unter dem frischen Einfluss von Boris Beckers Wimbledon-Turniersieg im Tennis. Harry wurde jedenfalls im Endspiel gegen Danny Sieger im ›Mysuseter Open‹.

Mit ›Tennis, Schläger & Kanonen‹ wurden die beiden ein unschlagbares Team wie einst in den 60er Jahren die beiden Schlingels in der gleichnamigen TV-Krimi-Serie. Kombiniert mit ihrem alles überwältigendem Charme sollten die Norwegerinnen ruhig kommen. Oder sollte man sie besser ›mit Schirm, Charme und Melone‹ nennen, hihihi ….?

Am nächsten Tag, am Tag des großen Schützenfestes, machten sie zunächst einen Ausflug in die Berge und standen dabei mitten im Hochsommer sogar auf Schnee. Um das Schützenfest abends gehörig feiern zu können, leisteten sie sich ausnahmsweise eine ganze Kiste Bier für 200 Norwegische Kronen, was in etwa 65,-- DM entsprach. Erst ging auch alles gut. Berit wurde Kniffel-Königin. Aber Osko warf noch selbst gebrannten Wodka und Whisky in die Runde. Und zu viel Alkohol ließ das Schützenfest nach einer langen hellen Nacht um 07.00 Uhr morgens kippen. Danny war gerade zu Bett gegangen, als sich ein Drama anbahnte. Berit war ziemlich betrunken und meinte, sich etwas in Harry verliebt zu haben, und wollte deshalb mit ihm Liebe machen. Osko hatte vorher sogar beiden mächtig zugeredet, ›es‹ miteinander zu treiben. Denn man würde das in Norwegen alles nicht so fanatisch eng sehen, und er und Berit schon gar nicht. Aber dann passierte ja noch nicht einmal was. Harry und Berit hatten nur miteinander geredet, saßen zwar dicht beieinander, hatten aber höchstens ein wenig gekuschelt. Alles garantiert nicht textilfrei. Aber plötzlich stieg bei Osko trotzdem der Alkohol mit Macht in die Birne, und er führte sein Drama auf. Er wütete, schrie, klopfte und tobte um die Gesindehütte herum, wohin sich die verschreckten Harry und Berit zu Danny zurückgezogen hatten. Es kam zum Eklat und er schrie: »Du bist durch, du bist durch, durch, durch –unten durch, Harry! Du kommst hier nicht lebend raus! Ich bringe dich um! Verschwinde!«

Und genau so plötzlich kam dieser dahin geworfene Mordgedanke ins Spiel, den ja alle durch die Thriller aus TV und Kino in- und auswendig kennen: Alkohol – Eifersucht – Unberechenbarkeit – Mordlust – Angst …

Nach kurzer Beratung packten Harry und Danny ihre Sachen und wollten nur noch weg. Ein besoffener Irrer jagte ihnen ›Angst und Schrecken im Fjell‹ ein. Also Flucht vor dem Verrückten. Da er sie auch ausdrücklich rausgeworfen hatte, sahen sie keinerlei Anlass, diese dramatische Berggegend weiterhin als Aufenthalt zu wählen. Sie konnten allerdings nicht so einfach wegfahren, weil Berit mit ihnen kam. Außerdem befand sich auch noch der Schlüssel im Haupthaus. Und zwar der Schlüssel von der Schranke, hinter der Dannys Auto innerhalb des Nationalparks stand. Boah, wie unglücklich …! Und in dem Haupthaus hatte sich Osko inzwischen verrammelt. Da Danny selber ja nicht der Grund für Oskos dramatischem Aufruhr war, versuchte er es mit gutem und mehrmaligen Zureden oder gar Verabschieden. Aber Osko öffnete weder die Tür vom Haupthaus, noch sagte er überhaupt etwas.

So mussten sie mit dem Problem der Schranke selber fertig werden. Umfahren ging nicht, da links und rechts tiefe Gräben das verhinderten. Schloss knacken schafften sie auch nicht, da es zu groß war. Sie versuchten die Pfähle nahezu waagrecht umzulegen, was zwar klappte, aber nix nützte, weil sie dann trotzdem nicht über die Schranke hinweg fahren konnten. Einen der beiden Pfähle zur Seite zu zerren, ging auch nicht, weil sie unten jeweils in riesige Betonklötze eingelassen waren. Laut Berit hatte einen weiteren Schlüssel nur der Nationalpark-Ranger, aber der war leider nicht aufzufinden. So schien die einzige Lösung zu sein: Warten. Da hatte Harry seinen großen Auftritt. Er entdeckte, dass man die Schranke auseinander nehmen konnte. Und Danny hatte das richtige Werkzeug dafür an Bord: einen Fünfzehner-Schlüssel und diverse Zangen. Und es klappte tatsächlich. Auseinander geschraubt, durch gefahren und wieder zusammen geschraubt. Das Hindernis hatten sie durch gute Teamarbeit überwunden.

Danach blieb ihnen nur noch das Problem ›Berit‹. Sie hatte zwar keine Angst vor Osko und brauchte wohl auch keine Angst vor ihm zu haben. Aber sie saß noch immer in Dannys Auto, und fuhr mit ihnen weg. Aber schließlich hielt Danny an und redete ›Tacheles‹ mit Berit: »Schau Berit, wenn du jetzt mit uns abhaust, dann wird es für eure Beziehung total schlimm. Willst du das riskieren? Oder wollt ihr euch sowieso trennen? Wenn nicht, dann bleibst du besser hier, weil es so eh schon schlimm genug ist …« Sie überlegte kurz, dachte intensiv an ihren kleinen Sohn Sigurd, stieg aus dem Auto und rannte zurück …

… und die beiden düsten los. Wieder mal völlig ohne Schlaf, dazu beide betrunken. Harry fuhr zuerst, da er der Dramen-Auslöser war. Aber beide waren sie sehr beklommen von dem Erlebten. Sie fuhren und fuhren, bloß weg, erst Harry, später Danny – bereits ernüchtert – ohne Essen, ohne Frühstück, ohne Zähneputzen, aufs Geratewohl nach Süden. Durchs wunderschöne Gudbrandsdal, jedoch ohne jeden Sinn für diese Schönheit. Dann schlief Harry neben Danny ein. Der machte wieder mal einen auf ›on the road‹: Beat – Beat – Beat. Da war er wieder, der Herzschlag der Beat-Generation. Fahren – fahren – fahren. An einer Fernfahrerraststätte ausgiebig waschen und Zähne putzen.

Fahren – fahren – fahren. Bei Ann-Kathrins Eltern anrufen, aber Ann-Kathrin war nicht da. Auf dem Rückweg wollten sie sowieso Dannys norwegische Kommilitonin Ann-Kathrin besuchen. Die machte ihr Praktikum in einem Frauenhaus in Askim und wohnte deshalb mit ihrem Sohn den Sommer über bei ihren Eltern im südnorwegischen Spydeberg. Für Ann-Kathrin war Danny wegen seiner Dänisch-Kenntnisse übrigens ein halbes Jahr an der Fachhochschule Hagen ihr Tutor, da Dänisch und Norwegisch fast ähnliche Sprachen sind.

Weiter ›on the road‹: Beat – Beat – Beat. Fahren – fahren – fahren. Später noch mal bei Ann-Kathrin anrufen, weil sie ja viel eher als erwartet zurück nach Südnorwegen kamen. Dann erreichte Danny sie, und sie hatte sogar frei an dem Tag: große Freude. Weiter fahren. Anhalten, etwas essen, was sie morgens gekauft hatten. Fahren, fahren, weiter gen Süden. Vorbei an Lillehammer, wo später die olympischen Winterspiele 1994 sein würden. Entlang des Laagen-Flusses, am Mjösja-See entlang. Fahren – fahren – fahren, denn Norwegen ist verdammt lang. Alleine von Kirkenes im hohen Norden bis Oslo ist es genau so weit wie von Oslo nach Mailand. Bis kurz vor Hamar schaffte Danny es dann gerade eben, dann musste auch er endlich schlafen. Irgendwann nach ein paar Stunden wachten sie beide auf. Den ganzen Tag schien die Sonne. Sie fuhren durch die wunderschöne und friedliche Landschaft in Südnorwegen zwischen Lilleström und Askim, gute Musik aus dem Bordrecorder, und schon bald sollten sie bei Ann-Kathrin in Spydeberg sein und endlich entspannen. Ihre Laune stieg langsam wieder bei der Aussicht auf ein paar ruhige, friedliche und relaxte Tage ohne Stress.

Als die beiden dann später zurück in Deutschland waren, hatten sie sich wieder einigermaßen erholt von ›Angst und Schrecken im Fjell‹. Sie hatten allerdings in neun Tagen 3500 km abgerissen, was ja einem Schnitt von ca. 400 km/pro Tag entsprach. Und das ist für norwegische Verhältnisse schon ganz schön gut, weil man dort auf Grund der Straßenverhältnisse vielleicht auf ein Tagespensum von nur 500 km kommt …

Monate später, als Harry gerade bei Danny zu Besuch in Hagen war, riefen sie in Norwegen an. Bei Osko und Berit war wieder alles in bester Ordnung, als wäre nie was geschehen. Zu seinem durchgeknallten Auftritt meinte Osko nur lakonisch: »Wer abhaut, hat verloren«, der Arsch …!!!

Me too

In den 1970er Jahren trampte Danny viel in der Weltgeschichte herum. Das tat er genau wie die anderen Anhalter seiner Generation nicht aus purer Abenteuerlust. Nein, nein, sondern aus ökonomischer Notwendigkeit. Wer ein Auto hatte, also fast niemand unter seinen gleichaltrigen Freunden, ein Moped oder einen Motorroller, auch eher selten, der trampte nicht. Wer eine Bus-Wochenkarte hatte, brauchte nicht per Auto-Stopp zu fahren. Nur wer keine Kohle hatte, der hatte es nötig zu trampen. Nun ja, und das sollte ja eigentlich auch als gefährlich gelten. Ihm war aber nie was passiert, keine Überfälle, keine Ausraubungen, keine Vergewaltigungen.

Aber zweimal musste er sich gegen homosexuelle Anmache erwehren. Als schlanker langhaariger junger Bursche war er wohl für den einen oder anderen älteren Schwulen ein passendes Sexualobjekt. Einmal, so etwa 1970, da war er noch ein Jugendlicher, trampte er abends von Recklinghausen nach Datteln mit einem älteren Herrn. Der redete so geheimnisvoll daher, und packte dabei an Dannys Oberschenkel. Der war aber gar nicht eingeschüchtert, wischte die Hand weg von seinen Beinen und bestand sofort auf Aussteigen. Dabei umgriff er mit seiner anderen Hand fest entschlossen sein Taschenmesser, was er in der rechten Hosentasche mit sich trug. Das hatte er dabei, um es bei Gefahr zu benutzen. Glücklicherweise kam es dann aber nicht dazu. Der Kerl faselte dann noch daher: »Ich wollte dich nur testen.« Was für eine blöde Ausrede, was …!? Und dann wollte er noch Dannys Adresse haben beziehungsweise seinen Ausweis sehen. Der hatte seine Papiere zwar mit, aber war nicht auf den Kopf gefallen: »Klar, den zeige ich Ihnen gerne, aber erst zeigen Sie mir mal Ihren.« Das wollte der natürlich nicht und ließ schließlich Danny aussteigen. Sie waren gerade am Dattelner Ehrenmal-Teich, wo der Mann ihn am Straßenrand der B 235 raus ließ. Na ja, da war Danny sowieso fast am Ziel. Er trollte sich und war froh, aus dieser merkwürdigen Situation heile raus gekommen zu sein.

Das andere Mal war 1972, als er von Hamburg nach Hannover per Anhalter reiste, um dort seine Freundin Lulu zu besuchen. Mitten auf der Autobahn zwischen zwei Abfahrten fing da der Fahrer an mit seiner Anmache. Das war so ein mittelalter Mann von etwa 40 Jahren in einem Lieferwagen. Der meinte, er würde jetzt was mit Danny anfangen: »Was sagst du dazu?«

»Halten Sie sofort an! Da mache ich nicht mit,« war Dannys empörte Antwort.

Der aber spielte mit seinem Vorteil des Fahrers. Denn er wusste, dass Danny dort mitten in der ›Prärie‹ so gut wie nie weg kommen würde, wenn er ihn da jetzt raus ließe. Das war Danny aber so was von egal, zumal es auch ein schöner Tag mit Sonnenschein war: »Sie stellen mir also hier ein Ultimatum, mich nur weiter mitzunehmen, wenn Sie was mit mir anstellen können. Dann will ich lieber direkt hier raus. Halten Sie gefälligst an!«

Der hielt aber nicht an, stattdessen laberte er noch weiter doof daher. Es war schon eine unangenehme Situation für Danny. Aber bei der nächsten Abfahrt war dann Schluss mit der jämmerlichen Vorstellung. Der Mann ließ Danny aussteigen, obwohl der normal eigentlich weiter mit gefahren wäre. Aber so war er doch froh, diesen schleimigen Kerl losgeworden zu sein.

Er wusste sich halt immer zu wehren, entweder mit seiner großen Klappe, mit seinem Selbstbewusstsein oder zur Not auch mit dem Fallschirm-Kappmesser in der Tasche.

Faustrecht an der Recklinghäuser Trampstelle

Neunzehn-Siebzig-Null, Frühsommer an der Trampstelle in Recklinghausen, Richtung Datteln, an der Bushaltestelle gegenüber der Vestbier-Brauerei. Eine Trampstelle war damals bei jungen Leuten ein bekannter Punkt, wo Autostopper ihren Daumen am Straßenrand raushalten konnten, um mitgenommen zu werden. Danny stand also dort als erster, um nach Datteln zu trampen. Da tauchte plötzlich Carlos' älterer Bruder Kalle mit einem Kumpel auf, die ebenfalls nach Datteln trampen wollten.

Es gibt da ja so ein ungeschriebenes Tramper-Gesetz über Fair-Play-Regeln. Dabei stellt sich der als letzter zur Trampstelle Kommende immer hinten an, und sei die Schlange noch so lang.

Entgegen dieser Tramp-Regel stellte sich Kalle – groß und breit, genauso wie sein jüngerer Bruder Carlos auch einen Kopf größer als Danny – baute er sich also bräsig in seinem langen Ledermantel vor Danny auf. Er zeigte Danny seine Faust vor dessen überraschtem Gesicht und kommentierte sie großkotzig: »Schon mal was vom Faustrecht gehört? Das Recht des Stärkeren? Wir stellen uns jetzt an die erste Stelle, und du gehst nach hinten!«

Damals schleppte Danny immer sein Fallschirm-Kappmesser mit sich rum. Er wollte gerade in seine rechte hintere Hosentasche greifen, um Kalle per Schnappmesser mit der imponierende Länge einer 12 cm-Klinge seine Meinung über dieses Faustrecht und das Recht des Stärkeren zu vermitteln …

… als ein Auto an der Trampstelle anhielt und sie alle drei mit nach Datteln nahm.

»Noch mal Glück gehabt, Kalle«, dachte sich Danny. So hätte er um ein Haar Carlos um seinen älteren Bruder erleichtert. Denn der ahnte ja noch nicht einmal, dass er sich damals in Lebensgefahr befand …!?

Das Ende seiner ersten Auslands-Tramptour

Dannys erste richtige Trampreise ging zusammen mit seinem Schulfreund Perry 1970 nach London und zum Isle-of-Wight-Festival. Auf dem Rückweg ging es bis zur belgischen Hauptstadt Brüssel eigentlich ganz geschmeidig. Doch dann verließ sie das Glück. Insgesamt sechs Stunden verbrachten die beiden am Stadtrand von Brüssel und seinem Nachbarort Löwen, wo sie sich schließlich getrennt hatten. Und das kam so: sie bekamen mit, dass öfter einzelne Anhalter hinter oder vor ihnen mitgenommen wurden. Dagegen standen sie sich zu Zweit resigniert die Beine in den Arsch. Als sie sich trennten, bekam Perry die Straßenkarte. Den Ausschnitt daraus bis Aachen zeichnete sich Danny ab. Und dafür durfte er sich als erster an die Trampstelle stellen. Aber Perry ging kaum 10 m weiter, als er von einem LKW mitgenommen wurde. Und Danny stand allein in Belgien. Lange wanderte er an dieser Straße entlang, bis er endlich einen Lift bekam. Kleckerweise kam er dann bis zur letzten belgischen Autobahnauffahrt vor der deutschen Grenze. Dort hatte sich schon ungefähr ein Dutzend Anhalter aufgestaut. Die meisten von ihnen kamen vom Isle-of-Wight-Festival. Und einige von ihnen wollten gleich weiter zum nächsten Musik-Festival auf Fehmarn. Noch ballerte die Sonne unbarmherzig auf sie nieder. Und natürlich hatte Danny als Tramper-Greenhorn wieder mal einen völlig unpassenden Reiseproviant: eine Tüte gesalzener Erdnüsse, aber nichts zu trinken. Und die machten ihn mächtig durstig. Außerdem hatte er auch keinen müden belgischen Franc bei sich, um sich was zu kaufen, sondern nur deutsches und englisches Geld. Die Lage schien aussichtslos. Denn die Sonne ging langsam unter. Und die ganze Tramper-Bande stand immer noch alle Mann an der Autobahnauffahrt. Um ungefähr 21.00 Uhr abends überlegte sich Danny: »Es sind noch 18 km bis zur Grenze. Wenn ich jetzt stramm durch marschiere, bin ich bis Mitternacht in Deutschland. Also los!« Er hatte nämlich absolut keine Lust, in einem belgischen Straßengraben zu übernachten, und ging los. Gerade unten an der Autobahn angelangt, wollte er noch ein letztes Auto antrampen. Und das hielt: »Juhuu!« Der LKW ließ ihn vorne ins Führerhaus einsteigen und alle anderen wartenden Auto-Stopper hinten auf die Ladefläche aufsteigen: das war ihre Rettung.

An der deutsch-belgischen Grenze suchte Danny sich einen LKW mit günstigem KfZ-Kennzeichen aus und fragte den Fahrer, ob er ihn mitnehmen würde. Zu Sechst saßen sie vorne im LKW-Fahrerhäuschen und fuhren nach Düsseldorf. Netterweise brachte der Fahrer ihn dort sogar zum Hauptbahnhof, wo er sich erst mal, ausgehungert und durstig wie er war, ein Bier und ein Mette-Brötchen genehmigte. Dann kam er über kompliziertes Umsteigen in Duisburg und Wanne-Eickel um 02.00 Uhr morgens in Recklinghausen an.

Dummerweise hatte er irgendwo unterwegs in einem Zugabteil, oder wer weiß wo, sein Fallschirm-Kappmesser verloren. Das merkte er, als ihm in Recklinghausen düstere Gestalten vom Bahnhof aus folgten und er in seiner rechten hinteren Hosentasche nur noch ›Nichts‹ fühlte: es war weg. Mit mulmigen Gefühl registrierte Danny, dass der letzte Bus nach Datteln ebenfalls schon weg war. Und für ein Taxi hatte er nicht mehr genügend Geld übrig. So rief er mit dem letzten Zwei-DM-Stück bei seinen Eltern in Datteln an. Dafür musste er damals die Zentrale der Zeche Emscher-Lippe anrufen, weil das das Diensttelefon seines Vaters war. Privattelefone waren noch sehr ungewöhnlich. Der Mann in der Zechen-Telefonzentrale war zwar erst sehr misstrauisch, verband ihn dann aber trotzdem mit dem Anschluss seiner Eltern. Natürlich vergeblich, weil das Telefon-Klingeln nie und nimmer vom Flur im Parterre ihres Hauses bis zum Schlafzimmer seiner Eltern im ersten Stock dringen konnte.

Also musste er weiter durch die Nacht trampen. Da hatte er sogar zuerst Glück, dass ihn ein LKW-Fahrer bis nach Oer-Erkenschwick mitnahm. Von dort marschierte er durch unheimlich wabernden Nebel zum Hübner-Berg, als ihn doch noch ein Mopedfahrer mitnahm. Der schien allerdings besoffen, da er mehr schlecht als recht den Hübner-Berg runter schlingerte. Danach bog er allerdings in die Felder ab. Dann brabbelte er was von einer ›Abkürzung‹ und bog dabei in einen Feldweg zurück Richtung Erkenschwick ein. Da musste Danny erst noch mit ihm kämpfen, um von seinem fahrenden

Moped runter zu springen. Das schaffte Danny auch noch locker ohne Fallschirm-Kappmesser. Der betrunkene Mopedfahrer wollte es einfach nicht glauben, dass Danny nicht an seiner ›Abkürzung‹ teilhaben wollte, von der er ihm immer wieder was vorlallte. Schließlich verschwand er im Dunkeln. Und Danny konnte endlich beruhigt und unbelästigt zu Fuß gegen 03.00 Uhr morgens sein Zuhause ansteuern. Das war dann das Ende seiner ersten Tramptour, wobei er – wie gerade geschildert – jede Menge ›Tramper-Lehrgeld‹ bezahlen musste …

Wild-Zelten in Schnee und Regen

Die 1970er und 1980er Jahre und ihre Zelt-Abenteuer: das war nix für Warmduscher …!

Dannys erstes Zelt hatte er sich bei der Bundeswehr besorgt. Obwohl er ja Kriegsdienstverweigerer war, fand er durchaus einige Ausrüstungs-Gegenstände der BW ganz praktisch. So den wasserdichten Schlafsack, die zwiegenähten und überraschend bequemen Springerstiefel, na ja, und eben das BW-Zelt. Das bestand aus zwei Planen, die oben zusammen geknöpft gehörten. In Reality hatte jeder Soldat eine Plane und ein halbes Stangen- und Härings-besteck in seinem Kampfgepäck. Je zwei Kameraden taten sich für die Nacht im Outdoor zusammen und knöpften ihre beiden Zeltplanen zusammen. Mit den Stangen und Häringen ergab das dann ein ganzes Zelt, allerdings ein ganz einfaches. Nämlich eins ohne Boden. Dafür war ja dann der Schlafsack wasserdicht und frostbeständig. So hatte Danny also bei seinen ersten Tramp-Reisen 1972 und 1973 solch ein BW-Zelt in seinem Rucksack. Mit dem Ergebnis, dass es bei Starkregen an den Bodenseiten ins Zelt reinsuppte.

»Tja, du kannst nicht alles haben,« dachte sich der anspruchslose Tramp-Reisende …

Nacktzelten im Regen

1972 war Dannys Zivildienstjahr als Hausmeistergehilfe in einem Altenwohnheim, wo er aber eigentlich meistens in der Großküche im Akkord spülte. Das machte er zusammen mit seinem Kollegen Ringo, über den er dessen

Frau Paula kennenlernte. Ringo bat ihn doch tatsächlich, mal mit seiner Frau irgendwo hin zu trampen: »er könne das nämlich nicht.« Also trampte er mit Paula mit Zelt und Schlafsäcken bewaffnet gen Süden. Sie wollten eigentlich nur im Raum Rheinland-Pfalz oder Baden-Württemberg ankommen und ein romantisches Zeltwochenende erleben. Aber das Glück beim Trampen war ihnen über-hold und sie wurden von einem Autofahrer mit schnellem Jaguar überraschend schnell nach München mitgenommen. So mussten sie kurz vor München improvisieren. Denn sie konnten ja schlecht mitten in der Stadt ihr Zelt aufschlagen. Also stiegen sie an der letzten Autobahnabfahrt vor München aus, die Garching hieß und noch ziemlich ländlich aussah. Dort wanderten sie rechts ins Grüne. Es wurde schon langsam dunkel, und es lag Regen in der Luft. Sie konnten ihr Zelt bei hereinbrechender Dunkelheit gerade noch so auf einem Wiesenweg neben einer eingezäunten Weide aufbauen. Da kam auch schon der große Regen, der unbarmherzige Spielverderber für Tramper und Zeltler …

Sie hätten es sich ja in ihren Schlafsäcken gemütlich und romantisch machen können, wenn sie nicht plötzlich entdeckt hätten, dass es von unten heftig pikste. Boah, denn längs unter dem Zeltboden lag Stacheldraht. Sie hatten nämlich beim Zeltaufbau im fast Dunkeln übersehen, dass auf dem Weg ein umgekippter Stacheldrahtzaun lag. Und ausgerechnet auf dem hatten sie unglücklicherweise ihr Zelt aufgebaut. Was tun? So konnte es nicht bleiben. Also zogen sie sich nackig aus. Denn es plästerte ja total, und sie hatten keine Kleidung zum Wechseln dabei. Dann bauten sie das Zelt wieder ab und an einer anderen Stelle ohne stacheldrahtbewehrter Fakirunterlage wieder auf. Alles nackig. Danach mussten sie sich wieder trocken rubbeln. Und wenn ein nackter Mann und eine nackte Frau, die sich auch noch mochten, sich aneinander rubbeln, dann kam da natürlich raus, was rauskommen musste. Sie liebten sich zum ersten Mal … und liebten … und liebten sich … Es war eine kurze und feuchte Nacht. Aber garantiert textilfrei. Und so wurde Paula zu seiner Geliebten für einen Sommer.

Aber am nächsten Morgen schien die Sonne über den Garchinger Wiesen, und die beiden frisch Verliebten zog es in die nahe Großstadt München. In Garching gab's einen Bahnhof. Dort fanden sie nicht nur den Zug nach München, sondern trafen noch einen jungen Garchinger Typen. Der nahm sie in München zu einer befreundeten WG mit, wo sie sogar für eine Nacht unterschlüpfen konnten. Das war supernett. Und so erlebten sie auch noch was von München in der sommerlich ausgelassenen Zeit der Post-Hippie-Ära der frühen 70er Jahre, nämlich das WG-Leben von jungen Münchenern. Sie besuchten dann alle zusammen den Englischen Garten und lungerten auf der sonnenbeschienenen Wiese herum. Sie beobachteten das Treiben der Bevölkerung und gaben dazu lustige Kommentare ab. Dabei kamen sie sich fast ein bisschen vor wie in dem von May Spils gedrehten Münchener Szene-Film ›Zur Sache, Schätzchen‹ mit Uschi Glas und Werner Enke: »alles total abgeschlafft und ausgebufft hier …«

Zurück in der WG, brachte einer der zahlreichen dort wohnenden oder zumindest ein- und aus gehenden jungen Typen für alle Eis mit. Normalerweise mochte Danny ja gar kein Eis, aber dieses schmeckte besonders gut. Darauf angesprochen, meinte der junge Münchener, das schmeckt deshalb so gut, weil es in einer speziellen Eisdiele mit Sahne statt – wie sonst üblich – mit Milch hergestellt wurde.

Sie konnten die Nacht über in der WG bleiben, zumal sie ihre total nasse Zeltausrüstung in einem Schließfach im Münchener Hauptbahnhof deponiert hatten. Sie durften auf einer Couch im Wohnzimmer schlafen, wo es sehr eng war. Das kam ihnen aber sehr gelegen, denn sie konnten, frisch verliebt, doch eh nicht voneinander lassen. Und wieder war's eine kurze, da liebes-durchflutete Nacht. Durch die Kamasutra-erfahrene Paula erfuhr Danny von dem Phänomen der ›Amotromiripila‹, was eine Abkürzung für die ›all morgendliche trotz mit Riesen-Piss-Latte‹ ist. Und genau diese führte sie sich am nächsten Morgen dann auch sehr interessiert auf der WG-Couch von hinten in sich ein. So mitten im Wohnzimmer, da hatten sie aber praktischerweise noch ein paar Textilien an gelassen. Paula weihte den jungen Danny im Laufe dieses ›Sommer der Liebe‹ in die verschiedensten sexuellen Stellungen ein. So brachte sie ihm auch als erste Frau die Merkwürdigkeiten des Oral-Sex nahe, dem sogenannten 69er oder auch ›französisch‹ genannt. Es war ja wieder mal schön heiß in jenem Sommer, da waren sie häufiger textilfrei, ließen aber auch schon mal die eine oder andere Textilie mitmachen, hihihi …

›Ouzo-Killer‹

Durch seine Besuche bei seiner dänischen Brieffreundin Inger-Lise lernte Danny ihre rotblonde gertenschlanke Schwester Jytte kennen. Und eines Tages begannen sie, sich zart zu lieben. Er mochte ihre schüchterne Art und lernte

Dänisch. Er ließ sich von ihrer Sprache verzaubern, wobei das ›Sch‹ von Dänen eher wie ein scharfes ›S‹ ausgesprochen wird. Da hört sich ein ›Hubschrauber‹ ungefähr wie ›Hubsrauber‹ an. Eine Liebe in einem anderen Land zu erleben, ist etwas Faszinierendes. Allein unter Fremden zu sein, durch die eine Person, die man liebt, verbunden mit den anderen, die man näher kennen und schätzen lernt, und die dann auch lernen, einen gerne zu haben. Mit wachsender Liebe beschlossen Jytte und Danny, einen Sommer lang für drei Monate durch Südeuropa zu trampen. Die beiden unterhielten sich im ersten halben Jahr ihrer Beziehung nur in Englisch. Später zog sie nach Deutschland und lernte Deutsch. Diese Zeit des Englisch-Sprechens und sogar schon Englisch-Denkens hat Danny übrigens später sehr geholfen, sich im englischsprachigen Raum immer schnell und gut zurecht zu finden. Denn eigentlich hatte er auf dem Abi-Zeugnis eine fünf in Englisch.

In Südeuropa trieben sie sich anfangs einige Wochen in Jugoslawien herum. Das war damals noch ein Staat. Nach dem Zerfall des Vielvölkerstaates in den 90er Jahren hieße solch eine Reise heutzutage: durch Slowenien, dann entlang der dalmatinischen Küste durch Kroatien, Bosnien/Herzegowina und Montenegro, danach um Albanien herum durch den Kosovo, durch Serbien und Nord-Mazedonien nach Griechenland zu kommen. Boah, das hört sich recht mühselig an. War es auch. Sie brauchten schon einige Wochen, um dieses Programm per Autostopp zu absolvieren. In den Kriegs- und Krisenzeiten der 90er Jahre wäre das überhaupt nicht möglich gewesen, und auch heute wäre es eine beschwerliche Reise durch die verschiedenen verfeindeten Staaten.

Dann kamen sie endlich in Griechenland an. Sie trampten bis nach Korfu. Sie waren total begeistert von den Griechen als Menschen mit ihrer Gastfreundschaft, Weltoffenheit, Klugheit und Lebensfreude. Aber eigentlich hatte Griechenland zu jener Zeit unter der allseits bemerkbaren Diktatur unter Papadopoulus sehr schwer zu leiden. Glücklicherweise erkämpften sich die Griechen dann später ihre wohlverdiente Demokratie.

Leider brach dann – wie es immer so ist – auch bei den beiden der letzte Abend ihres zweiwöchigen Aufenthaltes auf der Insel Korfu an. Dafür war ihr letzter Tag auf dem Camping-Platz in Ypsos, in der Nähe der Hauptstadt Kerkyra, am 12. August 1973 bemerkenswert. Denn was für eine Nacht erlebten sie vom letzten Abend bis zum Morgen des Aufbruchs. Auf dem Rückweg von ihrem Abschieds-Souvlaki-Essen trafen sie Alain und Günther, zwei andere Camper. Zuerst tranken sie alle ganz normal und genüsslich einige Gläser Retzina. Dann aber begannen Jytte und die beiden Jungens mit Ouzo trinken. Das ist jenes griechische Lakritz-Anis-Getränk, das Danny nicht mochte, weil er keine Lakritze mochte. Ganz im Gegensatz zu Jytte, die wie fast alle Skandinavier/innen ganz heiß auf Lakritze ist. Die Einheimischen dort auf Korfu erzählten, dass da im Ouzo etwas Opium mit gebrannt sei, was so anturnte. Jedenfalls war es das erste Mal, dass Danny seine Jytte richtig ›High‹ erlebte. Sollte das der Beginn ihrer wilden Jugend als Freak werden, haha …? Opium, ›das Brot der Berge‹, gemischt mit ein bisschen Alkohol, ließ sie in einen fantastischen freien Rausch fahren. Es löste ihre Zunge und ließ ihre sämtlichen Verstandesbremsen verschwinden. Betrunkene Menschen und kleine Kinder sagen die Wahrheit. Und so handelte sie später: «I love you so much, Danny, I love you,» murmelte sie immer wieder im Zelt, als sie sich wie entfesselt leidenschaftlich und hemmungslos liebten …: in Englisch, Dänisch, Deutsch und wortlos, denn die Kommunikation der Liebe ist international.

Zurück zum torkeligen und chaotischen Vorabend. Der Weg von der Bar zu ihrem Zelt war ein einziges Durcheinander. Zuerst wurden sie von zwei hilfreichen Personen zur Toilette begleitet, wo Danny von Jytte nur mächtig viel Krach da drinnen hörte. Danach schleppte er sie in einem langen und gewundenen Weg (›a long and winding road‹) unter den Schultern fassend, bis er das auch nicht mehr schaffte. Also schleppte er sie die letzten zwanzig Meter ganz bequem auf seinen Schultern, mittels des beckenmassierenden Bundeswehr-Transportgriffs. Er stellte sie vor dem Zelt ab, um die Knöpfe am Zelteingang zu öffnen. Doch das hätte er nicht tun sollen. Er hätte sie doch besser gegen einen Olivenbaum lehnen sollen. Denn sie kippte sofort hinterüber auf das Zelt, nachdem er sie losließ. Nach diesem unfreiwilligen Sit-in auf dem Zelt, schaffte er es irgendwie, sie dort hinein zu bugsieren. Schließlich lag sie. Endlich lag sie … Und sie schlief wie ein stocktoter Betonklotz. Nicht einen Zentimeter zu bewegen, aber leider auf der Decke. So war es für Danny eine ziemliche Schwierigkeit, sich unter die Decke vorzuarbeiten. Hat jemals mal jemand versucht, eine Decke unter einen Betonklotz wegzuziehen?

Die ganze Nacht über hatte er deshalb große Schwierigkeiten zu schlafen, wogegen Jytte den Schlaf der Gerechten schlief. Die Arbeit mit der Decke und sein schmaler Schlafplatz ließen ihn die halbe Nacht nicht schlafen. Schließlich stand er auf, um den Sonnenaufgang zu beobachten. Aber es war noch viel zu früh und überall nur Dunkelheit. Dann begann zuerst der Chor aller Hähne der Umgebung, sofort gefolgt vom Chor aller Esel der Umgebung. Danny war immer noch wach. Aber er legte sich doch wieder hin. Als dann das erste Licht des Tages aufkam, war er zu faul, um wieder aufzustehen …

…und mit dem hereinbrechenden Morgen schlief er endlich ein.

Nachdem die beiden spät morgens aufgestanden waren, befand sich Jytte immer noch ein bisschen in ihrer Abend-Stimmung. »Besoffen«, sagte sie, aber es schienen die typischen Reaktionen eines ›after-high‹ zu sein. Schließlich bauten sie in einem langen Kampf gegen die Materie das Zelt ab und packten das Gepäck zusammen, denn es war Reisetag. Langsam kam Jytte von ihrem ersten Ouzo-Opium-Trip runter.

Auf der Fähre von Kerkyra, also Korfu, nach Brindisi in Italien war sie schon wieder klar. Nachdem die beiden bisher in Jugoslawien und Griechenland soviel Glück mit dem Trampen hatten, fragte Jytte: »Sag mal, Danny, hast du eigentlich schon mal in Italien getrampt?« »Nein, mine elskede Jytte, aber du scheinst mir beim Trampen Glück zu bringen.«

Die ›kosmische Walze‹ im Schnee

Und ein Jahr später, im Winter 1974, erlebte Danny mit seinen beiden Holy-Flip-Compadres Laufi und Willem die ›Kosmische Walze‹ im Schnee. Sie fuhren zusammen mit seinem blauen VW-Käfer ins nahegelegene Sauerland. Denn sie wollten im Schnee zelten, brrrr …. Sie stochten also in der Landschaft herum, wo der Schnee noch frisch und unverbraucht erschien. Also runter von der Sauerland-Linie an der Abfahrt Lüdenscheid-Nord, dann Richtung Altena den Berg hoch. Schließlich landeten sie in einem Wald, wo kein anderer Mensch mehr längs kam …

Zuerst wollten sie in ihrem jugendlichen Wahnwitz einen Iglu bauen, um in solch einer wärmeisolierten Halbkugel aus Schneeblöcken zu nächtigen. Glücklicherweise gaben sie dieses Vorhaben auf. Denn sie hatten ein kleines Iglu-Modell gebaut und merkten, dass dafür ihre Zeit noch nicht reif genug war. Später erfuhr Danny dann durch seine Sister BärBel, Völkerkundlerin und durch ein Jahr Forschungstätigkeit bei den kanadischen Inuit ausgeprägte Eskimo-Expertin, dass man Iglus auch nur aus altem festem Schnee bauen kann.

*Damals gab's noch keine T-Shirts für die Textil-Sammlung, doch Dannys alte
›Allzweck-Decke‹ kam groß raus: Knuddeln & Streicheln auf einer Waldlichtung
in Hessen; Knutschen am Kanal bei Henrichenburg; und textilfreier Sex unter
Toskana's Sonne*

Nicht jedoch aus dem Neuschnee, den sie in den Wäldern des Sauerlands vor-
fanden. Statt des Iglus bauten sie lieber zwei Zelte auf. Dannys Tramper-Mi-
nipack für ihre mitgebrachten Musikinstrumente. Die drei ›Schneemenschen‹
waren in steinzeitliche Felle warm gekleidet, nämlich Laufi im Afghanen-
mantel, Danny im Fohlenmantel aus Amsterdam und Willem in seinem Afghanen, den er sich 1974 aus Afghanistan mitgebracht hat. Die drei jedenfalls

lagen längs in der ›kosmischen Walze‹. Das war ein Zelt mit Glasfiberstangen und mit der Form eines Halbzylinders. Die Liegeordnung im Zelt ergab sich folgendermaßen: alle drei lagen sie mit den Gesichtern zum geöffneten Zelteingang, also mit den Köpfen halb draußen. Dadurch sahen sie die schneebedeckten Baumzweige und den Sternenhimmel über sich. Laufi lag in der Mitte, gewärmt rechts und links von Willem und Danny. Die beiden hatten ihre Horizonte durch den mexikanischen Zauberpilz Teonanacatl kosmisch erweitert und erwärmt. Diese Psilocybin-Pilze waren ein altes traditionelles Naturmittel und wurden von den mexikanischen Indianern aus spirituellen Gründen genommen. Damit kamen sie zu einem besseren Einklang mit der Natur. Und näher an und mit der Natur als die drei war wohl in dieser Nacht kaum jemand in ganz Deutschland.

Sie hatten das Schlafzelt mit seinen Glasfiberstangen auf einer abgerundeten Anhöhe aufgebaut. Somit lagen ihre Körper konkav, also nicht gerade rückenfreundlich. Mit dem Ergebnis, dass sie mit den Köpfen ihre eigenen Füße nicht mehr sahen. Denn die lagen durch die konkav abgerundete Schlafunterlage verdeckt im nicht sichtbaren Zeltende. Dort unten am Zeltende lagerte sich ein regelrechter Sumpf von verschiedenstem Krempel ab. Dorthin musste ab und zu mal einer von ihnen runter tauchen, um irgendetwas ihrer Sachen zu holen. Dieses geschah alles zu Dritt in einem kleinem Tramperzelt. So kann man sich das jeweilige Gedränge und erst recht das Durcheinander im Sumpf ihrer Fußenden gut vorstellen. Anfangs war's auch recht toll und romantisch, philosophierend im Zelt zu liegen. Zudem fühlten sie sich durch ›Psilocybe mexicana‹ und die besondere Situation der weißen Schneelandschaft um sie herum sehr mit der Natur im Einklang. Aber im Laufe der Nacht wurde es leider wärmer. Es begann zu tauen. Aus der Schneelandschaft wurde eine realistisch tröpfelnde Nasskälte. Somit ließ auch die Wärme-Isolierung des Schnees langsam, aber bestimmt nach. Und die nasse Kälte kroch ins Zelt.

In dieser Nacht blieb Danny ohne Schlaf. Er war nur damit beschäftigt, Laufi zu wärmen und mit Willem zu philosophieren. Und siehe da: am nächsten Morgen war auch das Iglu-Modell getaut. Und die drei wären es auch, hätten sie sich am Abend zuvor für die eisige Halbkugel-Herberge entschlossen. Derweil stand Danny früh auf und hatte bei Morgengrauen und wabernden Nebelfetzen ein denkwürdiges Zusammentreffen mit dem Förster: ›Staatsgewalt trifft Freak‹. Sie befanden sich in gegenseitiger Skepsis. Denn der Förster als

Vertreter von Gesetz und Ordnung traf in seinem Revier am frühen Morgen einen zotteligen Freak mit langen Haaren, Bart und Ketten. Das roch doch stark nach Anarchie. Aber immerhin besaßen sie beide die Solidarität des naturverbundenen Morgenfreundes. So wünschten sie sich gegenseitig einen ebensolchen »Guten …« und stapften freundlich gesinnt ihrer Pfade.

Danach hatten die drei es auf einmal recht eilig. Sie packten beide Zelte mitsamt der Schlafsäcke und allem Krempel nass und knautschig in den Kofferraum des Käfers, und düsten los zur nächsten Stadt. Bald erfreuten sie sich an der innerlichen Wärme eines frischen heißen Kaffees. Und dann ab auf die Burg Altena, um dort ein wenig Ritterkrempel zu begucken.

Die Clochards unter der Akropolis

Wenn du im Tramp-Urlaub unterwegs bist, dann kannst du was erleben. So wie Danny, als er 1974 mit Matthes gen Süd-Europa unterwegs war. Kreta war ihr Ziel, und danach gemeinsam zum ersten Mal nach Asien zu kommen. Sie bekamen an der jugoslawisch-griechischen Grenze einen Lift mit einem VW-Bulli, mit dem sie drei Tage unterwegs waren. Es war ein Vater mit seinen zwei Kindern, die drei Tage später ihre Ehefrau und Mutter in Athen treffen sollten. Deshalb dauerte der Lift auch drei Tage. Also machten Danny und Matthes unterwegs auch alles mit. Sie hatten ja ihr Tramper-Zelt und konnten überall in der Natur zelten, genau wie der Bulli, der überall über Nacht stehen konnte.

So kamen sie schließlich in Athen an. Aber die Fähre von Piräus nach Kreta fuhr erst am nächsten Tag. »Kein Problem, werden wir uns Athen anschauen,« dachten sich die beiden.

Und in der Nacht? Ja, der Tramper will Geld sparen, wo er nur kann. Denn als Student war das Geld knapp und für ein Hotel-Zimmer in Athen sowieso keine Kohle übrig. Stattdessen gaben sie ihre Rucksäcke bei der Gepäckaufbewahrung am Bahnhof ab. Ihr Plan war ›Durchmachen‹, und am nächsten Tag zur Kreta-Fähre. Dort könnte man immer noch schlafen. So trieben sie sich in der Athener Altstadt rum. Zum Schluss hatte nur noch die Plaka geöffnet, das Touristenviertel mit den vielen Kneipen und Tavernen unterhalb der Akropolis. Aber selbst die klappten um 02.00 bis 03.00 Uhr nachts ›ihre Bürgersteige hoch‹. »Was tun?« fragten sich die beiden Traveller. Der Bahnhof mit ihrem

Gepäck und den Schlafsäcken hatte nachts geschlossen. Glücklicherweise war es Hochsommer, und in Athen auch des Nachts sehr mild. So machte es gar nix, dass sie nur ihre dünnen kurzärmligen Indien-Hemden anhatten. Also nix textilfrei, haha, höchstens textil-arm, hihi …

Trotzdem mussten sie noch die halbe Nacht rumkriegen. Da kam ihnen die Idee. Sie fanden nämlich eine dicke Samstag-Zeitung mit unheimlich viel Papier: »Warum machen wir es nicht wie die Clochards unter den Seine-Brücken in Paris? Wir legen uns irgendwo hin und decken uns mit den Zeitungen zu.« Gedacht – getan. Doch wo?

»Warum nicht da oben, im Wald unterhalb der Akropolis?« meinte Matthes. Denn während des Tages hatten sie schon einen Spaziergang hoch zur Akropolis gemacht. Sie waren allerdings nur bis zum Eingangstor gekommen, denn die Besichtigung kostete Eintritt. Der war ihnen zu teuer. Es war aber auch von außen ordentlich was zu sehen: Säulen und Trümmer halt.

Und es erschien ihnen sehr angenehm da oben: sehr ruhig gelegen und jede Menge Büsche und Bäume, die Schatten spenden konnten.

Dort wollten sie sich also zur Nacht niederlegen, unter Büschen, mit Zeitungen zugedeckt. So schlenderten sie durch die laue Nachtluft die kurvige Straße hoch zur Akropolis. In einer Kurve entdeckten sie eine geschlossene Taverne, wovor draußen Stühle mit Sitzpolstern drauf standen. Da bekam Danny die verhängnisvolle Idee mit den ›Kopfkissen‹. So unter den Büschen liegen und mit Zeitungen zugedeckt, das war schon gut. Aber Sitzpolster als Kopfkissen würde das nächtliche Clochard-Lager noch toppen. Doch das hätten sie besser sein lassen.

»Wie jetzt?« fragte Matthes, »willst du die Sitzkissen hier klauen?«

»Ach was, Matthes, nur ausleihen. Wenn wir morgen früh zurück kommen, legen wir die Polster wieder hier hin.«

So kramten sie dann an den Polstern, als sich aus dem Inneren der Taverne was rührte. Der fleißige Wirt hatte wohl dort geschlafen, sah die langhaarigen und bärtigen Hippies und schrie sofort los: »Polici, Police, Policiaaaaaa ….!!!«

»Uuaaahhh!« dachten sich die Jungs und nahmen die Beine in die Hand, »jetzt bloß keine Polizei.« Rasch rannten sie im Dunkeln hoch zur Akropolis. Dort suchten sie, nach Atem ringend, den Schutz der Büsche auf. Aber es verfolgte sie niemand. Und keine Polizei kam: »Noch mal Glück gehabt, puuuh!!« So breiteten sie ihre Zeitungen aus, legten sich ihre Umhängetaschen als Kopfkissen unter ihren müden Häuptern und schliefen den Schlaf der Gerechten.

Schön warm war es mit den Zeitungen für die beiden Hobby-Clochards unter der Akropolis. Am nächsten Morgen weckte sie die Sonne, und sie begannen den Abstieg runter nach Athen. Kreta wartete.

Raureif im finnischen Sommer

In Finnland trampte Danny 1975 zusammen mit Frank an der Ostsee-Küste nordwärts, Richtung Oulu. Bei einem ihrer ›wilden‹ Camping-Nachtlager unterwegs lernten sie die Schwedin Benita und ihre finnische Cousine Anna-Lisa kennen. Die beiden jungen Mädels waren so besorgt um die jungen Tramper, dass sie ihnen sogar Fische schenkten. Denn die beiden fingen nicht einen einzigen Fisch in ganz Skandinavien.

Bei Oulu hatten sie ein letztes Bad im Bottnischen Meerbusen: was für ein schönes Wort für textilfreies Baden. Weiter, immer weiter trampten sie, noch weiter nördlich. Bei Rovaniemi überschritten die beiden zum ersten Mal den nördlichen Polarkreis. Aber trotz des Hochsommers hatten sie nördlich vom Polarkreis nachts Frost, Raureif auf dem Zelt und ewige Helligkeit.

Danach trampten sie durch das Sumpfgebiet Lapplands hoch bis nach Tromsö im Norden Norwegens. Von dort machten sie sogar einen Abstecher zu den Lofoten, zur Insel Senjehaaben. Aber auch dort bis an die Meeresküste vereinzelte Schneefelder: bbbrrrr …! Deshalb zog es sie auch in Norwegen mit Macht südwärts. Per Autostopp fuhren sie an der weit verzweigten, von Fjorden zerrissenen Küste entlang. Dabei hatten sie immer die Vision von südlicher Wärme vor Augen.

Im Gudbrandsdal erlebten sie dann endlich auch Wärme und Natur. Dort kraxelten sie tagelang ein Bachbett flussaufwärts. Dabei pflückten sie wilde Beeren und stellten sogar selber Haferflocken für ihr Müsli her.

Londoner Bobbys störten die Nachtruhe

Dass man in London zwar übernachten darf, aber keinesfalls in einem Royal Park, ja, das wussten Danny und Achim vorher noch gar nicht. Sie trampten im Sommer 1976 gut gelaunt nach London. «Übernachtung,» dachten sie sich, «kein Problem, gehen wir doch auf Suzanne's Geburtstags-Party. Alles Weitere ergibt sich dann dort sicherlich …!?» Denn Danny hatte in früheren

Jahren eine Brieffreundin in London gehabt, eben diese besagte Suzanne Jordan, die genau an dem Tag ihrer Ankunft in London Geburtstag hatte, wie er sich in seinem kleinen Taschenkalender notiert hatte. Die kannte er ja sogar persönlich von seinem letzten Besuch 1970 in London, als er sie dort dreimal getroffen hatte. Einmal sogar zu Hause bei ihren Eltern im nördlichen Stadtteil Islington, wo er zusammen mit Perry zu einem nachmittäglichen Tea-Time eingeladen war. Genau dort rief er jetzt an, um Suzanne sechs Jahre später zu ihrem Geburtstag zu gratulieren. Er hatte auch direkt ihre Mutter an der Strippe, die ihm jedoch nur Enttäuschendes berichten konnte: «Suzanne ist nämlich inzwischen verheiratet. Und leider befindet sie sich zur Zeit gar nicht in London. Sorry, German Guys, no help for you …«

»Vertan – vertan,« sprach der Hahn. So dachten sich auch Danny und Achim, «aber übernachten in London, no problem, denn da gibt's doch überall öffentliche Parks …!«

Sie kamen ja in London erst spät abends, fast in der Nacht an. Da wollten sie dort die Kosten für unnötige Hotelbetten sparen, indem sie lieber mit ihren Schlafsäcken auf einem englischen Rasen biwakieren wollten. Das entpuppte sich jedoch als eine ziemliche Odyssee durch die Londoner Parks. In der ersten Grünanlage hatten sie gerade unter einer Weide lauschig an einem Teichrand ihr Lager ausgebreitet, als zwei englische Bobbys mit Hunden kamen und sie darauf aufmerksam machten, dass es nicht erlaubt sei, in einem Royal Park zu nächtigen. Und sie befänden sich leider im St. James Park: «This is a Royal Park. Also Jungs, zusammen räumen und verschwinden!«

Sie zogen weiter, fanden in der nächsten Anlage einige Parkstühle, die sie zwei zu zwei zusammenstellten, um sich darauf zu legen. Eben hatten sie wieder ihre Schlafsäcke auf dem eigentlich ungemütlichen Nachtlager ausgebreitet, als sie tatsächlich dieselben beiden Bobbys mit ihren Hunden aufstöberten. Die reagierten jetzt schon ein wenig verärgerter, weil die beiden anscheinend schon wieder einen Royal Park aufgesucht hatten: »This is Green Park, again a Royal Park. It's forbitten to camp here in a Royal Park! Wenn sie uns noch ein drittes Mal erwischen würden, dann müssten sie uns aber mit auf die Polizeiwache nehmen …!«

Das wollten Danny und Achim aber unter allen Umständen vermeiden. Da ihre Körper für royalen Rasen nicht würdig genug waren, trollten sie sich lieber. Also schauten sie auf den Londoner Stadtplan, suchten den Hyde-Park, von dem Danny hundertprozentig wusste, dass der ein öffentlicher Park ist. Sie fanden ihn und machten es sich dort vorsichtshalber von weitem unsichtbar auf einem erhöhten Holz-Rondell bequem. Dort fanden sie endlich Ruhe für diese Nacht und schliefen ungestört bis in die Puppen. Erst am nächsten Tag kitzelte die Sonne ihre Nasen …

Wenn der Förster kommt …

Zehn Jahre nach der ›Kosmischen Walze‹ fuhr Danny wieder mal zum Zelten ins Sauerland, aber dieses Mal im Sommer. Es war Mitte der 80er Jahre. Er fuhr mit Pedro in seinem weißen VW-Passat-Kombi von Hagen aus südlich in den Märkischen Kreis, vollgepackt mit Musikinstrumenten und Zeltausrüstung. Sie wurden in den Bergen östlich von Lüdenscheid fündig. Ein einsamer Berg, mit kleiner Waldweg-Zufahrt, wo sie gerade eben noch so durchpassten. Da gondelten sie bis zur Bergspitze mitten im Wald, ideal für ihre Bedürfnisse. Sie kamen an einer merkwürdigen Siedlung aus drei alten Bruchstein-Gebäuden vorbei. Die schmiegten sich an diesen Berghang am Waldrand. Und fast sämtliche Bewohner saßen auf Stühlen und Sesseln vor ihren Häusern. Die staunten natürlich Bauklötze, was da für zwei schräge Vögel mit ihrer bunten Klapperkiste durch ihre Siedlung schlichen.

Weiter oben im Wald bogen sie in einen Waldweg ab, der eigentlich von Bäumen und Buschwerk verbarrikadiert war. Aber für ihre Zwecke erschien er genau richtig. Sie wollten ja übers Wochenende ihre Ruhe haben. Deshalb bauten sie die grüne Busch-Barrikade ab, fuhren mit dem Auto durch und bauten die Barrikade hinter sich wieder auf. Da auf der Bergspitze fanden sie einen idealen Zeltplatz auf einer offenen Lichtung mit hohem Gras. Dort wollten sie ihr Zelt gerade aufbauen, als ihnen glücklicherweise noch rechtzeitig einfiel, dass sie für ihr geplantes bescheidenes Mahl das Brot vergessen hatten. Mist. Also alles wieder eingepackt, mit dem Auto zurück, die Barrikade abgebaut, mit dem Auto durch, Barrikade wieder aufgebaut … Mann-Mann-Mann, dann weiter gefahren, an der komischen Siedlung mit den glotzenden Hinterwäldlern vorbei, den Berg runter, ins nächste Dorf und dort Brot gekauft. Danach wieder zurück den Berg hoch und wieder an der Siedlung vorbei. Dieses Mal wurden sie noch misstrauischer beäugt. Na ja, war klar. Dann wieder den Berg hoch, Barrikade abgebaut, mit dem Auto durch gefahren, Barrikade wieder aufgebaut. Puh, das klappte mittlerweile wie am Schnürchen.

Endlich kamen sie dann zu ihrem eigentlichen Anliegen dort oben auf der Lichtung auf der Spitze des Berges. Erst bauten sie Dannys Dreipersonenzelt auf. Dann holten sie seine Perkussionsinstrumente und das Saxophon von Pedro aus dem Kofferraum, um sich selber ein Freilichtkonzert zu geben. Zur besseren Ankurbelung ihrer musikalisch kreativen Vibrations teilten sie sich einen halben Mikrotrip LSD.

Und ab ging's mit der Musik. Pedro ließ die Finger in gewohnter Weise elegant über sein Tenor-Sax gleiten. Während Danny mit seinen Händen afrikanische und latein-amerikanische Rhythmen dazu trommelte. Als die Lysergsäure in ihnen zu dampfen begann, machten sie mit ihren Musikinstrumenten Partnertausch. Danny übernahm das Saxophon und Pedro die Trommeln. Dabei muss gesagt werden, dass Danny vorher in seinem Leben noch nie ein Geräusch, geschweige denn einen Ton, aus einem Saxophon herausbekommen hatte. Pedro zeigte ihm jedoch den Trick dabei. Man drückt bei einer bestimmten Mundstellung mit den Zähnen des Oberkiefers von vorne gegen das hölzerne Mundstück. So bekam Danny beim gleichzeitigen Blasen ins Horn tatsächlich erst Geräusche, später dann Töne heraus. Eine feine Sache. Gut zehn Minuten flippte er mit dem Saxophon total aus, weil er es raus gefunden hatte. Und er versprühte eine Explosion von Geräuschkaskaden über die Waldlichtung, dass er geradezu einen halben Meter über den Boden schwebte …, wie ihm Pedro hinterher berichtete.

Wegen dieses kleinen etwa drei Zentimeter langen Holzmundstückes gehört das sonst nur aus Metall bestehende Saxophon ja interessanter Weise zu den Holzblasinstrumenten. Weil Danny bei seinem ekstatischen Free-Jazz-Solo das Holzmundstück dermaßen mit Spucke besabbert hatte, bekam er es dann anschließend von Pedro zur steten Erinnerung an diesen unvergessenen Moment des persönlichen musikalischen Durchbruchs geschenkt. Denn der konnte dieses voll gesabberte Stück Holz sowieso nicht mehr gebrauchen, haha.

Danach hielten sie glücklich, erschöpft und ziemlich angetörnt inne. Sie hörten die Stille des Waldes, nur das Rauschen des Windes in den Zweigen der Bäume gab der Situation eine akustische Harmonie.

Doch plötzlich gab es eine rhythmische Disharmonie in der Waldesstille: «Rsssssch, … … …, Rsssssch, … … …., Rsssssch, … … ….., Rssssssch, …… …..., Rsssssssch,» senste es durch den Wald. Und dann stand auch schon der Förster vor ihnen. Das war ein Schreck, denn sie fühlten sich schwer ertappt. Auf seine Frage, was sie denn hier trieben, antworteten sie freundlich und wahrheitsgemäß: »Wir wollten ein wenig Musik machen. Deshalb haben wir uns hier tief in den Wald verzogen, wo wir niemanden stören.«

»Ja, ich habe euch schon von hinten vom Waldrand aus gehört,« meinte er trocken.

Aber dann kam die überraschende und für die beiden glückliche Wende vom Grünberockten: »Mich stört ihr hier nicht. Der Waldbesitzer aus Düsseldorf, der hier sein Jagdrevier hat, kommt dieses Wochenende eh nicht. Und ich bin ja hier nur der Förster. Wenn ihr also keinen Dreck und kein Feuer macht, könnt ihr hier ruhig zelten. Aber nehmt hinterher euren Müll mit.«

Das versprachen sie ihm hoch und heilig. Sie waren nämlich immer noch recht angenehm überrascht von dem für sie glücklichen Ausgang der Situation. So grüßten sie sich zum Abschied wohlwollend und wünschten sich noch gegenseitig einen schönen Tag.

Den hatten sie auch noch weiterhin bei einem relaxten Abend mit Musik, Essen und Trinken, in angenehmer Natur.

Doch die Nacht war dafür um so schrecklicher. Sobald sie ihre müden Knochen zum Schlafen ins Zelt gelegt hatten, begann der Speed aus dem LSD-Trip in ihren Köpfen ein rastloses, noch stundenlanges Karussell zu fahren. Der Körper wollte endlich Ruhe, war es doch schon finstere Nacht im Wald geworden. Jedoch im Kopf tanzten die Gedanken weiterhin Rock'n Roll. Aus Erfahrung mit früheren Trips wusste Danny, dass diese Wirkung meist so etwa acht Stunden anhielt. Und zwar besonders dann, wenn die Droge mit Speed gemischt war. Was blieb ihnen da schon übrig: durchhalten. Wieder aufstehen, wieder hinlegen. Und sie gaben den ganzen wirren Gedanken einen positiven Background, um bloß nicht auch noch auf einen Horrortrip zu kommen. Und die Moral von der Geschicht. Seitdem ging kein Trip mehr über seine Lippen in den Mund, in die Blutbahnen nicht. Dieses Erlebnis war das Ende seines psychedelischen Zeitalters …

Und sonst: keine Straßenräuber, nix textilfrei, wenn man mal von den freiliegenden Ganglien in ihren Köpfen absah.

Eine lohnende Gerichtsverhandlung in London

Die englische Gazette ›Soho Sun‹ aus London berichtete:

Kraut-Hippies in Soho verhaftet

London. Am Abend des 3. August 1976 wurden zwei langmähnige bärtige Kraut-Hippies vor dem irischen Pub ›Shannon‹ in der Nähe des Piccadilly Circus verhaftet. Zwei Zivil-Polizisten aus dem Londoner Bezirk Soho fielen die beiden sich auffällig benehmenden Krauts deshalb auf, weil sie laut und lustig durch die Straßen von Soho tanzten. Sie überprüften sie und fanden zwei verschiedene Sorten Haschisch-Pieces in ihren Hosentaschen, ein wenig schwarzen Afghanen und ein Stück roten Libanesen. Deshalb nahmen sie sie mit zur Polizeiwache Vine-Street, wo sie erkennungsdienstlich behandelt wurden.

Was war geschehen? Unsere beiden Tramp-Reisenden Achim und Danny waren total happy, sich ins Swinging London einklinken zu können. Nach zwei Joints und einem halben Liter irischen Guinness-Biers tanzten sie zwischen jungen Leuten auf den Straßen von Soho. Dabei wurden sie von zwei englischen Zivil-Bullen gesehen, angehalten und untersucht. Sie fanden zwei Haschisch-Stücke in Achims Taschen und schleppten die beiden verdutzten Deutschen mit zur Wache. Dort wurden die Personalien von Achim aufgenommen, der die beiden Pieces bei sich hatte. Er wurde fotografiert, und seine Fingerabdrücke wurden ihm abgenommen. Das dauerte einige Stunden und turnte die beiden mächtig ab. Aber überraschenderweise konnten sie danach wieder gehen. Sie durften sogar ihre Pässe behalten. Dafür hatten sie aber einen Termin für eine Gerichtsverhandlung aufgebrummt bekommen, an dem sie drei Wochen später wieder zu erscheinen hätten. Und zwar sollten sie sich im Royal Court nahe des Covent Gardens am 23. August 1976 einfinden, morgens um 7.30 Uhr, oder 7.30 am, wie der Brite zu sagen pflegt.

Nun ja, sie überlegten erst, da gar nicht erst hinzugehen, um sich ihrer Bestrafung vor Gericht zu entziehen. Die London-Cops hatten es ihnen ja auch leicht gemacht. Die Pässe wurden ihnen nicht abgenommen, sie konnten sich frei bewegen und frei entscheiden, ob sie der Gerichts-Einladung folgen sollten oder nicht. Aber die beiden dachten nach und erwägten dieses und jenes. Sie kamen zum Entschluss, doch dort besser zu erscheinen und die Gerichts-Verhandlung über sich ergehen zu lassen. Denn andererseits, dachten sie nicht zu unrecht, würden sie womöglich auf einer Art ›Fahndungsliste‹ stehen und somit nie mehr unbeschwert nach GB oder London einreisen können. Das wollten sie natürlich auch wieder nicht. Bei Danny hatte sich diese Überlegung schon gelohnt. Denn – das wusste er damals ja noch nicht, aber 1978 – nur 2 Jahre später – wollte er und machte es dann auch, von London nach L.A. fliegen …

Okay, verkürzte sich ihr Irland-Aufenthalt halt um eine Woche. Sie waren trampend unterwegs, also per Anhalter, und mussten deshalb eine gewisse Karenz-Zeit einplanen. So ›rief‹ sie also London zurück: ›London's calling‹. Umso näher sie der englischen Metropole kamen, umso magnetischer zog sie sie an. Das Trampen durch Süd-Wales, Richtung London, war deshalb schneller als geplant erledigt. Und London nahm sie wieder in seinen Schoß auf, wie zwei verlorene Söhne. Und dabei bot London ihnen ein total schönes Leben, für eine Woche in einem besetzten Haus in Paddington, zusammen mit den Iren Fred, Desmond, Donal und Conn und der Französin Martine. Die beiden bekamen sogar genau in der Zeit dort ihre Tochter Ashling. Sowie die Engländer Miles, Angie, Gregg und Tanja. Letztere war auch der Anknüpfungspunkt der beiden zu diesem besetzten Haus gewesen. Sie hatten sie auf der Fähre von Irland nach Wales kennengelernt, und sie hatte ihnen die Adresse des squatted house gegeben. Die beiden erlebten die Vielfalt und Schönheit von vegetarischen Speisen zusammen mit den Hausbewohnern und die Geschmacksexplosion eines indisch-vegetarischen Essens. Sie hatten viele starke philosophische Gespräche, besonders mit Fred und Desmond, und eine ekstatische Musiksession während einer typischen Küchenfete mit viel Gelächter und spiritueller Nahrung. Nach einer Woche ›Stille Tage in Paddington‹ war Danny der Großstadt-Horror genommen worden. Das Erlebte gab ihm die Sicherheit, dass es auch in einer schönen Atmosphäre in einer Weltstadt durchaus gemütlich zugehen kann, wenn man dazu nur die richtigen Leute trifft …

Dazu kam ja noch das gemeinsame Erlebnis des fantastischen Knebworth-Fair-Festivals am 21.08.1976 mit dem unvergessenen Lynyrd Skynyrd-Konzert, das von den Rolling Stones, 10 CC, Hot Tuna, Todd Rundgren und 120.000 Zuschauern abgerundet wurde. Ohne diesen Zwangs-Gerichtstermin hätten die beiden nie von dem Festival erfahren. Das fand 40 km nördlich von London statt, wohin sie mit dem Zug gekommen waren. Am nächsten Morgen nach dem Musik-Festival und der Zugrückfahrt nach London wachten sie alle zusammen nach einer warmen und ruhigen Nacht im wunderschönen Regent's Park auf.

Tja, und dann kam schon am nächsten Morgen der große Tag der Abrechnung. Nämlich die Verhandlung der beiden ›Krauts‹ vor Gericht, die Sache mit den beiden Haschisch-Stückchen. Aber bei der königlich-britischen Gerichtsverhandlung tauchte überraschenderweise von den vormals sichergestellten Indizien nur noch der schwarze Afghane wieder auf. Der war von erheblich minderer Qualität, und der bedeutete den einzig verbliebenen Anklagepunkt. Wogegen von dem qualitativ hochwertigen roten Libanesen, der sie zum Tanz durch Soho gebracht hatte, überhaupt nicht mehr die Rede war. Sie bekamen dieses Indiz zum letzten Male auf der Wache zu Gesicht. Deshalb war zu vermuten, dass auch den beiden Zivil-Polizisten die hohe Qualität dieses harzigen Produktes nicht verborgen geblieben war, und sie es womöglich zur eigenen Verwendung in Gewahrsam behielten …? Oder wollte gar der alte Herr Richter unter den wallenden Locken seiner mit Puder verstaubten Perücke etwas vertuschen …?

Na ja, das war vielleicht ein Dingen. Auf Grund der geringen Menge Haschisch wurden die beiden deutschen Angeklagten zu deren Entzücken nur mit der relativ niedrigen Summe von fünf englischen Pfund bestraft, was in etwa 20 DM entsprach. Damit hätten sie als normale Touristen in London gerade mal eine mittelschlechte Absteige für eine Nacht bezahlen können.

Die örtliche Presse in Form einer feschen Journalistin des *Covent Garden Mirrors* machte sich diese ›Far-away-from-home-Story‹ der beiden Krauts zum Thema und bat die beiden draußen vor dem Gerichtsgebäude zum Interview: »*Hi Folks, here is Diana Levinsky from the local Covent Garden Mirror. Hi, you funny Kraut-Boys. Let's talk about your crimes.*«

»Ha, über unsere kriminellen Aktivitäten wollte die flotte Zeitungs-Biene vom Mirror reden,« dachte sich Danny, »nur zu. Wir sind dabei.«

»*What happen's with you in the court?*« blieb Diana am Ball. Also: was geschah im Gericht?

»Nun ja,« antwortete Danny, »wir hatten uns folgendes überlegt. Wir taten so, als wenn der Angeklagte Achim kein Englisch versteht. Ich durfte also vor Gericht neben ihm stehen und in beide Richtungen übersetzen. Also der Richter fragte was in Englisch. Ich übersetzte für Achim in deutsch, der in deutsch antwortete. In Wirklichkeit hatten wir somit Zeit und Gelegenheit gewonnen, uns immer über die Antworten kurz zu beraten. Und als es dann auf einmal hieß, Achim würde nur wegen einem Brocken Haschisch angeklagt, dem schwarzen Afghanen, ein Piece mit geringer Rausch-Qualität … Dagegen war von dem anderen Dope, dem qualitativ hochwertigen roten Libanesen, nicht mehr die Rede …«

»Echt …!?« *hakte Diana ein,* »*so was läuft hier in London – mit Polizei und Gericht …., boah.*« »Ja, kannste mal sehen, Lady Di, wie es hier mit eurem königlich-britischem Amtsgericht und eurer sprichwörtlichen Gerechtigkeit so abgeht. Na ja, wir jedenfalls berieten uns darüber kurz und bündig. Aha, haben sich die Bullen das gute Stückchen wohl selber ›tief‹ getan …!? Die waren ja als Zeugen auch zugegen und guckten recht angespannt. Boah, dachten wir, die könnten wir jetzt vor Gericht schön ›in die Pfanne‹ hauen. Aber so blöd sind wir dann doch nicht. War doch eher umso besser für uns, umso weniger auf der Anklageseite erschien, umso geringer würde die zu erwartende Strafe.«

»*Und wie ging es dann aus?*« hibbelte die fesche Diana.

»Nun, der Herr Richter fragte, was wir denn noch als Reisegeld übrig haben,« antwortete Danny für beide, alles in Englisch, »so gaben wir halt eine weitaus kleinere Summe an, als wir noch hatten. Begründeten dies damit, dass wir am Ende der Reise wären, und am nächsten Tag zurück nach Germoney wollten. Der Sir Judge dachte sich wohl: ›na gut, wenn sie morgen heim reisen, dann sind wir sie eh los.‹ Weise fällte er also das Urteil: fünf englische Pfund Strafe. Wir hatten uns vorher schon mit Desmond aus dem besetzten Haus unterhalten, der meinte, bekennt euch ruhig ›schuldig‹, das wirkt sich dann positiv beim Urteil für euch aus. So machten wir es dann auch. Whupp, 5 Pfund bezahlt, und gut raus aus der Nummer gekommen. Denn im Prinzip war die ganze Chose ein riesiger Gewinn für uns. Durch den Zwangstermin vor Gericht kamen wir eine Woche eher nach London, erlebten eine geile Zeit mit den Männern und Frauen im besetzten Haus, und hatten sogar noch das Vergnügen, Lynyrd Skynyrd live in Knebworth zu erleben …«

»*Tolle Story, Jungs,*« *strahlte Diana,* »*die bringe ich am Sonntag im Mirror, in der beliebten Rubrik ›Far-away-from-home-Story‹. Jetzt noch ein Foto?*«

»Okay,« meinte Achim, »am Sonntag sind wir eh schon wieder in Holland. Foto ist genehmigt.«

Neunzehn-Siebzig-Sechs,
die Straßenräuber kamen von rechts,
es waren nur zwei, wirklich nicht viel,
englische Bobbys, aber in Zivil ...

So waren die beiden also in eine echte Straßenräuber-Geschichte geschlittert, die sich als Krimi-Komödie entwickelte, mit einer Win-Win-Situation für alle Beteiligten. Die beiden Tramp-Reisenden gewannen eine Woche London für nur 5 englische Pfund, und die beiden Zivil-Polizisten erfreuten sich am von den Kraut-Hippies abgezockten Stückchen rotem Libanesen, haha ...

El Filo Rosso bis nach Sizilien

Der rote Faden, ›el Filo Rosso‹, zieht sich einmal längs durch den italienischen Stiefel, von den Alpen durch die Po-Ebene, entlang des Apennin-Gebirges und durch die schöne Toscana bis tief unten nach Sizilien ...

Benvenuti a Sicilia

Die wahnsinnige Sizilien-Reise war ein absolut einzigartiger Auslands-Trip, den Danny, Carlos, Harry und Achim zusammen in den 1970er Jahren erlebten. Ihr unübertroffenes ›Meisterstück‹ erlebte die Tetraeder-Travelling-Company zweifelsohne während ihrer zweiwöchigen Reise im Mai 1977. Da sollten sie durch Carlos‹ Bekanntschaft mit dem Dortmunder Eisverkäufer Francesco Cerutti zwei Fiats nach Sizilien bringen, gegen Spesen, freien Aufenthalt in Ceruttis Haus in Pozallo und cash ausbezahlter Rückfahrt-Tickets.
Diese Auto-Überführung kam dadurch zustande, weil Karoline, kurz Karo, die Mutter von Carlos‹ Freundin Carlotta, Briefträgerin war. Durch diese Arbeit lernte Karo den Dortmunder Eisdielen-Inhaber Francesco Cerutti kennen. Der Sizilianer hatte einen Job für die vier Freunde: Autos nach Sizilien überführen. Carlos und Danny in einem Fiat, Harry und Achim im zweiten

Fiat. Und ab ging die Post am 1. Mai nach Sicilia: vier Tage, drei Nächte, oder wie der Italiener so schön sagt: ›vier Tackte, drei Nackte‹. Dieser sagenumwobene Trip der vier Freunde Carlos, Harry, Achim und Danny erinnerte sehr an das klassische ›On the Road‹ von Jack Kerouac. ›Beat, beat, beat‹ hieß darin der vorherrschende Rhythmus. Und jetzt ›Schlag auf Schlag‹ sollten zwei geheimnisumwitterte ›Schmuggel-Fiats‹ mit italienischen Nummernschildern nach Sizilien gebracht werden.

Da ihr Autoschieber-Obermafioso Francesco Cerutti erst zwei Tage später erwartet wurde, konnten sie sich noch ein wenig auf Sizilien umsehen. Sie düsten kreuz und quer durch den Süden der Insel und wechselten dabei häufig die Wagen-Besetzungen. Eines Abends wollten Carlos und Danny gerne am Meeresstrand übernachten. Sie wachten in ihrem Wagen allein an einem einsamen Sandstrand irgendwo zwischen Marina di Ragusa und Siemeri auf, geweckt von den heißen Morgenstrahlen der Sonne. Danny richtete sich ein wenig in seinem bequemen Liegesitz auf. Denn er wollte eine Ameise beobachten, die sich gerade an ihre am Vortag gepflückten Kakteenableger ran machte. Da fiel sein Blick auf ein anderes Auto. Darin saßen drei Sizilianer, die sie an diesem einsamen Strand wohl schon eine geraume Zeit beobachtet hatten. Langsam anfahrend, kamen die Sizilianer in ihrer Karre auf Danny und Carlos zugerollt, so dass es Danny schon ganz unheimlich wurde. Kurz vor ihrem Fiat hielten die Sizilianer. Und aus dem geheimnisvollen Auto pellten sich drei Typen, denen man so einiges zutrauen konnte. Denn jeder von ihnen hatte ein niedliches ›Pusterohr‹ am Gürtel hängen. Den beiden Freunden rutschte das Herz ein bisschen tiefer in den Schlafsack: »Jetzt sind wir dran.«

Auch Dannys freundlicher Willkommensgruß ›Benvenuti a Sicilia‹ schien sie nicht anzutörnen. Die vermutlichen Mafiosi stapften mit ihren dicken Sohlen nur näher, umkreisten sie, klopften aufs Autodach mit prüfenden Pranken, begutachteten sie und ihr Gefährt und das Nummernschild. Dann lehnte sich einer von ihnen bedrohlich mit seinem kräftigen schwarzen Schnauzer zum Fenster hinein. Eine richtige Controletti-Truppe dieser einheimisch-folkloristischen Wirtschafts-Organisation ›mafiosi sicilano‹. In solchen Situationen vergisst man besser seinen heroisch-arischen Vaterlandsstolz gänzlich. Deshalb verhielten sich die beiden Freunde auch betont kollegial und gaben bereitwillig Auskunft. Dabei ließen sie einfließen, dass bei ihnen sowieso nichts abzuziehen war: »Weil wir armes Student, nix viel Geld und nächste Tage wieder zurück nach Alemannia.« Carlos ließ dann noch wie nebenbei verlauten, dass sie einen Freund in Pozallo hätten und sie dort erwartet würden. Nicht, dass die Mafiosi sie so einfach verschwinden lassen könnten. Einer von denen gab dann ein abschließendes Resümee: »Hier nix gutes Platz«. Darin stimmten die beiden Freunde ihm auch spontan zu. Wahrscheinlich störten sie die Mafiosi bei der Abwicklung ihrer Schmuggelaktionen mit den von Afrika kommenden Schiffen. Sie hatten auch in der Nacht vor der Küste einige Schiffe hin- und her kreuzen gesehen.

Na, jedenfalls ließen die Mafiosi dann ihre Pusterohre stecken. Sie hatten wohl erkannt, dass die beiden langhaarigen Deutschen morgens um 8.00 Uhr wohl kaum das richtige Objekt zum Auflockern waren und dass sie mit der Beute vielleicht noch nicht einmal ihr Frühstück bezahlen konnten. So zogen sie wieder ab. Und die beiden jungen Alemannis verließen sofort fluchtartig diesen mafiaverseuchten Strand. Nix wie weg hier. Und dann tauchte auch schon Pozallo auf: ›Benvenuto a Pozallo‹. Denn heute wusste Danny natürlich, dass ›Benvenuti‹ eigentlich ›Benvenuto‹ hätte heißen müssen, und deshalb wahrscheinlich die Mafiosi am Strand so komisch geguckt hatten …

Die Zugkarten für die lange Rücktour durch Italien bis zur Grenze kauften sie abends vor der Heimreise am Bahnhof Pozallo. Danny fragte den Fahrkartenverkäufer: »Wie lange fährt denn der Zug bis nach Deutschland?« Der konnte wohl ein bisschen Deutsch. Denn er zeigte ihnen seine linke Hand mit allen fünf ausgestreckten Fingern und kommentierte dazu: »Funf: drei Nackte, zwei Tackte«, also: »Fünf: drei Nächte, zwei Tage«.

In Rom trennten sich die Wege der Freunde. Carlos und Danny nahmen den Nachtzug bis nach Chiasso an der schweizerisch-italienischen Grenze. Von dort aus wollten sie nach Hause trampen. Harry und Achim dagegen nahmen den West-Zug nach Turin. Sie wollten sich durch die französischen Alpen nach Lyon und zu Achims französischer Freundin Catherine durchschlagen.

Sie waren alle arme Studenten, Schüler oder Arbeitslose. Deshalb hatten sie wenig Geld und machten es wie die vier Musketiere: ›einer für alle, alle für einen‹. Sie warfen nämlich alle ihre restliche Kohle auf einen Haufen und teilten den Betrag durch zwei. Die eine Hälfte der Moneten ging mit Carlos und Danny Richtung Norden zur Schweiz, durch Liechtenstein nach Deutschland. Und die andere Hälfte reise mit Harry und Achim nach Nordwesten und Frankreich.

oben links: Dannys Sizilien-T-Shirt aus dem Textil-Album mit Landkarte und Pozallo

Harry war vor der Sizilien-Reise mit 10,-- DM in Deutschland gestartet. Und nun hatte er auf einmal in Rom mehr Geld als vorher in der Tasche. Wunderbaa …: sie hatte sich doch gelohnt, die Reise – so oder so – für alle.

El Filo Rosso, fast ein Doppelbegräbnis in der Toskana

Neunzehn-Achtzig-Vier, Danny und Pedro waren frisch in der Toskana angekommen, in Viareggio an der Riviera-Küste auf einem Camping-Platz. Direkt am ersten Abend zwischen ihrem üppigen Abendmahl in der Strand-Trattoria mit zwei Flaschen Rotwein und dem wohl endgültigen ›zu Schlafsack gehen‹ etwa um 03.00 Uhr morgens hatten sie ihr erstes Erlebnis. Es hatte sicherlich auch mit übermäßig viel Alkohol zu tun gehabt. Oder auch mit ›Demasiado Corazon‹, wie der Spanier sagen würde: mit ›zu viel Herz‹. Denn nach den zwei Flaschen Wein beim Essen tranken sie an der Freiluft-Bar noch weiter jede Menge Gläser Wein, und zwar Roten von der Sorte ›Chianti Classico‹.

Jedenfalls dort an der Bar wäre Pedro fast ihr erstes Opfer geworden. Die Sinne durch Alkohol getrübt, schaute er öfter als ihm gut tat nach den drei hübschen Italienerinnen am Nachbartisch. Die wiederum lächelten die beiden auch immer wieder an. Er stand sogar auf, als zwei von denen den Tisch verließen, um hinters Haus zu gehen. Da stand so ein bärtiger Italiener rum. Der gehörte eigentlich gar nicht zu den Signorias. Er kannte sie nur. Jedenfalls der gab Pedro ein Zeichen. Und Pedro ging zu ihm hin. Sofort wurde er von dem italienischen ›Bären‹ kräftig an den Oberarmen gepackt. Es entstand eine bedrohlich erscheinende Situation. Man weiß ja nie, was diese fanatischen Macho-Typen für ein merkwürdiges Ehr-Verhalten an den Tag legen könnten …!?

Aber glücklicherweise warf sich eine der lächelnden Italienerinnen dazwischen und rettete Pedro mit den treffenden Worten ›no capisco‹ das Leben oder zumindest vor einer Tracht Prügel. Die Situation und Pedro waren noch einmal glimpflich davon gekommen. Und es kam in den nächsten Tagen sogar noch zu dem einen oder anderen stammelnden ›Gespräch‹ mit der Lächelnden am Strand oder an der Bar. Und zwar immer dann, wenn der ›Bär‹ gerade nicht dabei war. Pedro nannte sie ›das Land des Lächelns‹, zumal er ihren Namen vergaß. Aber alles war sehr schwierig, da Pedro kein Italienisch sprechen konnte. Und fast alle Italienerinnen sprachen nur italienisch, damit sie auch ja keinen Ausländer kennen lernen konnten …!

Dannys gefährliche Situation dagegen war mal wieder durch eigenen Übermut zustande gekommen. Zur Nacht hin löste sich das Barleben auf. Und die beiden gingen noch mit ihren Instrumenten in den Wald, um die vorhandene Power in Musik umzusetzen. Schon auf dem Weg zum Wald hielt ein Auto an. Drei begeisterte Italiener stiegen aus, um für eine kurze Zeit eine Musiksession mit den beiden zu machen. Danny hatte ja dafür einen ganzen Sack voller Perkussion-Instrumente dabei. Dieser kurze Musik-Set hatte ihn ziemlich begeistert. Danach wollte er schier jedes Auto anhalten, um mit den Fahrern

Musik zu machen. Dazu stellte er sich zweckmäßigerweise mitten im Wald auf diese einsame Straßenkreuzung. Dann hielt tatsächlich ein Wagen an. Danny war an diesem potentiellen Musikpartner so interessiert, dass er für einen Moment den Rückraum hinter sich aus den Augen ließ …

… und ›sssssttttttscht‹, raste ein Auto knapp an ihm vorbei. Das schleuderte den Musiksack auf seinem Rücken nur so weg. Gut, dass er gerade in diesem Moment nicht schwankte oder gar einen Ausfallschritt nach hinten gemacht hatte. Denn sonst müsste diese Geschichte ein anderer schreiben.

Oje, der Mann aus dem von ihm angehaltenen Auto war dann auch noch ein Uniformierter. Deshalb verließen die beiden mit den Worten ›al Mare‹ sofort diese Situation und flüchteten in den Wald hinein. Zusätzlich war nämlich auch noch der Zeltplatzwächter aufgetaucht. Der wurde von ihnen ›der Gnom‹ genannt. Er hatte seit jener Nacht ein besonderes Auge auf die beiden ›Musici Ambulanti‹ geworfen. Später in der Nacht begleitete er sie dann auch noch persönlich bis zu ihrem Zelt. Dort erkundigte er sich mit einem fragenden ›finito?‹ ein letztes Mal nach ihrer Rest-Power. Aber außer diesem nächtlichen Schrecken war Danny noch mal glimpflich davon gekommen. Allerdings hatten sich seine Perkussionsinstrumente merklich reduziert. Durch den Aufprall an der Kreuzung waren drei davon kaputt gegangen und zwei fehlten ganz. Nun ja, ein bisken Verlust ist immer.

Aber ihm persönlich ging es am nächsten Tag wegen seiner Kater-Kopfschmerzen und Übelkeit total grässlich. Er verlor so nahezu einen ganzen Tag. Er trank viel Mineralwasser und ging in den kühlen Schatten des Waldes. Dort lag er herum und musste einmal sogar das ganze Mineralwasser wieder auskotzen. Auf jeden Fall hatte er bereits nach einem Tag seine Urlaubslektion für die Toskana gelernt: weniger Vino, und nur gut dosiert. Vorsicht vor italienischen Autofahrern, denn ein lebender Deutscher ist besser als eine matschige Verkehrsleiche.

›Il Filo Rosso‹ hieß damals für die beiden Freunde der ›rote Faden‹. Und dem folgten sie auf ihren Wegen durch die Toskana. Sie tranken den guten roten Wein. Sie folgten zwischen Florenz und Siena der ›Routa di Chianti Classico‹. Sie machten Musik, die vom Herzen kam. Und sie gewannen dadurch die Herzen der Menschen, als sie eine Musiksession mit Rocco, Musiklehrer für autistische Kinder, und seiner Gruppe aus Perugia machten. Das waren behinderte Kinder und ihre Begleiter/innen, wie Barbarella und ihre Schwester Christina. Die beiden Freunde hörten die schönen italienischen Lieder, die ihnen die beiden Schwestern bis spät in die Nacht vorsangen: von Angelo Branduardi, Lucio Dalla und Gianna Nannini. Pedro und Danny lauschten ganz andächtig. Und es rührte ihnen das Herz und manches andere mehr …

Stante pede schleppte die verrückte Barbarella den überraschten Danny in das nahegelegene Waldstück. Genau dort, wo er ein paar Tage vorher fast noch ›hops‹ gegangen wäre. Und da hatten sie den wildesten Sex mitten im Wald, den man sich vorstellen kann. Sie wälzten sich dabei auf den Piniennadeln. Und ab und zu wurden sie durch die Scheinwerfer eines Autos erleuchtet, das über die einsame Waldstraße bretterte. Eigentlich wollte Danny es bei dieser von Rotwein und Liederabend beseelten Liebesnacht als einmaligem Ausrutscher belassen. Denn er hatte doch damals noch seine glückliche Beziehung zu Kirsten in Hagen.

Aber dann folgten sie wieder dem ›Filo Rosso‹ und landeten am nächsten Abend auf einem Fest der Roten. Sie waren nämlich einer Einladung ihrer Zeltnachbarn gefolgt. Das war die Künstlerfamilie Innocenti aus Perugia. Die meinten, es gäbe da am Samstagabend nebenan ein Fest von der kommunistischen Zeitung ›Unita‹. Sie kamen, feierten mit, tranken und aßen. Zusätzlich gab es eine live Musikkapelle und Tanz. Und natürlich kamen auch Barbarella und Christina dort hin. Danny tat keinen einzigen eigenen Schritt, damit er sein Vorhaben ja einhalten konnte. Und deshalb blieb er auch den ganzen Abend besser auf seinem Stuhl sitzen. Aber trotzdem kam es wieder zum Sex mit Barbarella. Sie blieb beharrlich bei Danny, bis das ganze Fest sich aufgelöst hatte und alle verschwunden waren, außer ihnen beiden. Sie setzte sich dann einfach rittlings auf ihn. Und sie bumsten auf dem Stuhl, wo er eh schon saß …

Hinterher ging er dann allein und etwas verwirrt in sein Zelt. Diese entspannte Verwirrtheit hielt noch einige Tage an. Aber auch Pedro wollte nicht zurückstehen. Deshalb wählte er dann später in Siena die sogenannte ›niedersächsische Variante‹. Da krabbelte er zusammen mit einer blonden Norddeutschen des Nachts vom Zeltplatz in ein Freibad, wo sie sich dann verlustierten. Es war ja Hochsommer und also schön warm draußen.

Tja, zwar kam kein T-Shirt fürs Textil-Album bei dieser gefährlichen, aber irgendwie auch geilen Story heraus. Dafür aber jede Menge ›textilfrei‹, als die verrückte Barbarella auf dieser Waldlichtung nah beim toskanischen Mittelmeer über Danny herfiel. Oder fielen sie gar gegenseitig übereinander her …? Auf jeden Fall war viel Rotwein im Spiel, Vino Rosso, wahrscheinlich von der Sorte ›Chianti Classico‹. Also folgten sie einfach dem roten Faden dieser Geschichte ›el Filo Rosso‹ …

Die Flugzeug-Freaks

Tatort ›AIR Berlin-Flieger von Karpathos nach Düsseldorf, 23.09.2014‹. Abflug: 18.05 Uhr, Ortszeit. Der Flieger setzte sich schon 10 Minuten vor der geplanten Abflugzeit in Bewegung: äußerst selten-seltsam …

Gerade hatte sich Danny mit den beiden Urlaubsbekannten Karl und Angela aus Bielefeld unterhalten, die in einer Reihe hinter ihm saßen, da kam auf einmal Bewegung in die hinteren Sitzreihen. Zwei Fluggäste, eine Frau und deren Mann, stritten sich mit der Stewardess über zwei andere Passagiere, die es nicht mehr in den Flieger geschafft hätten, oder so was Ähnliches …!?

Dann gingen die beiden mit einem Schrieb in der Hand zusammen mit der Stewardess nach vorne, obwohl der Flieger schon rollte. Es hörte sich für Danny so ähnlich an, als wollten sie ohne ihre zwei Freunde nicht los fliegen und deshalb lieber wieder aussteigen …!?

Er spottete noch: »Jetzt sagt bestimmt der Flug-Kapitän: ›Okay, okay, ich lass euch dann da vorne an der Ecke raus‹ …, hihihihi …«

Doch dann gab es stattdessen eine Durchsage vom Captain, so was hatte Danny an Verwirrtheit und Widersprüchen noch nie gehört: »Captain Hansen gibt den Passagieren bekannt, dass er für die Sicherheit seiner Gäste verantwortlich ist.«

»Sieh an, sieh an, Herr Kapitän, was für Neuigkeiten …!?«

Weiter sprach Herr Hansen: » … also verantwortlich … Aber nicht für zwei Personen, die offensichtlich nicht an Bord sind. Auch würde er, falls zu viel Alkohol getrunken würde oder worden ist, diese Personen gar nicht erst mitnehmen. Aber diese Personen sind ja offensichtlich nicht an Bord, wegen der fehlenden Bordkarten ….«

»Fehlende Bordkarten, heeeh …?«

Weiter mit Captain Hansen: »Es braucht also niemand zu befürchten, dass Personen an Bord sind, die keine Bordkarten haben. Denn die könnten ja nicht an Bord sein. Und zu viel Alkohol würde auch nicht getrunken. Ich bin schließlich für die Sicherheit zuständig …«

Er bekam zwar prasselnden Applaus für seine warme spontane Rede. Aber Danny fragte sich, wer hier wohl zu viel Alkohol getrunken hatte …!? Und natürlich: »Was waren das für zwei zwielichtige Ganoven, die gar nicht an Bord waren …, und vor denen die beiden Passagiere hier im Flugzeug solche Angst hatten … !?«

Die gesamte Situation erschien Danny als äußerst obskur: die dubiose Widersprüchlichkeit im Verhalten der beiden Passagiere, die erst nicht ohne zwei fehlende Fluggäste losfliegen wollten, und dann auf einmal Angst vor denselben hatten. Dazu die geheimnisvolle Rede des Flugkapitäns, die eher Fragen aufwarf als Antworten gab …

Die beiden Passagiere jedenfalls wurden dann von einer Stewardess wieder zurück an ihre Plätze einige Reihen hinter Danny und Moni geführt. Und die Maschine konnte dann endlich los fliegen.

Währenddessen trieben sich die beiden glorreichen Halunken noch ein wenig länger auf Karpathos rum: mit viel kretischem Raki und karpathiotischem Wein, ohne Bordkarten, aber sonst ziemlich glücklich ….!? Hihihihi.

Na gut, dass sie es nicht geschafft hatten, noch rechtzeitig vor dem Start an Bord zu kommen. »Wer weiß, vielleicht waren es ja sogar Terroristen? Oder aber nur betrunkene Reisende, die immerhin für Tumulte an Bord gesorgt hätten …!?«

Angela, die näher an dem besagten ängstlichen Paar saß, berichtete hinterher, wie sie alles erlebt hatte: »Bevor die beiden Passagiere mit der Stewardess nach vorne zum Kapitän gingen, gab es eine kleine Szene. Die Frau stachelte ihren Mann an, etwas zu tun. Sie war deshalb so ängstlich, weil sie draußen am Gate mitbekommen hatte, dass irgend jemand ins Flugzeug rein wollte, der aber von den Sicherheitsleuten davon abgehalten wurde. Die besorgte Frau entwickelte eine mittelschwere Paranoia, weil sie meinte, in den beiden Männern sofort Terroristen gesehen zu haben. Und das, nur weil die ins Flugzeug wollten, aber ohne Bordkarten nicht reinkamen. Jedenfalls musste sie das unbedingt dem Flugkapitän mitteilen. Der konnte sie und die anderen Passagiere ja dann schließlich auch beruhigen.«

Nun denn, womöglich wäre tatsächlich was passiert, und womöglich wäre es dann auch noch Dannys letzter Flug gewesen …? Aber als hätten die beiden Trunkenbolde aus Karpathos in Dannys ›Kaffeesatz‹ gelesen …!? Denn der einstige Weltreisende und Vielflieger Danny Kowalski flog 2014 in seinem 170. Flug von der griechischen Dodekanes-Insel Karpathos nach Düsseldorf. Dabei machte er seinen letzten Flug. Es war ihnen zwar nix passiert, aber seine Frau Moni und er scheinen inzwischen ziemlich Flugreise-müde zu sein.

44 nackte Frauen und Männer

»Ja, das war ne geile Lesung, in der Sauna des Westfalenbads. Stellt euch vor, 44 nackte Frauen und Männer scharen sich um dich. Du bist der Zampano. Dir folgen sie mit Augen und Ohren. Und schwitzen sich dabei die Seele aus dem Leib …., haha..,« kommentierte Danny seine Krimi-Lesung am Kamin und in der Sauna des Westfalenbads Hagen am 19. November 2017. Ja, wirklich da hatte Danny eine grandiose Lesung in einer Sauna, wo jede Menge nackte Frauen und Männer vor ihm aufgereiht saßen, wie Hühner auf der Stange. Mann-Mann-Mann, das war vielleicht eine dichte Atmosphäre …! Dazwischen tänzelte der Zeremonienmeister mit seinem großen Wedel und dem Aufguss-Bottich.

Vorher und hinterher hatte er dann auch noch die beiden Lesungen im Ruheraum am Kamin. Ja, ja, im Ruheraum, da hatte Danny vorher schon gelesen. Aber das war dagegen, also gegenüber der Lesung direkt in der Sauna, eher ein müder ›Kick‹. Denn viele im Ruheraum lagen da, in ihren Decken eingemummelt. Und Danny wusste noch nicht einmal, ob sie mit geschlossenen Augen zuhörten oder schliefen …!?

Aber dann in der Sauna: das war hot-hot-hot. Zwar auch körperlich anstrengend, aber diese Erfahrung möchte er nicht missen. Denn er erinnerte sich gerne an dieses für ihn unvergessliche Erlebnis: »Stellt euch die hölzernen Sauna-Bänke vor, zwei Reihen übereinander, angeordnet in U-Form. Du sitzt da vor denen, ganz nah, zum Greifen nah. Aber du siehst kein einziges Stück Holzbank, denn die ganze Sauna ist picke-packe voll. Boah, sie war voller nackter Zuhörer und Zuhörerinnen. So etwas habe ich noch nie erlebt …!«

Nacktbaden auf Kreta

Neunzehn-Siebzig-Vier, Zypern-Krise im Mittelmeer, Krieg zwischen der Türkei und Griechenland. Kreta sah die beiden Traveller Danny und Matthes ankommen. Da waren sie, im Hafen von Iraklion. Aber wohin eigentlich sollten sie dann? Schnell stellte sich heraus, dass sie sich keine Sorgen über ihre Ziele zu machen brauchten, oder gar, wie sie dort hinkommen könnten …? Denn auf Grund ihrer eindeutigen ›Hippie-Uniform‹, hihihi: lange Haare, Bärte, Ketten, Flicken-Jeans und Rucksäcke, fanden die Griechen vor Ort, die beiden wollten bestimmt zu den anderen Hippies nach Matala. Also wurden sie zu dem Bus geschickt, der zum Süden der Insel fuhr. Dort mussten sie noch einmal umsteigen und kamen mit dem Anschluss-Bus nach Matala. Und da waren sie auch schon, die anderen Hippies, lagerten auf dem Strand, wo sich Danny und Matthes dazu gesellten. Andere bewohnten die Sandstein-Höhlen. Sie schwammen im Meer, wanderten oder machten Musik: ein schönes relaxtes Leben halt. Das Schwimmen in den warmen Mittelmeerfluten machten sie natürlich fast alle nackig, also textilfrei. Da gab es mal so eine bezeichnende Szenerie, als Danny mit Gorgo, einem großen griechischen Freigeist, hoch über die Felsen zum Nachbarstrand gewandert war. Sie saßen unten am Strand, andere badeten, und alle waren nackig. Plötzlich stürmten zwei Soldaten in Uniform den Hang herunter. »Uij,« sagte Gorgo, alles in englisch, »ziehen wir uns besser die Badehosen an. Wir wissen ja nicht, wenn die Soldaten in Uniformen kommen, also die Streitmacht im Kriegszustand …, was die davon halten …!?!« Vorher saßen und schwammen an diesem FKK-Strand alle nackig. Doch plötzlich – wie auf einen geheimen Befehl hin – zogen sich alle rasch ihre Badeklamotten wieder an. Dann kamen die Soldaten auch schon den felsigen Hang runter gerannt … und auf den letzten Metern vor dem Wasser … rissen sie sich die Kleidung vom Leib, und sprangen dann nackig ins Meer … »Hoho, haha …!!! So muss es sein, hihihi, so und nicht anders!!« Und die anderen zogen sich auch sofort ihre Badehosen wieder aus, und ab ins Meer gehopst …: textilfreier ging's nimmer …!!! Nach Matala trampten die beiden Traveller noch kreuz und quer über die Insel, durchwanderten dabei sogar mit vollem Rucksack-Gepäck die Samaria-Schlucht, inklusive einer Übernachtung dort im verlassenen Dorf Samaria, was später verboten wurde. Danach stille Tage am Strand von Georgioupolis, einem verschlafenem Dorf an der Nordküste Kretas. Irgendwann wollten die beiden weiter. Eigentlich hatten sie vor, über Rhodos in die Türkei zu gelangen. Aber im Fährhafen von Kretas Hauptstadt Iraklion erlebten sie eine Überraschung. Denn inzwischen befanden sich Griechenland und die Türkei wegen der Zypern-Krise im Kriegszustand. Alle Fähren im Ägäischen Meer wurden von den Griechen für Truppen-Bewegungen gebraucht. An eine Einreise in die Türkei über Rhodos war überhaupt nicht zu denken. Eher war daran zu denken, überhaupt von Kreta wieder weg zu kommen. Aber eine Fähre ging dann doch. Die sammelte in der Ägäis auf sämtlichen Inseln Ausreisewillige ein. »Also Jungs,« hieß es im Hafen von Iraklion, »wenn ihr von hier weg wollt, steigt jetzt ein. Letzte Chance!« Sie nutzten die letzte Chance und schipperten drei Tage durch die Ägäis, um dann in Thessaloniki zu landen. Dort gab es für die beiden eine angenehme Überraschung. Alle Grenzen zur Türkei waren blockiert, alle Straßen, also nix mit Trampen. Aber mit der Eisenbahn ging es, denn der Zug von Saloniki nach Istanbul, der würde fahren. Also rein da. Und ab nach Istanbul, wo sie auch bald mal auf der asiatischen Seite der Bosporus-Metropole zum ersten Mal ihre Füße auf Asiens Boden setzen konnten.

Das ›Tetraeder‹ in einem Münsterländer Swimmingpool

Das definitive Gründungsdatum des ›Tetraeders‹ war der erste Mai Neunzehnhundert-sechsundsiebzig, denn das war eines ihrer stärksten gemeinsamen Erlebnisse. In Havixbeck bei Münster, wo damals Achim wohnte, wollten sie um 04.00 Uhr morgens aufstehen. Sie planten, den Sonnenaufgang zu erleben. Sie hatten aber keine Uhr. Und sie waren vor lauter Lebensfreude erst etwa um 02.00 Uhr nachts eingeschlafen. Doch danach schon um 04.00 Uhr wieder aufzuwachen, war ziemlich schwierig, da es dann noch dunkel war. Sie wussten allerdings, dass die Vögel schon vor Sonnenaufgang anfangen zu singen. Sie mussten halt einfach aufpassen, wann das Morgengezwitscher begann. Leicht gesagt, wenn nur zwei Stunden Schlaf dazwischen passten. Aber sie waren voller Optimismus und ohne Sorge. Sie wussten, was sie wollten, und das taten sie auch. Der Tag hatte sie eingeladen, und sie nahmen ihn dankend an.

Irgendwann in dieser kurzen Schlafnacht wurde Danny wach, weil Carlos neben ihm im Traum etwas von seiner Zungenspitze erzählte. Das interessierte Danny. Und er fragte ihn danach, aber Carlos schlief noch. Alles war dunkel,

aber die Vögel trällerten schon ihre Morgen-Arien. Da hörte Danny plötzlich von einer nahe gelegenen Kirche die Kirchturmuhr schlagen: genau 04.00 Uhr. Sie hatten die Zeit überlistet, und der Morgen hatte sie eingeladen.
»Auffi, auffi, raus aus den Schlafsäcken. Auch wenn's schwer fällt.« Nach einem Pilzfrühstück mit Psilocybin gingen sie los, den merkwürdigen Geschmack der Pilze noch in der Rachenhöhle hin und her kauend. Und Lorenzo, die Sonne, ging am Osthorizont auf, schob alle Wolken von sich. Ein strahlender Tag begann. Ein wenig später standen sie auf einer Brücke neben einem alten Wasserschloss, das noch verschlafen in der Morgensonne rum stand. Dort feierten Carlos und Danny ihr Freundschaftsbündnis, weil die beiden eigentlich noch den ganzen Erdball zusammen erleben und bereisen wollten. Govinda-Harry war der Naturpriester und Shiva-Achim begleitete sie auf seiner Querflöte mit wunderschönen fröhlichen Klängen. Carlos und Danny tauschten ihre ›Freundschaftsamulette‹ in Form von kleinen Globen aus einem Kaugummi-Automaten und waren von da ab Freunde fürs Leben …

Wie sich dann im wirklichen Leben herausstellte, sollte es für die beiden trotz der Mini-Globen nie zu einer gemeinsamen Erd-Umreisung kommen. Es gereichte ihnen immerhin zu einer tollen gemeinsamen Reise nach Thailand 1988. Der eine, nämlich Carlos, hatte es tatsächlich geschafft, einmal alleine die Erde zu umkreisen. Der andere, Danny, reiste derweil jahrzehntelang kreuz und quer durch die Weltgeschichte.

Zurück ins Münsterland 1976: ihre ›Freundschafts-Flitterwochen‹ im Psilo-Land begannen. Und ein herrlicher Sonnentag schien über dem ›Tetraeder‹. Sie törnten sich gegenseitig an mit Freundschaft, Vertrauen, Musik, Natur, Sonne, Psilo-Pilzen, Blumen, Hanfpflanzen und Hopfen. Denn am Nachmittag stand ihnen plötzlich an einer Scheune ein Kasten Bier im Weg, der sie einlud, ihn mitzunehmen. Das ließen sie sich nicht zweimal sagen, zumal die Rauschpilze ihnen einen enorm trockenen Mund beschert hatten. Sie griffen beim unerwartet auftauchenden kühlen Nass beherzt zu und rannten damit zu einem versteckten Bach-Tal, wo sie sich in der Sonne aalten. Zwar hatten sie keinen Flaschenöffner dabei, aber Harry einen passenden Schlüssel, womit sie die Bierkannen öffnen konnten. So von vielerlei Rauschelementen angetörnt, erlebten sie den Sonnenuntergang. Nun ja, nun ja, statt Straßenräubern waren es dann in diesem Fall wohl eher Feld- und Wiesenräuber, die sich mit nem Kasten Bier vom Acker machten, ha ha ha …

Und später am Abend kamen sie in Achim's Wohnung zurück, und alles weitete sich zu einer Orgie aus. Das kam so: in der Wohnung unter Achim wohnte eine junge Frau, die eine Freundin zu Besuch hatte. Zu den Mädels ließen sie vom Balkon aus Zettel an einem Bändel runter, mit der Botschaft: »Was liegt an?« Das führte dazu, dass die Zettelbotschaften ein paar mal hoch und runter kreisten, bis die Mädels die vier Jungens zu einer Fete in Nienberge einluden. Die beiden nahmen sie auch dorthin mit. Dafür sollten die Jungens auch ihre Badehosen mitbringen, denn es sollte dort einen privaten Pool geben. Das war eine schöne Sache. Sie hatten jede Menge Spaß im und neben dem Wasser, miteinander und mit den Mädels. Sie machten es sich zur zweifelhaften ›Aufgabe‹, diesen Münsterländer Swimmingpool einzuordnen. Das gelang ihnen auch mit viel ›Hallo‹ und einer ausufernden Bade-Fete. Nun ja, textilfrei waren sie dann doch nicht ganz, da in Badehosen. Obwohl …, da gab es durchaus Szenen, wo sogar die Badehosen fehlten, hihi. Ausgiebig erfrischt und zurück in Havixbeck, ging dann auch dieser erlebnisreiche Tag zu Ende. Und sie schliefen mit dem Gefühl sanft ein, ein wunderschönes Geschenk erlebt zu haben.

Die Dialektik der Erotik in den Fluten eines Thermalbades

›Mizu ni nagasu‹ heißt das Thermalbaden in Japan, direkt übersetzt: ›auf dem Wasser weggehen lassen‹.[*] Das bedeutet im übertragenen Sinne: ›die Sünden und Fehler vergessen‹ . Das Thermalbaden wird in allen Teilen unserer Erde als die Basis für ein langes Leben angesehen, da es sowohl dem Körper als auch der Seele des Menschen gut tut. Und nicht nur den Menschen. Unvergessen wird Danny für immer der Anblick von Schneeaffen aus einem Dokumentarfilm bleiben. Diese lustigen Rotgesichtsmakaken suchen im Winter die heißen Quellen des Jigokudani Yean-Koen Nationalparks bei Nagano in den ›japanischen Alpen‹ auf der Insel Honshu auf, um dort in Schnee und Kälte Wohlbehagen durch das Thermalbaden zu erlangen. Sie lieben es genauso wie die einheimische Bevölkerung, in einem ›Onsen‹ zu baden, also einer heißen Quelle. Dort sinkt das Thermometer schon öfters auf minus 15° C. Aber je kälter es draußen ist, desto fröhlicher planschen die Affen im wärmenden

---

[*]   *Federica De Cesco – Silbermuschel, Hamburg 1994, S. 258f.*

Nass. Derweil werden sie von Dampfschwaden umnebelt und ein hübsches Schneehäubchen thront auf ihren Affenköpfen.

Gerne erinnerte sich Danny an Leo Koflers ›Dialektik zwischen dem Dionysischen und dem Apollinischen‹ aus den 70er Jahren. Dabei stand Apollon als Gott des Lichtes, der Weisheit und der Klarheit für Vernunft. Demgegenüber der lebenslustige Dionysos, der griechische Gott des Weines, für Ekstase und Irrationalität. Diese Kofler'sche Dialektik war hier ganz eng mit Dannys ›Dialektik der Erotik‹ verknüpft. Denn Dionysos hatte ja auch bei der Erotik immer seine Finger mit drin, haha, worin wohl? Das Paradies allerdings mit der Nacktheit des menschlichen Paares erschien Danny immer ziemlich unerotisch. So blieb es ihm nach wie vor ein Rätsel, wie es Adam und Eva überhaupt gemacht haben konnten? Wie konnte da in dieser reinen prähistorischen Naturisten-Szene überhaupt Sex geschehen? Vielleicht mit dem unerklärlichen Trick mit dem Apfel und der Schlange, hihi …?

Dagegen badeten nicht erst die alten Römer gerne in heißen Thermen, auch in vielen anderen alten Kulturen wurde gerne heiß gebadet. Tom Robbins hatte ja in seinem Roman ›PanAroma‹* gerade die lebensverlängernden Eigenschaften des Badens im heißen Wasser für seine beiden Romanhelden Alobar und Kudra herausgestellt: »Durch ein tägliches Bad in ca. 37,8 ° C heißem Wasser wurde deren DNS getäuscht, als lägen sie in einem neoembryonalen Stadium und bekämen dadurch frische Hormone und Enzyme. Außerdem senkt es die Bluttemperatur, wodurch der Blutkörperkreislauf geschont wird und länger durchhält.«* Neben dem täglichen heißen Bad hatte Tom Robbins in seinem Roman noch drei weitere Tipps zur Langlebigkeit: »Richtig atmen, harmonisch ein- und ausatmen wie eine Schlange, nur so viel wie nötig atmen. Gutes bewusstes Essen – und zwar immer in kleinen Mengen. Und als letztes und wichtigstes Element: das Feuer des Sex. Die DNS ist ja nur an der menschlichen Fortpflanzung interessiert, weshalb es bei den meisten Menschen auch nur ein paar Jahre intensiven sexuellen Verkehr zur Fortpflanzung gebe. Wenn man also ständig fortführende Sexualität macht, wird die DNS getäuscht, als wäre man immer noch in der Phase der Arterhaltung.«*

Danny selber hatte ja schon vorher Erlebnisse mit heißen Quellen: zweimal

---

*   *Tom Robbins – PanAroma – Jitterbug Perfume, Hamburg 1985* auf der Insel Taiwan und dreimal in verschiedenen Thermen in Deutschland. Auf jeden Fall schien ihm das Anno 2006 im Thermalbad Bad Bellingen doch sehr erregend zu sein, als ihm heiße Sprudel um die Geschlechtsteile wirbelten. So schien es auch den meisten Frauen im Thermalbad zu gehen, die dort immer gerne stundenlang auf der Sprudelbank saßen.

Dagegen nur 10 km entfernt auf dem FKK-Gelände, da waren sie alle nackt, so rein und klar wie Apollon, der griechische Gott der Klarheit und des Lichtes. Aber viele dieser Nackten mit dem ›Faltenwurf‹ ihrer Haut und der ›Erdanziehung‹ ihrer Körperteile hatten so etwas Unerotisches an sich. So fragte sich Danny immer noch, wie Adam damals im Paradies überhaupt ›einen hoch gekriegt‹ hatte …? Denn Adam und Eva liefen doch von morgens bis abends nur nackig rum. Dafür hatte allerdings die Freikörperkultur im Jahre 2006 bereits ihr 100jähriges Jubiläum. In den Anfängen stand sie als Pendant gegen die kaiserliche konservative und auch sehr prüde, streng reglementierte Gesellschaft. Die Anhänger des FKK waren damals eher linksorientiert und liberale Kritiker des Establishments. Die Ideologie der Freikörperkultur entwickelte sich in den ersten Jahrzehnten des 20. Jahrhunderts. Die praktische Durchführung der Nacktkultur war den frei-denkenden Personen damals ein Anliegen, die FKK einfach nur als Triebfeder der Licht- und Luftbewegung sahen.

Zum Dionysischen: ganz anders verhielt es sich im öffentlichen Balinea-Thermalbad. Da sprangen neben den vielen alten Menschen aber auch einige Blickfänge herum. Es gab da die Üppigen, denen die Brüste fast aus dem Bikini fielen; die schlanken Drahtigen mit den langen Beinen, Typ ›Volleyballerinnen‹; die kaffeebraunen Französinnen, da ja Frankreich in Reichweite um die Ecke lag; die ›Granaten‹ mit Tangaslips; ›Hingucker‹ wie zwei Rastafrauen; oder die ganz normale ›Alltags‹-Frau im knappen Bikini. Sie alle konnten einen Mann in diesem bis zu 37,4 ° C warmen Wasser zur erotischen Raserei bringen. Besonders als Danny auf der Sprudelliege lag und warme Sprudelbläschen seine erotischen Phantasien beflügelten. Oder er saß auf der Sprudelbank. Schön war auch das ›Reiten‹ auf dem starken Wasserstrahl aus dem Beckenboden, der ihm die Hoden massierte. Und links und rechts von ihm an den beiden anderen harten Sprudelstrahlen ließen sich zwei anwesende Damen ihre Muschis ›weich kochen‹. Und überall sprudelte und blubberte es. Das Wasser schoss in festen Strahlen aus den Düsen an den Beckenwänden, wo sich weiche weibliche Körper ihre Brüste massieren und Männer sich ihre Schwänze ›umspielen‹ ließen …

Und weil es so schön war, besuchte er ein Jahr später das Balinea-Thermalbad in Bad Bellingen noch ein weiteres Mal. Bei dieser Gelegenheit erlebte er die erquickende Wärme der Therme zusammen mit seiner Moni.

Das minerale Thermalwasser der Balinea-Therme hat genau die Funktion der Kohlensäure für das Sulfatmolekül, dass nur in dieser Symbiose das Sulfat über die Haut in den Körper eingeschleust wird. Dieses Heilwasser wirkt somit interaktiv therapeutisch und nachhaltig. Dadurch wird die Alterung verlangsamt und gleichzeitig das Wohlgefühl gebessert.

Unter all den Fleischklöpsen, Fettklößen und Hängesäcken, die bereits so alt aussahen wie das Ziel der ›Therme schlechthin‹, nämlich durch das heiße Thermalwasser steinalt zu werden. Unter all dieser fröhlich-selbstbewussten Vergänglichkeit des menschlichen Körpers fielen natürlich die paar wenigen jungen straffen Körper in dekorativ knappen und attraktiven Bademoden besonders auf. Schickt womöglich der Schutzpatron der Thermalbäder … Danny nannte ihn für sich im Stillen als Arbeitshypothese mal einfach ›Johannes, den Täufer‹, hihihi … schickte der also, damit die Kreisläufe der thermal-badenden Männer durch eine psychosomatische Verjüngungskur auch tatsächlich uralt werden konnten, …schickte der regelmäßig eine junge blonde französische Sexbombe aus dem Elsass ins Thermalbad … der der üppige Atombusen sowohl oben aus dem offenherzigen Ausschnitt als auch unten aus dem knappen Bikinioberteil zu hüpfen drohte. Jedenfalls glotzten alle anwesenden Männer sie an. Erst recht, als sie es mit ihrem französischen Begleiter fast auf den Sprudel-Liegen trieb. Oder wie sollte man das sonst nennen, wenn er sich mit dem Rücken auf die an sich schon aphrodisierende Sprudel-Liege bettete, und die üppige Französin rücklings auf ihm lag …!? Keiner wusste, was sie im undurchsichtigen weiß sprudelnden 35 ° C warmen Thermalwasser mit sich anstellten. Aber jeder konnte sich alles Mögliche vorstellen: vom knochenharten Ständer bei ihm bis zur glitschigen Bereitschaft bei ihr. Zumal er sich auch gar nicht scheute, ihr von hinten an die beiden auf der Wasseroberfläche wogenden und schlagenden Argumente zu fassen. Und das bei 35 ° C Wassertemperatur, wo doch das heiße Thermalwasser durch die Französin eh schon zum Brodeln gebracht wurde. Da fielen den anwesenden

Herren, brave Schweizer, heißblütige Franzosen oder biedere Deutsche, fast die Augen aus den Höhlen. Auch Danny wurde es ganz heiß und steif unten rum. Er ließ sich gerade auf der Sprudelbank seine überreizten Hoden von unten mit starkem Wasserstrahl massieren, als ihm schräg gegenüber auf der Sprudel-Liege diese ›französische Nummer‹ vorgeführt wurde. Da half nur weggucken oder an was Technisches denken, wie binomische Formeln oder Pleuelstangen – nein, das half auch nicht. Oder besser ab ins Kneipp-kur-Becken. Dort stakste er im eiskalten Wasser mit seinen Storchenbeinen, um wieder auf Normaltemperatur zu kommen. Auch eine betuliche ältere Dame grinste wissend in die Männerrunde, ahnte sie doch deren Gedankengänge. Und sogar seine mitgereiste Gefährtin Moni blieb der ausladende ›Balkon‹ der Französin nicht verborgen: sie tippte mal auf Implantate. Heiß war es eh schon genug. Die Sonne brutzelte die Thermalgäste gar. Das Wasser im Außenbecken mit Strömungskanal und Sprudel-Anlagen hatte normalerweise 34 – 36 ° C, an dem Tag maximal bis zu 38 ° C: Wahnsinn. Da brachte die blonde Gallierin das Wasser durch ihre bloße Anwesenheit noch zusätzlich zum Köcheln. Komplementär zum männlichen Lugen nach knappen Bikinis verhielt sich die Situation aus der Sicht von Frauen wahrscheinlich so, dass da schlanke große Männer mit Waschbrettbäuchen und wohlproportioniertem Körperbau eher die weibliche Phantasie anregen würden. Aber Danny ist ja nun mal ein Mann und sah deshalb auch die Welt mit männlichen Augen.

Zur Dialektik: Da fiel es ihm natürlich leicht, sich für das Anregende aus dem Dionysischen Bereich zu entscheiden. Denn das erotisch Anregendste ist nun mal für ihn nicht die natürliche Nacktheit, wie sie in einer FKK-Anlage zelebriert wird und wo man sie den ganzen Tag zur Genüge erleben kann. Nein, als das erotisch Aufregende erschien ihm doch eher das langsame Ausziehen der Kleidung, die Knappheit von Bikinis und geilen Tangas oder das Raffinierte von Dessous …

Kleine textilfreie Reise durch Deutschland

Danny ließ nach solch aufregenden Betrachtungen vor seinem inneren Auge eine kleine textilfreie Reise durch Deutschland an sich vorüber ziehen:

Na klar, sein erster Sex, damals in einem Hannoveraner Bildhauer-Atelier
mit Lulu, der war garantiert textilfrei.
Haha, das Nackt-zelten mit Paula im Regen bei München: da hatte Danny
sich vor dem Regen schützend gleich besser alles ausgezogen.
Wogegen ›unschuldige‹ Küsse mit Nicole im Regen von Recklinghausen ihre
Kleidung ziemlich nass werden ließ.
Trocken, aber kitzlig waren die Ohrenküsse in Oer-Erkenschwick,
die Rebecca dem jungen Danny verabreichte.
In einer Nacht in Waltrop zwischen wallenden wispernden Maiskolben-Feldern, als es sich Britta und Danny pettingmäßig im Stehen besorgten.
Sie blieben aber dabei sehr romantisch in voller Montur.
»Sex in Berlin, nichts wie hin. * *Ich bin ein Tourist, weil du mich küsst …,«*
so oder so ähnlich lautete der Text eines Trio-Liedes.
Das ließen sich Danny und Julie nicht zweimal sagen.
Na klar, na klar, textilfrei war das allemal.
In Bielefeld gab es für ihn überhaupt keinen Sex, weder mit Guddi noch mit
sonst jemand. Okiedokie, da blieben die Plünnen eben an …
Beim Besuch eines Freundes in Frankfurt gab's eine üppige Äppelwoi-Sause.
Danach fühlten sich Kirsten und Danny frank und frei, hatten wahnsinnigen
Sex, und kein Platz für Kleidung war mehr frei.
Die Liebe, ja, die Liebe, die kann nie schlecht sein.
Denn die Liebe ist ein himmlisches Geschenk …
Und in Hagen, in Hagen, da hatte Danny ein Heimspiel und konnte was
wagen. Dort hatte er den häufigsten Sex überhaupt, meistens textilfrei. Denn
da war das Textil-Album ja auch so nah, da konnten die T-Shirts rasch unter
schlüpfen.

---

* *Trio – »Smog in Berlin, nichts wie hin …«, so lautete der richtige Text des Trio-Songs*

III. Afrika

Afrika ist wild, Afrika ist ursprünglich, Afrika ist gefährlich …

Ich erinnere nur an den harmlosen Stich eines jungen Blaupunkt-Stachelrochens, auf den Moni bei einer Strandwanderung am ägyptischen Roten Meer aus Versehen drauf getreten war. Danach musste sie erst mal in ärztliche Behandlung, die glücklicherweise auf der Tauchstation neben unserem Hotel vorhanden war.

Oder die Sandhose neben dem ägyptischen Kamelmarkt im sudanesischen Grenzgebiet.

Ja ja, oder gar die Abenteuer in Marokko, 1977 und 1981, puuhhhh ….!

Wenn man die Kanaren, die zwar politisch zu Spanien gehören, also zu Europa, jedoch mit zu Afrika zählen würde … Denn sie liegen ja quasi vor Afrikas Küste im Atlantik und gehören geografisch sowieso eher zu Afrika. Das zeigte sich besonders gut, als im Februar 2020 der Sandsturm ›Calima‹ über den Kanaren wütete. Dabei legte der schwere Sandsturm aus Sahara-Wüstensand für ein ganzes Wochenende – mitten in der Saison – den Flugverkehr auf den Kanaren lahm. »Die Ursache dieses Chaos war ein Wetterphänomen namens ›Calima‹. So heißt der Wüstenwind, der zuweilen von der afrikanischen Sahara tonnenweise feinen Saharasand auf die Kanaren weht. Aber dieses Mal war es kein Wind, sondern ein heftiger Sturm, der mit Geschwindigkeiten von mehr als 100 Stundenkilometern wütete. Und der die im Atlantik liegenden Vulkaninseln in eine gigantische rotbraune Staubwolke hüllte.«* Außer den Unannehmlichkeiten durch die Störung des Flugverkehrs, abgesagten Karnevalszügen, geschlossenen Schulen und Universitäten herrschte auf den gesamten Kanarischen Inseln ein Ausnahmezustand. »Der Calima-Sturm machte zudem den Menschen das Atmen schwer. Viele Bewohner und Feriengäste versuchten, sich mit Tüchern oder Schutzmasken vor Nase und Mund zu schützen. Die gesundheitsschädliche Feinstaubbelastung der Luft war am

Wochenende nirgendwo in der Welt so hoch wie auf den Kanaren. Sie lag um ein Vielfaches höher als zum Beispiel in Chinas Hauptstadt Peking … ›Der Wüstenstaub legt sich über alles. Kein Mensch ist auf der Straße‹, schreibt ein junger Mann auf Twitter, der auf Gran Canaria Urlaub macht. Der Sandnebel hinterlasse den Eindruck einer Endzeitstimmung.«*

Ja, wenn man die Kanaren mitzählen würde, dann erhöht sich die Zahl von Dannys Afrika-Reisen gleich um sieben: zweimal La Gomera, einmal La Palma, zweimal Lanzarote und zweimal Fuerteventura bereiste er in den Jahren zwischen 1986 bis 2013.

Dabei sieht besonders Fuerteventura mit seiner Sandkasten-ähnlichen Vegetation geologisch wirklich eher aus wie die benachbarte afrikanische Sahara.

Nun gut, es folgt also etwas Kanarisches in diesem afrikanischen Zyklus mit einer bizarr-obskuren Geschichte aus Gomera namens ›Textilfrei unter Lustkillern‹, die sich dem Thema der ›Textilfreiheit‹ annimmt, hihihi …

Tja, und später dann dreimal nach Ägypten, Ägypten, Ägypten, und danach gar einmal über den Äquator nach Mauritius. Ja, da waren sie nicht weit von Madagaskar. Und als sie dann mal in einem Boot um Mauritius fuhren, da sangen sie dann auch geografisch völlig korrekt: ›wir lagen vor Madagaskar …‹, auch wenn es 870 km entfernt lag …, hihihi …

Engel, Kif und neue Länder **

Dannys damalige Freundin Lydia und ihn selber lockte 1981 Afrika, der schwarze Kontinent. Genauso wie Jack Kerouac zog es sie zu neuen Ländern, nach Marokko. Dort reisten sie nur in öffentlichen Bussen – zusammen mit der einheimischen Bevölkerung. Immer waren sie die einzigen Europäer zwischen allen möglichen afrikanischen Schattierungen: schwarze Berber aus dem Süden, braunhäutige Araber aus den Städten, hellhäutige und manchmal sogar rothaarige Rif-Berber, alte, junge, ewige Gesichter, Frauen mit und ohne Schleier, Männer mit Fezen oder mit Dschelabas, diesen Kapuzenmänteln, Geruch, Gestank, Gepäck, Gefieder, Tabak oder Kif. Aber auch Vorsicht

---

* *Ralph Schulze – ›Zehntausende Touristen hängen fest‹, in Westfälische Rundschau Hagen, 25.02.2020*
** *Jack Kerouac – Engel, Kif und neue Länder, Reinbek 1971*

war angesagt. Denn die marokkanische Polizei sollte bei Haschisch-Dealerei durchaus rigoros unter Fremden durchgreifen, was sie Einheimischen großzügig durch gehen ließen. Also am besten erst mal gar nix machen, in Richtung Haschisch oder Kif kaufen. Gut gedacht. Aber schon am ersten Tag am Strand von Tanger. Eigentlich war es viel zu heiß. Lydia und Danny saßen auf ihrer Decke auf dem Sand. Da kam ein junger Haschisch-Verkäufer und nervte Danny dermaßen, dass es sogar zum lauten Streit dabei kam. Der Kerl wollte partout nicht verstehen, wieso diese Fremden seine heiße Ware nicht kaufen wollten. Das machte ihn so sauer, dass er sogar aufdringlich wurde. Danny wollte gerade sein Taschenmesser aus seiner Umhängetasche holen, um sich zu wehren, als sich die Situation von alleine beruhigte. Einheimische Strand-Nachbarn hatten nämlich mitbekommen, dass der junge Kerl mit seinem Benehmen unangemessen wurde. Das wollten die überwiegend gastfreundlichen Marokkaner nicht auf sich sitzen lassen, dass da so ein Filou ihre Weltanschauung unnötig verletzte. Mit ein paar scharfen Befehlen in einer Mischung aus Französisch und der dort üblichen Berber-Sprache wurde der Mann zurecht gewiesen. Das führte zu seinem plötzlichen Abgang. Danny konnte sein Messer stecken lassen, was auch weitaus besser war. Und sie hatten wieder ihre Ruhe. In einem anderen Fall waren sie echt perplex. Die beiden wurden im Suk von Fes, in den verschlungenen unübersichtlichen kleinen Gässchen des Marktviertels, von zwei Jungen gehalten, sich das Teppichgeschäft ihrer Familie anzuschauen. Obwohl sie höflich ablehnten, war die enttäuschte Antwort der kleinen Marokkaner absolut unhöflich. Denn sie warfen ihnen eine Eisenstange hinterher, die Lydia sogar noch am Rücken streifte. »Na, das geht ja gar nicht,« dachte sich Danny, »schnell raus hier aus dem Suk.«

Im Rif-Gebirge saßen sie wenigstens geschützt im Bus, als junge Haschisch-Dealer ihnen von außen ihre klebrige Rauschware in grünen oder braunen Brocken auf die Bus-Scheiben drückten. Da brauchten sie wenigstens nur mit dem Kopf schüttelnd ablehnen. Trotzdem wurden sie verbal beschimpft, weil sie ihnen kein Kif abkauften. Aber das war auch besser so. Denn ab und zu wurde genau dieser Bus von Polizei-Sperren angehalten, die die Insassen nach Kif kontrollierten. Es ging die Story unter Travellern um, dass es gerade im Rif-Gebirge durchaus Haschisch-Dealer geben sollte, die mit der Polizei zusammen arbeiteten. Und zwar so, dass sie irgendwelchen Hippies erst Drogen verkauften, und diese Info dann an die Polizei weiter gaben. Die Polizei verhaftete die Langhaarigen und nahm ihnen das Haschisch ab. Dann ließen sie sich von den Fremden kräftig ›schmieren‹, um ihnen damit eine Haftstrafe zu ersparen. Und hinterher gaben sie das Kif-Zeugs an die Dealer zurück. Eine Win-Win-Situation für Bullerei und Dealerei. Da passte man lieber auf und machte besser gar nix. »Mann-Mann-Mann, das grenzt ja schon fast an Straßenräuberei,« dachte Danny, »allerdings in keinster Weise textilfrei …«

Die Busse in Marokko waren genauso alt und schlecht wie die Straßen. Für die Straße von Fes in Mittel-Marokko bis Oujda knapp vor der algerischen Grenze brauchten sie acht Stunden für nur 265 km: Rütteln, Stöhnen, Hitze, und der Diesel fuhr nur auf drei Pötten: ›Motorfürze‹.

Dabei beugte sich der Busfahrer beim Ausspucken immer waagrecht aus dem Fenster. »Was der wohl so alles im Munde mit sich rumführte …!« Das gab dem Bus jedes Mal durch den nachziehenden Arm eine ruckartige Linksdrehung. Diese fing er aber mit halsbrecherischen Lenkmanövern wieder auf. Allah sei Dank. Während dieser relativ kurzen Strecke von 265 km sahen sie ein Marokko der Gegensätze. Morgens in Fes in der fruchtbaren Gebirgslandschaft noch leicht regennass. Am Nordost-Stadtrand sah es aus wie nach einem Erdbeben. Auf mehreren hundert Metern waren fast alle Häuser eingefallen oder teilweise eingestürzt. Danach verließen sie die fruchtbare Zone und kamen ins trockene Gebiet von Ost-Marokko. Dabei sahen sie zweimal sogar Kuh-Kadaver am Straßenrand herumliegen. Die Landschaft war karg und staubig, und es war sehr heiß. Dabei lag auf den Bergen am Südhorizont noch Schnee, und nur 40 km von Marrakesch hatte es im Mai sogar noch Skisaison.

Sie wurden inzwischen weiter vom Bus über die wichtigste Ost-West-Straßenverbindung Nordafrikas gerüttelt. Die glich für ihre Verhältnisse eher einem schlecht gepflegten, schlaglochübersäten Feldweg. Dann bogen sie kurz vor Oujda Richtung Norden ab, nach Saidia am Mittelmeer. Das lag nahe der algerischen Grenze. Dort war es sofort wieder sehr fruchtbar: viel Grün, Palmen, Flüsse, Frösche, Wolken, Wind und Meer …

…es war an jenem Tag, als sie vergeblich um 5.00 Uhr morgens aufstanden. Denn sie waren am Vorabend auf eine Fehlinformation eines Marokkaners reingefallen. Der freundlichen junge Maroc hatte sich wohl durch Dauer-kiffen das halbe Hirn weg geraucht. Denn seine Informationen waren schlicht und einfach seiner blühenden Phantasie entsprungen, stimmten jedoch nicht mit der Wirklichkeit eines Busfahrplans überein. Eigentlich hatten sie sich darauf gefreut, im Bus von Nador nach Al Hoceima den verlorenen Schlaf ein wenig dösend nachzuholen. Aber es sollte anders kommen. Zwar kamen sie nach einigem Hin und Her und Umplanen doch noch recht früh in Nador an. Aber dort mussten sie leider feststellen, dass der Morgenbus nach Al Hoceima schon weg war. Und der nächste Bus dorthin würde erst abends losfahren. Also nutzten sie den Tag in Nador damit, einen kleinen Ausflug in die nahe gelegene spanische Enklave Melilla zu unternehmen. Allerdings bedeutete dieses, dass sie die Grenze zweimal passieren mussten: einmal hin und einmal zurück. Das wiederum war mit viel Visa- und Passformalitäten verbunden. Mit anderen Worten: hauptsächlich viel Action um eigentlich gar nichts, wie sich das ›in Spanien‹ dann herausstellte. Das hätten sie sich auch sparen können.

Show me the way to the next whisky-bar …

Als sie dann am Spätnachmittag zur Bus-Station in Nador zurückkamen, saß da so ein besoffener Typ auf der Wartebank. Der hielt sie durch sein Aussehen davon ab, sich neben ihn zu setzen. Es sah nämlich so aus, als würde er jeden Moment hintenüber kippen. Nach einiger Zeit schaute Danny wegen ihrem dort deponiertem Gepäck noch mal in die Station hinein. Und tatsächlich: mittlerweile war er hintenüber gekippt und lag auf der Bank. Das war übrigens das einzige Mal in ganz Marokko, dass sie einen Betrunkenen sahen. In dieser Hinsicht halten sich die Kerle ziemlich an den Koran. Dagegen trösten diese sich ja ersatzweise mit massenweise Kif über Mohammeds Alkoholverbot hinweg.

Dann kam endlich der Bus. Sie setzten sich auf ihre angegebenen nummerierten Sitze, die zwei von einer Dreierbank innehatten, und freuten sich auf die Weiterreise.

Und dann setzte sich ausgerechnet dieser besoffene Typ auf den dritten leeren Sitz neben Danny. Von da an war natürlich nicht mehr an den leisesten Schlummer zu denken, dermaßen beschäftigte der sie. Erst einmal sorgte er in den verbliebenen restlichen Minuten vor der Abfahrt noch mal für reichlich Turbulenzen im Bus. Danny gab er eine noch völlig volle Flasche Whisky billigster und übelster Sorte zur Aufbewahrung, Marke Double-V. Den hatte er sich wahrscheinlich bei einem Tagesausflug in der internationalen Freihandelszone von Mellila samt seines beträchtlichen Vollrausches erstanden. Wo sollte das noch hinführen? Andere schickte er mit Geld los, ihm noch Zigaretten für die Fahrt zu besorgen. Und er selbst wankte noch mal los, um sich mit einer Wasserflasche und einem großen Glas für unterwegs einzudecken. Deponierte alles samt seiner zerschlissenen Lederjacke und wankte noch mal los. Da wünschte Danny ihm, er möge doch vielleicht den Bus verpassen. Er schämte sich zwar für seinen egoistischen Wunsch, aber das noch Kommende schien sein schon angeknackstes Nervenkostüm bei weitem zu überfordern. Aber der Typ schaffte es natürlich noch locker bis zur Abfahrt des Busses, wieder an Bord zu sein. Er hatte inzwischen das große Glas gegen ein etwas kleineres handlicheres umgetauscht. Begleitet von undeutlichem arabischen Gebrabbel in Dannys Richtung, machte er sich auch gleich rührig ans Werk. Er hängte seine Jacke vor sich auf und deponierte das Glas in eine Jackentasche. Dann füllte er einen kräftigen Schluck Whisky ab und mischte seinen Drink randvoll, aber gekonnt aus seiner 1,5-Literflasche Wasser. Danny fürchtete schon, von der wild schwingenden Flasche gleich beim ersten Mal durchnässt zu werden.

Und ›Schlürf.‹ Wer hätte das gedacht?: mit einem kurzen, aber gezieltem Schluck verschwand der Glasinhalt in dem Manne. »Das scheint er wirklich nicht zum ersten Male gemacht zu haben!?« dachte Danny. Rasch wiederholte der Marokkaner diesen Vorgang. Und das alles unter mächtigem Schwanken des Autobusses. Trotzdem verschwendete er anfangs nur hier und da einige Tropfen. Das nächste gut gemischte Glas bot er erst Danny an. Aber der hasste Whisky aller Art. »Wenn er doch wenigstens eine andere Schnapssorte geführt hätte …,« dachte Danny. Danach bot er das Glas Lydia an. Aber sie lehnten beide dankend ab. Der Marokkaner kam mittlerweile mächtig in Schwung. Zwischendurch steckte er sich immer wieder eine Zigarette an. Deren herbe Dämpfe ließ er ihnen natürlich reichlichst zukommen. Inzwischen beplemperte er sich schon ziemlich bei der Mischung seiner Hart-Drinks. Er verschloss auch die Flasche schon gar nicht mehr, die er überschwappend zwischen sich und Danny abstellte. Danny hatte absolut keine Lust, von dem Whisky vollgesaut zu werden, da er ja allein schon den Geruch abstoßend empfand. Deshalb nahm er ihm kurzerhand die Flasche weg, schraubte sie zu und legte sie auf die Gepäckablage. Dabei bemerkte er gar nicht, dass der Bus angehalten hatte. Von einer Polizeistreife gestoppt. Die sahen natürlich sofort die Flasche in Dannys Hand und fragten, wem die gehöre. Mit einem kommentarlosen Blick auf den besoffenen Marokkaner neben ihm nahmen sie sie mit.

Der Marokkaner stürzte dann natürlich sofort laut schreiend und gestikulierend hinterher. Dass der Typ Schwierigkeiten mit der Polizei bekommt, hatte Danny eigentlich auch wieder nicht gewollt. Trotzdem meinte Danny schon, dass der wohl genug getrunken hätte. Lydia mit ihrer sozialen Ader meinte zwar, dass er bestimmt irgendeinen Grund hatte, sich zu besaufen. Derer Gründe an sozialen Missständen gab es in Marokko ja zuhauf. Auch ihr Einwand, dass sie seinen persönlichen Hintergrund gar nicht checken könnten: »Arbeitslosigkeit? Obdachlos? Oder weiß der Geier?« Das alles konnte Danny aber nicht davon abbringen, dass ihn dieser Typ eindeutig und reichlichst genervt hatte.

Nach einigem Hin und Her bekam er tatsächlich seine Flasche zurück. Und weiter ging die Fahrt. Der überraschend gute Ausgang dieses Zwischenspiels mit den Zollpolizisten hatte ihn wohl sehr motiviert. Denn er heizte sich jetzt erst recht fröhlich und beschwingt und wild um sich spritzend und spotzend mit seinem Fusel ein. Die anderen marokkanischen Fahrgäste waren von seinem Verhalten peinlich berührt. Sie belächelten oder beschimpften ihn. Trotzdem konnten sie ihn nicht davon abhalten, fröhlich weiter zu zechen. Das Zechgelage aber wurde immer unsicherer. Der Bus schaukelte und serpentinte sich inzwischen rauf ins Rif-Gebirge. Dabei behielt Danny den Marokkaner bei dessen Aktionen immer scharf im Blick. Denn es war zu befürchten, dass dieser irgendwann bestimmt anfing zu göbeln. Danny hätte ihn dann nämlich zum gegebenen Moment mit einem gezielten Schultercheck in den Mittelgang des Busses kotzen lassen. Aber so weit kam es nicht mehr. Das ganze war doch wohl alles zu viel für den armen Maroc. Er entschlief auf sanften Whiskywolken. Erst hatte er sich vergeblich bemüht, sein müdes und abgefülltes Haupt auf Dannys rechte Schulter zu betten. Dann pendelte er schließlich schwerelos mit seinem Kopf im Rhythmus des schaukelnden Busses. Mal nach vorne. Dabei riss er seine voll gesiffte Lederjacke zu Boden, samt eines noch vollen Glases Whisky, seinem Hartgeld und seinen Zigaretten. Mal schwankte er fast waagrecht über den Mittelgang hängend, wobei er appetitlich seine eigenen

Nasenschnodder runter schluckte. Der Busschaffner nahm ihm jetzt kurzerhand die Whisky-Flasche ab und verschenkte sie großzügig an einen anderen Fahrgast. Dann bediente er sich selbst aus der Wasserflasche und richtete den Typen etwas in die Vertikale. Schließlich sammelte er dessen Habseligkeiten auf, um sie ihm in den Schoß zu legen.

Der Süffelkopf war sichtlich erfreut über die erhaltene Hilfe. Er zündete sich noch mal eine letzte Zigarette an und schlief darüber auch schnell wieder ein. Dabei glühte er sich rasch noch ein Brandzeichen in seine Jacke. Als er dann noch mal alles zu Boden gleiten ließ, hatten einige mitleidige Mitreisende ein Einsehen und nahmen ihn mit in den hinteren Busteil in ihre Obhut. Dort tobte er noch ein Weilchen rum. Aber er schien sich dann zu beruhigen. Bis er wohl seine sich nähernde Heimat witterte und laut gestikulierend durch den Bus geisterte. Die ihn Betreuenden fingen ihn dann wieder ein und trugen ihn schließlich beim nächsten Dorf behutsam aus dem Bus.

Plötzlich jedoch schien er sich an die noch nicht ganz geleerten Flasche Whisky zu erinnern. Denn man hörte ein wildes lautes Schreien und Gezeter draußen vor dem Bus. Und siehe da: das ihnen so vertraute Gesicht tauchte vorne im Buseingang wieder auf, gerade als der Bus anfuhr. Das schien den marokkanischen Typen aber überhaupt nicht sonderlich zu stören. Denn er schleifte noch einige Meter an der Bustür hängend hinterher, bis man ihn wohl endgültig abgeschüttelt hatte. Der arme Kerl, ob er wohl noch den Weg bis zur nächsten Whisky-Bar geschafft hat …?

Einen lustigen Abschied hatten sie immerhin mit einem marokkanischen Zöllner bei ihrer Ausreise auf dem Flughafen von Tanger. Vorher hatten Lydia und Danny in all den Wochen ihrer Marokko-Rundreise schon auf verschiedenste Anmache mit Drogen aufpassen müssen. Und dann am Flughafen fischte man sich aus der Reihe der Wartenden natürlich ausgerechnet Danny heraus. Sie führten ihn in einen extra Raum, wo der Zöllner ihn von oben bis unten bekrabbelte. Das kitzelte wirklich, weshalb er lachte. Dann fragte er Danny kichernd nach »Haschisch?« oder »Money?«, worauf Danny ihm seinen letzten marokkanischen Centime zeigte. Das wiederum erntete beim Zoll-Mann enormes Gelächter. Gemeinsam lachend verließen sie seinen Kontrollraum. So etwas Menschliches konnte es also auch bei der Zollbehörde noch geben …

Textilfrei unter Lustkillern

Die beiden Freunde Harry und Danny trafen sich meist im Frühling und hatten sich dann viel zu erzählen, war doch ein ganzer Winter aufzuarbeiten.

»Harry, habe ich dir eigentlich die wahnwitzige Story von den Räuschetürmen schon erzählt?«

»Nein, Danny, aber das Thema hört sich interessant an. Dann leg mal los.« erwiderte Harry gespannt.

Der Räuscheturm

Nun ja, es geschah während Dannys Gomera-Reise im Winter 1986 mit seiner damaligen Freundin Pia. Da hörten sie eines abends mit Doppelkopfhörern vom Walkman die sanfte Musik ›When all's well‹ von ›Everything But The Girl‹, wobei er ihnen einen Marihuana-Joint baute. Dabei fiel ihm auf einmal die absolut schrille Satire von Chlodwig Poth ein: ›Die Vereinigung von Körper und Geist mit Richards Hilfe‹*, die als ein heiterer Liebesroman zählte.

»Ja also, Harry, im Buch von Clodwig Poth erlebte dieser Romanheld mit Hilfe von Richard Wagner-Musik und Marihuana die Gipfel der Liebe. Er baute dafür einen Turm von fünf verschiedenen Räuschen auf, um eine Situation optimal so zu erleben, so dass alle verschiedenen Rauschebenen gleichzeitig geschehen, den sogenannten Räuscheturm. Die ganzen Vorbereitungsphasen, um alleine die einzelnen Räuschestränge hinzubekommen, waren wirklich in seinem Buch zum Schießen grotesk beschrieben. Natürlich wollte er sich mit seiner Freundin lieben. Das sollte in Italien an einem Sandstrand geschehen. Dazu sollte es Vollmond haben, und es musste eine trockene und laue Nacht sein. Vorher wollten sie sich beide mit Marihuana antörnen. Und dabei sollten beide mit zwei Kopfhörern gleichzeitig Tristan und Isolde von Richard Wagner hören,« führte ihm Danny die Story fort. »Na, jedenfalls war das rein technische Problem für Chlodwig Poth's Protagonisten schon schwierig genug. Denn da es wohl damals noch keine Walkmen gab, musste er an seinen Recorder über einen Adapter zwei Kopfhörer anschließen. Die waren zudem auch noch mit ordentlichen Metern Verlängerungskabeln ausgestattet,

---

* *Chlodwig Poth – Die Vereinigung von Körper und Geist mit Richards Hilfe, Frankfurt 1982*

damit sie sich beim Lieben nicht darin verhedderten. Und natürlich musste alles ziemlich fest und stabil sein, damit es nicht bei der ersten Bewegung unterbrochen wurde, um den Räuscheturm nicht zu frustrieren.«

»No, no, das will ja niemand,« wandte Harry ein.

»Goody-goody, ein anderes Problem für ihn war das Marihuana. Denn das hatte er nämlich extra für dieses Ereignis gebunkert. Dann aber rauchte er es eines Tages vorher. Denn er hatte sich so über seine Freundin geärgert, dass er dies durchs Kiffen kompensierte. Danach wiederum war plötzlich seine Marihuana-Quelle versiegt. Aber irgendwie hat er doch noch alle Utensilien und Faktoren zusammen getragen und damit ein lustiges Buch voll bekommen. Soviel ich mich noch erinnere, hat er es schließlich doch noch mit viel Mühen und Umständen geschafft, zusammen mit seiner Freundin den Räuscheturm zu erleben. Bei soviel Vorbereitung sollte es ihnen eigentlich vergönnt gewesen sein …«

»Genau, das meine ich aber auch,« meinte auch Harry.

»So far, so good, für Clodwig Poth …,« fuhr Danny fort.

Lustkiller auf den kanarischen Inseln

All das fiel Danny an dem besagten Abend auf Gomera ein, als er gerade den Joint baute. Und geraucht, getan, schritten Pia und er sofort zur Tat. In Ermangelung von großangelegten Vorbereitungen klappte es natürlich nicht alles so prächtig wie in der literarischen Vorlage von Chlodwig Poth, aber um so grotesker wurde es teilweise. Vor allem der Part mit den Lustkillern …

»Lustkiller, was denn für Lustkiller, Danny..?«

»Wart's ab, Harry, aber einen kleinen Tipp geb ich schon mal vornweg: die Lustkiller waren in meiner Story klein, rund und länglich, mit Nüppeln dran, hihi,« kicherte Danny. »Also wir machten uns erst mal frei, klaro-klaro, also ›textilfrei‹ waren wir rasch. Dazu waren wir schon mal ziemlich stoned und dementsprechend sexbereit. Auf den Sandstrand verzichteten wir großzügig und nahmen stattdessen mit unserem breiten Appartement-Bett vorlieb. Das befand sich immerhin oberhalb des Strandes. Huibuij, aber bei den Kopfhörern und Kabeln begannen schon die ersten technischen Schwierigkeiten. Mein Kopfhörer saß nicht so fest am Kopf und rutschte deshalb ab und zu mal runter. Das ließ die Musik leiser werden oder gar ganz verschwinden. Aber dieses technische Problem ließ sich mit einem schnellen Handgriff wieder beheben. Als Musik hatte Pia passender Weise ihre ›Love‹-Kassette eingelegt. Und wir ließen lieber das Zimmerlicht an, obwohl es draußen fast Vollmond war. Denn es war nämlich zu befürchten, dass sich einer oder gar beide mit den ziemlich kurzen Kopfhörer-Kabeln bei einer Drehung strangulieren oder gar sich sonst was abwürgen könnte ...«

»Mann-Mann-Mann, das hört sich ja ziemlich schwierig an, seinen literarischen Vorbildern nachzueifern,« schmunzelte Harry.

»Nun gut, es wäre sicherlich alles geschmeidig und harmonisch zum Höhepunkt gekommen, wenn mir nicht in meinem bekifften Kopf eine neue Steigerung des Räuscheturms in Form einer anderen geilen Stellung eingefallen wäre. Ich wollte unsere Liebes-Party partout auf unserem Schlafzimmer-Hocker krönen.

Damit begann der groteskeste Teil unseres Räuscheturms. Den Hocker leer räumen und stellungsgünstig postieren war noch einfach. Mich darauf zu setzen war ebenso noch eine einfache Übung. Aber als sich dann Pia auch noch auf mich setzen wollte, und alle technischen Geräte wie Walkman, zwei Kopfhörer und zwei Kabel einigermaßen gerichtet waren, hatte sich inzwischen wegen der ganzen technischen Vorbereitungen meine Erektion in ein Gummimännchen verwandelt. Durch das ganze Geknete und Gehoppele, um ihn wieder steif zu bekommen, fiel dann natürlich auch noch der Walkman runter. Der riss das Kabel von Pias Kopfhörer raus. Und eine Batterie aus dem Walkman kollerte auf dem Boden herum. Hihihi, ja das war der Part mit den Lustkillern ...,« erinnerte sich Danny.

»Wie? War's das schon?« erregte sich Harry.

»Natürlich nicht, mein Freund, gemach, gemach. Aber nachdem Pia die Technik wieder funktional gemacht hatte, war meine Erektion natürlich völlig zum Teufel. Aber glücklicherweise löste Pia mit zärtlichen Fingern, Lippen und ihrer Zunge dieses Problem recht schnell, und wir konnten einen zweiten Anlauf wagen. Der hätte auch fast geklappt. Wir saßen schon anthropologisch optimal ineinander verhakt auf dem Hocker. Von soviel orgiastischer Begeisterung getrieben, wollte der Walkman nicht nachstehen. Um der ganzen Angelegenheit einen satirischen Höhepunkt zu geben, krachte er mit einem lauten Poltern zum zweiten Mal auf meinen Fußknöchel. Von dort bumste er weiter runter auf den Fußboden. Wir hatten die gleiche Bescherung noch einmal. Wieder kullerten Batterien, Kopfhörer und Walkman lustig durcheinander. Als ich dieses Mal alles Technische wieder gerichtet hatte, war bei mir natürlich auch alles Menschliche wieder ganz und gar nicht mehr gerichtet. Ja ja, der Part mit den Lustkillern …«

»Ein Ritt mit Hindernissen …!?«

»Du sagst es, Amigo. Genau deswegen gab ich dann schon mal die Sache mit dem Stuhl ganz auf. Wir versuchten es auf die ganz traditionelle Weise im Bett liegend. Nachdem Pia meinen Penis wieder in die gewünschte Stellung und Schwellung gebracht hatte, hätte es endlich erfolgreich abgeschlossen werden können. Hätte-hätte-Fahrradkette. Aber Pustekuchen. Denn gerade als wir nach diesem endlosen Vorspiel aus Erotik und Technik zu einem wohlverdienten orgiastischen Koitus ansetzen wollten, fing die Kassette gerade beim A Capella-Stück ›Only You!‹ von The Platters an zu eiern. Jetzt war ich es aber doch tatsächlich und endgültig leid mit der Technik. Räuscheturm hin – Räuscheturm her …! Ich riss uns die Kopfhörer von den Köpfen und besorgte es uns endlich – ohne Musik und doppelten Boden – aus reiner sexuellen Erregung.«

»Klapp-Klapp-Klapp, bravo Clodwig, bravo mein Freund …,« applaudierte Harry.

Wir lagen vor Madagaskar …

Schon immer war es Dannys Traum als Globetrotter, auch einmal den Äquator zu überqueren. Das gelang Moni und ihm zum ersten Mal 2005, als sie eine Reise zur tropischen afrikanischen Insel Mauritius im Indischen Ozean unternahmen. Auf der Südhalbkugel sahen sie nachts das Kreuz des Südens als Orientierungshilfe am südlichen Sternenhimmel. Im Gegensatz dazu steht in Europa ja der Polarstern im Norden. Auch tagsüber erlebten sie eine geographische Überraschung: die Mittagssonne scheint dort vom Norden her.

Natürlich besuchten sie auch die berühmteste Mauritianerin: die Blaue Mauritius.

In den 50er Jahren wurde Danny durch den jüngsten Bruder seines Vaters Götz, durch seinen Patenonkel Edwin, zum Briefmarkensammeln gebracht.

Inzwischen, im Jahre 2020, sind beide schon verstorben. Damals jedoch, in den 1950er Jahren, ahnte Danny noch nicht, dass er rund 45 Jahre später den Traum eines jeden Briefmarkensammlers wahr machen würde, nämlich einer der weltberühmten ›Blauen Mauritius‹ Auge in Auge gegenüberstehen würde …

Als Kind dachte er, sie wäre einfach eine sagenumwobenen Briefmarke. Später realisierte er, dass es sich bei Mauritius auch um eine Insel im Indischen Ozean handelt: eine schöne noch obendrein …!

Aber zurück zur Blauen. Davon gibt es nach Angaben des Blue Penny Museums in Port Louis, Mauritius, nur noch vier Stück auf der Welt. Eine besitzt die englische Königin; eine ist im britischen Museum in London ausgestellt; eine im Museum von Amsterdam; und eine wurde eigens von einem mauritianischen Konsortium für circa vier Mill. US-\$ von einem japanischen Sammler gekauft. Die wird jetzt in Port Louis, der Hauptstadt von Mauritius, im Blue Penny Museum ausgestellt.

Dagegen vermeldete Deutschlands führender Briefmarkenkatalog der ›Michel‹* 2006, dass es noch acht Blaue Mauritius gäbe. Mit einem Wert à 635.000 €. Nun ja, es gibt auf jeden Fall sehr wenig davon. Und während ihres Ausfluges mit einem lokalen Bus nach Port Luis besuchten sie im Caudan Waterfront-Zentrum das Blue Penny Museum. Jeder bekam dort für den Rundgang durch das Museum einen Kopfhörer. Daraus wurde in deutscher Sprache die Welt der früheren Jahrhunderte auf Mauritius erklärt. Einer der ersten Globen (1486 n.Chr.) war zu sehen, auf dem erstmals Afrika nicht mit der Antarktis zusammengewachsen war. Dafür gab es auf diesem Globus noch kein Amerika. Alte Karten, die Moni als ehemalige Vermessungstechnikerin besonders interessierten. Alte Zeitungen und zeitgenössische Stiche der Stadtentwicklung von Port Louis.

Schließlich kamen sie zur Schatzkammer des Museums im Raum 7, der Briefmarkenabteilung. Dort wurden die indigoblaue Two Penny- und die zinnoberrote One Penny-Briefmarke von 1847 aus Mauritius mit dem Fehldruck ›post office‹ ausgestellt. Richtig wäre damals ›Post paid‹ gewesen. Die Ausstellung funktionierte so, dass die beiden Nachdrucke dauerhaft zu sehen

---

* *Michel Briefmarkenkatalog, Unterschleißheim bei München 2006*

waren. Damit aber die beiden kostbaren Originale nicht zu sehr durch Dauerbeleuchtung an Farbe verlieren sollten, waren diese nur eingeschränkt zu sehen. Und zwar wurden sie jeweils nur wechselweise einmal pro Stunde für 10 Minuten gezeigt. Die Regelung lautete, je von .30 Uhr bis .40 Uhr, also nur von jeder halben Stunde bis zwanzig vor voll.

Ja, das ist es: links oben und in der Mitte, das T-Shirt mit den bunten Briefmarken aus Mauritius, Heimat der berühmten ›Blauen Mauritius‹. Eine echte Rarität im Textil-Album.

Whow …! Das also war eins von vier Exemplaren der seltenen Blauen Mauritius und die noch seltenere Rote Mauritius. Von der letzteren soll es angeblich nur noch zwei Stück geben. Doch auch hier war der ›Michel‹ von 2006 anderer Meinung: »Es gäbe davon wohl noch 13 Stück.« Aber eigentlich sehen sie mit ihrem langweiligen Königin-Victoria-Kopf recht unscheinbar aus. Im Gegensatz dazu die farbenfrohen Philatelisten-Schätze im Briefmarken-Museum mit bunten Fischen, Blumen, Tieren oder Lokomotiven aus aller Welt. Hah, und dann sind die beiden, die Blaue und die Rote Mauritius, auch noch ohne Zacken …! Aber immerhin war Mauritius bereits das vierte Land auf der Erde, nach England 1840, Schweiz und Brasilien 1843, das überhaupt Briefmarken drucken ließ.

Um noch einen weiteren Bogen zu Dannys Kindheit zu schlagen, »lagen wir vor Madagaskar«. So lautete das alte Lied aus der ›Mundorgel‹, das in der Nachkriegszeit von den Dötzen begeistert geschmettert wurde. Mauritius liegt ja noch rund 900 km östlich von Madagaskar. Aber als sie dort an der Westküste von Mauritius mal mit nem Boot entlang schipperten, da konnten sie überschwänglich und wahrheitsgemäß auch mal wieder singen »Wir la-gen vor Madagaskar …« Dafür hatten sie glücklicherweise die Pest nicht an Bord …, haha.

Nach ihrer Rückkehr fragten ihre Freunde Hanno und Anna aus Bad Zwischenahn sie nach ihren Eindrücken von Mauritius. Denn die beiden waren immer wieder auf der Suche nach neuen lohnenswerten Reisezielen und hatten inzwischen dabei sogar solche Länder wie Myanmar und Laos bereist. Danny und Moni antworteten ihnen genauso ehrlich wie all den anderen Freunden, Kollegen und Bekannten, die begeistert fragten: »Whow, ihr ward auf Mauritius! Wie war's denn?«

»Wir halten Mauritius für eines der am meisten überschätzten Reiseziele. Das Attribut einer ›Trauminsel‹ konnten wir dort nur in unserer Imagination vorfinden. Wie es sein könnte, wenn es dort nicht solch einen mörderischen Krach geben würde. Denn Mauritius ist eine relativ reiche Insel, weshalb fast jeder ein Auto hat. Deshalb gibt es sehr viel Verkehr, garantierte Verkehrsstaus in der Hauptstadt Port Louis und entsprechenden Verkehrslärm.

Gut, die Mosel kann ja nix dafür, dass alljährlich Busse-weise Kegelclubs aus dem Ruhrgebiet lärmend und kotzend über sie herfallen. In unserem Fall konnte die Insel Mauritius nichts dafür, dass ausgerechnet eine zwölfköpfige Kick-Box-Gruppe aus Paris zeitgleich mit uns in unserem Hotel wohnte. Puh, das waren alles junge männliche Maghrebiner, die sozusagen einen zweiwöchigen ›Kegelausflug‹ bei uns verbrachten. Aber ärgerlich war das dann schon. Vor allem, da die französische Hotelleitung nichts gegen den Lärm unternahm.

Aber auch sonst herrschten touristische Umtriebe mit entsprechendem Krach nahezu an jeder schönen Ecke. Außer vielleicht an irgendwelchen geheimen Promi-Häusern. Diese schönen Trauminsel-Ecken sahen wir leider gar nicht.

Wir hatten uns natürlich die verschiedenen touristischen Highlights wie den Botanischen Garten von Pamplemousse, die Ile aux Cerfs, die sieben-farbigen Erden von Chamarel, die Wasserfälle der Black-River-Schlucht, den Vulkankrater Trous aux Cerfs und den Hindu-Tempel am Grand Bassin angeschaut. Aber trotzdem stehen für mich als Kontrapunkt für eine ›Trauminsel‹ doch eher die Insel Cayo Levantado vor Samana in der Dominikanischen Republik oder die thailändischen Inseln Koh Samui oder Koh Phi Phi. Letztere zumindest so, wie ich sie in den 1980er und 1990er Jahren erlebt hatte.«

IV. Asien

Auf dem Hippie-Trail nach Afghanistan

– eine Reise durch den vorderen Orient –

Neunzehn-siebzig-vier: Asien lockte und die Zeit für einen neuen Kontinent war für Danny reif. Während seiner Kindheit bereiste Danny mit seinen reisefreudigen Eltern Götz und Marie schon halb Europa. Dafür sein ewiger Dank an seine Erzeuger und Erwecker der Fernsucht. Er war nun 22 Jahre. Und damals in den 70er Jahren lockte die jungen Menschen der Orient, besonders Asien ab der Türkei und weiter ostwärts. Es sollte die erste große gemeinsame Reise mit seinem Freund Matthes werden. Seine Zeit mit ihm begann damals und wurde 15 Jahre später durch seinen Freitod 1989 beendet. Der Freund mit den langen schwarzen Haaren, Matthes aus Datteln.

Nun denn, also mit Matthes 1974 nach Asien reisen. Nach einigen Wochen Tramp-Tour über das Saarland, München, Österreich, durch Südeuropa, Jugoslawien, dalmatinische Küste, Auto-Put durch Kroatien, Serbien und Mazedonien gelangten sie nach Griechenland. Dort wollten sie von der griechischen Mittelmeerinsel Kreta mit der Fähre nach Rhodos. Diese Insel liegt ja nahe der türkischen Küste. Von dort aus wollten sie in die Südtürkei übersetzen, um die Asientour zu beginnen.

Aber die Zypern-Krise machte ihnen einen Strich durch die Rechnung. Obwohl die Armeen Griechenlands und der Türkei in Kriegsbereitschaft standen, schafften die beiden Freunde es, mit dem Zug von Thessaloniki nach Istanbul zu kommen. Durch das hügelige Bergland von Thrakien, dem europäischen Teil der Türkei, fuhren sie ein nach Istanbul, der Stadt am Goldenen Horn.

In Istanbul besuchten sie einen türkischen Hammam, also ein typisch türkisches Bad. Ein Hammam ist eine öffentliche Badeanstalt oder auch ein Dampfbad, das man vor allem in der arabischen Welt, im iranischen Kulturraum, in der Türkei und in den ehemaligen Gebieten des osmanischen Reichs findet.

Das ist ein wichtiger Bestandteil der orientalischen Bade- und Körperkultur. Denn sie waren ja damals saubere Hippies. Der Hammam war natürlich nach Geschlechtern getrennt. Deshalb auch gerne textilfrei. Da wurden sie nackig eingeseift und vom Hammam-Mann massiert und durchgenudelt, dass es nur so eine Freude war.

Der Hippie-Trail

Eigentlich hatte Danny schon viel früher mal die Idee, nach Asien zu reisen. Im Frühling 1971 wollte er zusammen mit seiner damaligen Freundin Nicole abhauen und aufbrechen nach Kathmandu. Warum, wussten sie eigentlich gar nicht so genau? Aber alle wollten das damals. Deshalb hatten sie sich sogar eine gemeinsame Spardose für ihre Reise nach Kathmandu bereit gestellt. Darin sparten sie immer übrig gebliebenes Geld, um später für unterwegs was zu beißen zu haben. Als sich Nicole dann tränenreich im September von Danny trennte, schickte sie ihm das Geld aus dem Inhalt der Kathmandu-Spardose mit der Post zu. Aber er war damals geknickt, verletzt und zu stolz, weshalb er ihr das Geld postwendend zurückschickte.

Der allgemeine Hippie-Trail ging dann in den 70er Jahren folgendermaßen. Man startete in Matala auf der griechischen Insel Kreta. Danach traf man sich in der Türkei im Pudding-Shop in Istanbul. Weiter ging's Richtung Osten durch den vorderen Orient, also durch die Türkei, durch Persien und Afghanistan. Dort war ein beliebter Treff die Chicken-Road in Kabul. Wobei der Hippie-Trail durch Afghanistan nur bis 1978 möglich war, weil danach durch die Besetzung Afghanistans durch die UdSSR dort überhaupt kein Spaß mehr verstanden wurde. Weiter nach Indien und dann nach Kathmandu in Nepal ging es, wo sich die Hippies in der Freak-Road trafen. Dort war ein oft gehörtes Schlagwort unter den Hippies »See you Christmas in Goa«, weil ja jeder den selben Weg ging. Es gab ja nur den einen Weg übers Land nach Indien, Nepal und Goa …

Dannys eigene Reifeprüfung als Traveller, quasi sein ›Gesellenstück‹, war seine Orientreise 1974. Nahezu automatisch kam er nach Matala, weil sie an der Kreta-Fähre in Iraklion die Einheimischen Richtung Bus nach Matala schickten. Denn sie sahen so aus wie alle Hippies, die dort hinwollten: zum Strand von Matala mit seinen Höhlen. Danach Istanbul, natürlich auch der Pudding-Shop. Weiter durch die Türkei und Anatolien mit dem Zug nach Teheran. Durch Persien mit Bussen und teilweise am Kaspischen Meer per Anhalter bis nach Afghanistan. Dort kam Danny bis nach Herat in West-Afghanistan. Von Herat schrieb er Nicole einen langen Brief, wie weit er auf ihrem vormaligen gemeinsamen Reiseplan gekommen war, ihrem Weg nach Kathmandu. Den erhielt sie aber nie. Das berichtete sie Danny, als er sie zum letzten Mal in seinem Leben sah. Das war bei einem Herbstausflug 1974 mit Laufi und allen Holy Flips zu den Wildpferden im Merfelder Bruch bei Dülmen. Da verloren sie sich in der Dunkelheit und im Nebel des Münsterlandes. Auch ihre Mutter in Recklinghausen verleugnete diesen Brief oder unterschlug ihn Nicole. Denn Frau L. aus R. gab Danny indirekt die Schuld für das Abrutschen ihrer Tochter ins Drogen-Milieu. Das allerdings hätte Danny doch so gerne verhindert, wenn sie nur noch länger mit ihm zusammen geblieben wäre …

Das alte Hippie-Schlagwort aus den 70ern, ›See you Christmas in Goa‹, hatte Danny dann doch noch erlebt. Das war dann aber auch erst 16 Jahre später, nämlich 1990. Dort in Anjuna, Goa, traf er auch Woody, den Ur-Hippie aus Berlin. Der hatte einst in Indien sein erstes Brot gebacken und leitete mittlerweile eine gut florierende Kette von ›German Bakerys‹ in Kathmandu, Poona und Anjuna. Dort wohnte Danny 1990/91 für einen Monat und feierte dabei Weihnachten und Silvester. Jeden Morgen konnte er den Vorteil von deutschen Brötchen fern der Heimat in den Tropen genießen. Woody als Ausländer durfte in Indien weder ein Geschäft noch ein Konto eröffnen. Deshalb hatte er als einen seiner Strohmänner den sympathischen Nepalesen Bopul als Geschäftsführer. Den lernte Danny ebenfalls in Anjuna kennen. Woody verdiente sich ja mit den ›German Bakerys‹ dumm und dämlich. Denn die deutschen Freaks rissen ihm das leckere, in der ganzen Welt unübertroffene deutsche Brot förmlich aus der Hand. Deshalb schlief Woody auch geradezu auf seinen Bergen von indischen Rupien-Scheinen. Obwohl er schon allen seinen Angestellten überdurchschnittlich gute Löhne und sonst in Indien unübliche Sozialversicherungsbeiträge zahlte. Berge von Rupien-Scheinen kann man zwar in Kopfkissen und unter Matratzen stopfen. Aber die sicherste Methode ist das ja nun auch nicht gerade. Deshalb wechselte Woody auch gerne für einen guten Kurs deutsche DM-Scheine gegen indische Rupien. Und für große DM-Scheine wie Fünfhunderter oder Tausender gab er einen besonders guten Kurs. Denn die großen Scheine brauchten nicht soviel Platz zum Stapeln. Er wechselte auch für Danny …

Überraschungsbesuch bei der persischen Brieffreundin

Viel aufregender als mit seinen bisherigen Brieffreundinnen war es 1974 mit der Perserin Charlotte Bagheri aus Teheran. Über Jahre hinweg hatten Danny und sie eine eher spärliche Korrespondenz. Einmal pro Jahr, also mäßig, aber regelmäßig. Umso überraschter war er im Sommer 1974, als er einen Brief von Charlotte bekam. Der enthielt ein Passfoto einer rassigen schwarzhaarigen Perserin und knapp, aber prägnant, folgende Zeilen:

Teheran, the 15th July 1974
Dearest Danny
Marry me!!!
Charlotte

Da war Danny vielleicht platt, als er auf einmal einen Heiratsantrag aus Teheran bekam. Aber er war ja inzwischen auch schon etwas gewiefter im Umgang mit dem weiblichen Geschlecht geworden, was Taktik und Diplomatie betraf. So schrieb er ihr auch fröhlich zurück:

Datteln, the 20th of July, 1974
Dearest Charlotte,
I intended to come to Asia this summer nevertheless.
Then I'll come along there at yours in Teheran, and we can talk about all.
Yours Danny

Danny vertröstete sie in seinem Antwortbrief auf seinen kommenden Besuch, wenn sie dann alles in Ruhe besprechen könnten. Und das war noch nicht einmal gelogen. Denn er wollte tatsächlich in den Sommersemesterferien zusammen mit Matthes nach Asien reisen, was sie dann ja auch machten. Allerdings fuhr Matthes von Istanbul wie geplant zurück nach Deutschland. Vorher waren sie zusammen über das Goldene Horn zum asiatischen Teil von Istanbul gefahren und hatten zusammen erstmals asiatischen Boden unter den Füßen. Aber Danny reiste danach allein weiter von Istanbul bis nach Afghanistan durch den Vorderen Orient. Dabei legte er einen einwöchigen Stopp in Teheran ein. Eigentlich hatte er damals überhaupt nicht vor, jemals zu heiraten. Weder 1974 noch später, weder in Deutschland und erst recht nicht im Iran. Aber diese Frau, die ihm einen Heiratsantrag stellte, wollte er sich doch zu gerne mal anschauen. In Teheran jedenfalls wohnte Danny in Downtown, in einem einfachen Traveller-Hotel im Viertel der armen Leute. Um so höher man in Teheran Richtung Elburs-Gebirge fuhr, um so größer waren die Villen und um so reicher die Menschen darin. Charlottes Familie wohnte auf halber Höhe, also eher Mittelschicht. Nach langem Suchen fand er die Adresse und die Hausnummer. Er wurde erst dort gewahr, wohin er ihr immer geschrieben hatte: ›*Opposite Nr. 16*‹. Denn bei Nr. 16 stand nicht ihr Nachname an der Tür. Aber gegenüber, also ›Opposite‹, da war er richtig und klingelte dort. Bis auf seinen Brief vor einem Monat kam er völlig unangemeldet. Das war kein Problem, als würde jeden Tag ein Mann aus Germany angereist kommen. »Willkommen und hereinspaziert, der Herr.« Mutter und Tochter waren zu Hause und ein gar lustiges Völkchen. Was hatten sie gelacht …! Charlotte hatte nämlich auch jede Menge Brieffreunde aus aller Welt und sich dann mal einen Spaß gemacht, allen zu schreiben:

Dear ….,
Marry me!
Yours Charlotte

… nur um mal die Reaktion der verschiedensten Männertypen auf dieser Erde zu testen. Manche der Herren Brieffreunde nahmen das sehr ernst. Ein Tscheche wollte direkt das Aufgebot bestellen. Oder gar der Mann aus Irland, der gleich mit der ganzen Familie anreisen wollte, um die Hochzeit zu planen. Na ja, glücklicherweise war sie ja da bei Danny an einen humorvollen Menschen geraten. Sie hatten wirklich viel Spaß. Sie lachten und scherzten um die Wette, tranken bei ihr zu Hause Tee aus dem Samowar und rauchten eine Wasserpfeife, die Nagile. Danach zogen sie durch die Stadt und trampten schließlich zum Hilton-Hotel. Dort in der Bar saßen sie bis zum frühen Morgen bei einem Glas Bier und einem Schälchen Pommes. Schließlich komplimentierte man sie hinaus, weil sie für das Frühstück decken wollten. Charlotte war eine moderne junge Frau, sie studierte, trug Jeans oder Minirock. Sie ging zusammen mit Danny und ihren Freunden in Kneipen, wo geraucht und getrunken wurde. Das war 1974 zu Zeiten des Schahs von Persien möglich. Durch die ›Revolution‹ 1979 der fundamentalistischen Mullahs unter Chomeini fiel der Iran zurück ins Mittelalter.

»Arme Charlotte, was aus dir wohl geworden ist?«

Aus den beiden war ja nun kein Paar geworden, weder ein Ehepaar noch ein Liebespaar. Noch nicht einmal geküsst hatten sie sich. Der Funke sprang einfach nicht über zwischen ihnen. Dafür hatten sie jede Menge Spaß gehabt. Und was ist Danny von dort geblieben? Charlotte lieh ihm ein viersprachiges Buch von Omar Chajjam mit vielen philosophischen Sinnsprüchen. Davon schrieb er sich einige ab. Er hinterlegte das Buch an der Rezeption seines Hotels und rief sie an, es sich dort abzuholen. Aber auf seinem Rückweg von Afghanistan lag das Buch dort immer noch. Und wenn es nicht gestorben ist, liegt es womöglich noch immer da …

Ich hab sie gesehen

45 Jahre später, Danny war inzwischen doch verheiratet, seit 2007 mit Moni …
Da erzählte Moni ihm 2019 etwas über ein Interview mit der iranischen Filmschauspielerin Jasmin Tabatabai, das sie gesehen hatte. Diese wurde am 08.06.1967 in Teheran geboren. Jasmins aus dem Iran stammender Vater und ihre deutsche Mutter lernten sich 1956 auf dem Münchener Oktoberfest kennen. Von 1958 bis 1979 lebte die Familie in Teheran, wo Jasmin die Deutsche Schule besuchte. Während der Islamischen Revolution verließ die Familie das Land. Als Danny 1974 Teheran besuchte, da war Jasmin gerade sieben Jahre alt. Jedenfalls ist ja die Tabatabai im deutschen TV-Fernsehen gut bekannt geworden, seit sie eine der Hauptrollen in der Krimiserie ›Letzte Spur Berlin‹ spielt. Aber Danny kannte sie auch schon Jahre vorher aus dem Frauen-Knacki-Rockband-Spielfilm ›Bandits‹ aus dem Jahre 1997. Da spielten unter anderem auch Katja Riemann und Hannes Jaenicke mit. Der Film galt als ›Blues Brothers‹ für das weibliche Publikum mit einem Schuss ›Thelma und Louise‹. Darin spielte die junge Jasmin T. die knallharte Frontfrau und Sängerin der Gefängnis-Band. Na, jedenfalls äußerte sich Jasmin im Interview über ihre Mutter: »Sie lief damals im Iran im Minirock herum. Heute unvorstellbar …!«
Danny rief spontan dazu: »Ich hab sie gesehen …!!«
Und Moni stutzte: »Wie jetzt? Wen hast du gesehen? Die Filme mit Jasmin Tabatabai?«
Danny antwortete: »Nein, nein, ihre Mutter, also Jasmins Mutter. Nein, also

nicht direkt ihre Mutter. Aber ich hab sie gesehen, ich war selber live dabei. 1974, als die persischen jungen Frauen und Mädels in Teheran im Minirock und Jeans durch die Stadt spazierten. Sie gingen in Kneipen, rauchten und diskutierten dort mit Männern. Ja, ich war dabei …«

Danny war im Sommer 1974 erstmals der Absprung vom europäischen Festland gelungen. Da wanderte er einige Wochen allein durch die weiten unwirtlichen Landschaften Kleinasiens. Und Begegnungen mit den fremdartig-orientalischen Menschen dort lagen hinter ihm.

Er verließ nach einer Woche Teheran und fuhr nördlich durchs Elburs-Gebirge bis zum Kaspischen Meer. Dort verbrachte er eine Nacht alleine im Zelt. Am Kaspischen Meer bekam er den ›Blues‹, als er in der untergehenden Sonne am Strand saß. Und zum ersten Male spürte er in sich das Gefühl eines Menschen, dieses Naturzufalls, der allein den vier Naturgewalten Wasser, Luft, Erde und dem Feuer der untergehenden Sonne gegenüber saß. Dem hatte er nichts entgegen zu halten als das bisschen Mensch, was er war. Vor ihm Meer, unendlich weites Meer, und dahinter Russland, unendlich weites Russland, die Taiga. Wie schon Alexandra einst 1968 in ihrem schwermütigen Lied sang: »Sehnsucht heißt ein altes Lied der Taiga …« Das gab Danny ein zusätzliches Gefühl der Sehnsucht. Doch Sehnsucht wonach? Ja, wirklich, er war zwar der ›lonesome traveller‹. Dennoch war das, was einst Novalis sagte, für ihn zur Wirklichkeit geworden: »Wo gehen wir denn hin? Immer nach Hause.« Das nahm sich Danny auch vor. Aber vorher wollte er noch nach Afghanistan, ins Land des Lächelns. Dort, wo die meisten Afghanen irgendwie ziemlich verrückt waren.

»Also aufi, weiter gen Osten, Herat hieß das Ziel in Afghanistan.«

Also trampte er vom Kaspischen Meer nach Gorgan. Und von dort weiter mit dem Bus nach Mashhad in Ost-Persien. Unterwegs hatte der Bus eine Panne in einem kleinen Dorf in der Wüste. Danny war wie meistens auf dieser Reise der einzige Traveller, die anderen waren alle Perser. Direkt neben der Reparatur-Werkstatt gab es ein Schneider-Geschäft. Dort sammelte sich fast die gesamte Orts-Gemeinschaft um den Fremden aus Germany. Da wurde sogar ein Foto gemacht. Danny saß im Schneidersitz auf dem Tisch des Schneiders. Alle anderen um ihn herum. Das Foto machte der einzige Mensch im Ort mit Kamera, der Mann aus der Bank von gegenüber. Dann war der Bus repariert. Es ging weiter nach Mashhad. Dort aß Danny in einer Fernfahrer-Raststätte am Stadtrand – frisch angekommen – im Morgengrauen ein echt einheimisches Gericht. Das wurde von ihm selbst durch einen Stößel auf seinem Alu-Teller zermatscht. Dazu gab's ›Tschai‹, Tee natürlich, was sonst.

An der iranisch-afghanischen Grenze, im Gesundheitsamt, hatte er bei der Überprüfung der internationalen Impfausweise ein außergewöhnliches Erlebnis. Hinter dem Arzt am Schreibtisch stand ein verwegen aussehender Afghane, der in seiner Hand einen Brocken immer auf und ab hüpfen ließ. Einer der beiden Franzosen neben Danny fragte ihn: »Haschisch?« Kommentarlos warf der Afghane seinen braunen Brocken dem Franzosen über ein paar Meter zu. Und es entpuppte sich tatsächlich als Haschisch, sehr zur Freude des Franzosen. Und das ausgerechnet im Gesundheitsamt.

An der Grenzstation wartete schon passender Weise ein Bus, der zur nächsten afghanischen Stadt, nämlich Herat, fahren sollte. Da Danny in Persien schon afghanisches Geld gewechselt hatte, konnte er sich sofort ein Ticket kaufen. Im Gegensatz zu den beiden Franzosen, Jean-Francois und Pierre, die noch kein afghanisches Geld hatten. Sie liehen sich deshalb von Danny Geld für ihre beiden Tickets. Sie meinten, sie könnten ja mit ihm zusammen bleiben, bis sie auch Geld gewechselt hätten. Dann würden sie es ihm zurückgeben. Damit erklärte er sich gerne einverstanden: das war die internationale Solidarität der Tramper untereinander. Allerdings fuhr der Bus leider nicht sofort los. Stattdessen dauerte es noch rund vier Stunden, bis auch der letzte vorhandene Platz besetzt war und es dann endlich losgehen konnte. Das war vielleicht eine abenteuerliche Fahrt. Die Sitze rumpelten lose auf dem Busboden herum, und Fensterscheiben gab's überhaupt nicht mehr. Der Busfahrer guckte wie Marty Feldman, ein Auge nach links oben, und das andere schielte nach rechts außen.

Als erstes trafen sie nach einer Stunde einen liegen gebliebenen Bus in Gegenrichtung. Deren Fahrgäste dachten sich, besser wieder zurück in die Stadt zu fahren, wo sie her gekommen waren, als dort in der Wüste zu vergammeln. Also stiegen sie in den bereits voll besetzten Bus mit ein. Dadurch waren alle Sitze doppelt besetzt, und zusätzlich standen viele neue Fahrgäste im Gang rum. Dann steckten die beiden Franzosen auch noch einen Riesenjoint an, der im ganzen Bus herumkreiste. Selbst der Busfahrer war nicht abgeneigt, seine beflügelte Fahrweise noch mit Cannabis zu toppen. Deshalb brodelte die Stimmung geradezu über.

Der Strand von Matala mit seinen Felsenhöhlen 1974; Stempel und Visum aus Afghanistan; Dannys afghanischen Opium-Impressionen; der afghanische Soldat jagt Danny mit seiner Waffe in die Wüste; der selbst angefertigte Lederhut begleitete ihn auf dem Hippie-Trail bis nach Afghanistan

Es wurde gesungen, geklatscht und getanzt, dass der ganze Bus wackelte. Er fuhr nun durch Wüste. Es wurde dunkel, aber der Bus hatte keine funktionierenden Scheinwerfer. Da kam es dem Fahrer gerade recht, dass ihn ein PKW mit leuchtenden Scheinwerfern überholte. So konnte er sich direkt hinter ihn hängen. Der fuhr allerdings viel schneller. Und obwohl der Fahrer das Letzte aus dem Bus heraus holte, verschwanden die leuchtenden Scheinwerfer des Autos dennoch bald weit vor ihnen in der Wüste. Das war allerdings kein Grund für den Busfahrer, das Tempo zu drosseln. Er fuhr im Höchsttempo weiter, ohne irgend etwas zu erkennen. Denn in der Dunkelheit hatte die unmarkierte Teerstraße dieselbe Farbe wie die umliegende Wüste angenommen. Dann passierte, was zu kommen drohte. Mit lautem Rumpeln kam der Bus von der Straße ab, und rauschte in den Wüstensand. Sie kamen zum Stillstand, und erst war's auch ganz still im Bus. Doch dann brach ein Orkan an Stimmen, Rufen, Schreien, Beschwerden und Lamentieren los. Zwei andere Mitreisende wollten gar nicht mehr mit diesem Bus weiterfahren, obwohl eigentlich nix Schlimmes passiert war. Danny fragte sie, was sie denn stattdessen zu tun gedächten: »Wollt ihr hier etwa siedeln?«

Er jedenfalls fuhr dann mit Jean-Francois und Pierre weiter nach Herat rein, zumal der Busfahrer jetzt etwas ernüchtert war und entsprechend langsamer fuhr. In Herat erlebte Danny eine weitere Überraschung. Im Dunkeln sah und hörte man als einzigen Verkehr nur das Hufeklappern und die Glöckchen der Pferde-Droschken mit Kerzenlichtern oben auf dem Kutschbock, die durch die Schlagloch übersäten unbefestigten Erdstraßen zockelten. Von der Stimmung her fühlte er sich in einen alten Roman von Leo Tolstoi hinein versetzt.

Mit den beiden Franzosen nahm Danny sich ein Dreibettzimmer in einem preiswerten Traveller-Hotel. Dort wohnten sie in der Nähe des Einganges. Aber nach den ersten Nächten bekamen sie einen Rüffel vom Hotelmanager. Denn es qualmte aus ihrem Zimmer häufiger aus allen Ritzen. In der Tat hatte Danny von den beiden Franzosen rasch den Eindruck gewonnen, dass sie nur wegen der billigen Drogen nach Afghanistan gekommen waren. Sie hatten sich nämlich schon nach einem Tag mit einer dicken Platte schwarzem Afghanen und einem Klumpen Opium versorgt. Deshalb wunderte er sich auch nicht, dass ständig irgendeine Pfeife mit reinstem dunkelbraunen Haschisch in ihrem Zimmer qualmte. Die Afghanen an sich hatten ja anscheinend selber große Sympathien für diese Rauchdroge. Aber den Einheimischen aus diesem

Hotel war diese qualmende Angelegenheit ihrer Gäste nicht geheuer. Denn es war nach wie vor für Fremde verboten, Haschisch zu besitzen oder zu konsumieren. Deshalb quartierten sie die drei Europäer in einem anderen schönen Zimmer ein. Das lag ganz weit weg vom Eingang, hinten durch den Hof, eine Treppe hoch. Dort waren sie die einzigen Gäste, deshalb auch unter sich, und konnten nach Herzens Lust qualmen.

Allerdings betätigten sich die beiden Franzosen auch als Amateur-Naturheiler. Danny hatte mal wieder Durchfall. Auf dieser Reise ereilte ihn nach jeder neuen Wassersorte ›Montezumas Rache‹. Erst in Matala auf Kreta, dann in Istanbul, danach in Teheran, und nun in Herat, Afghanistan. Rasch diagnostizierte Jean-Francois: »Nimm das mal, das hilft«. Er formte für Danny von seinem schwarzen klebrigen Batzen Opium ein kleines Dragee-förmiges Kügelchen und gab es ihm. Der schluckte es. Und tatsächlich half es. Danny merkte nichts mehr von dem Durchfall. Aber er merkte auch sonst gar nix mehr. Etwa einen ganzen Tag drömmelte er auf seinem Bett herum. Er hatte keine Schmerzen, keinen Hunger, gar nix. Seine kreativen Fingerchen malten derweil ein harmonisches halluzinogenes Bild in sein Tagebuch, wobei er seinen Drogenrausch verarbeitete …

Herat

Sie waren quasi im Niemandsland zwischen Persien und Afghanistan angelangt. Mashhad lag hinter ihnen. Die Stadt, über deren enge, gedeckte, halbdunkle Barsargassen die goldene Kuppel des Grabmals von Iman Reza strahlte wie eine aus dem unbeweglich blauen Himmel niedergesunkene Glocke. Ein gewaltiger Wind wehte über die Straße, die nach Osten führte und zur Wüstenspur wurde. Da blieb ihnen nur das Weiterfahren, in das Niemandsland. Sie erreichten die andere Seite, Islam Kale, den ersten Posten Afghanistans. Und drüben, jenseits des ins Halbdunkel gehüllten Wüstenstreifens, lag Afghanistan. Danny fragte sich: »wird das Gelb des Lehms, der hitzige Wind, der Aspekt der weit entfernten Randgebirge wechseln?« Sie tasteten sich durch die Wüste, den Telegrafen-Pfählen entlang. Aber es gab keinerlei Spuren in der Wüste. Der Mond hatte die gleiche Farbe. Der Nordwind von Herat kam aus Russland, vom Amu-Darja, von der russischen Turkestan-Grenze.

Die erste größere Stadt Afghanistans nach der Grenze, noch 150 km entfernt, war Herat, die Kapitale der Timuriden. Herat, so hieß es, trennte das Reich des großen Timur in seine indo-afghanische und seine iranische Hälfte. Es war heiß in Herat. Von den gelben Hügeln im Norden der Stadt wehte unablässig ein erbarmungsloser Wind. »Einen Monat dauert der Wind, dann beginnt ein angenehmer Herbst,« sagten die Herater. Die Abende in Herat waren nicht eben kühl, aber von goldener Farbe. Und der Mond schwebte bleich über dem Rand der alten, zerfressenen Stadtmauern aus gelbem Lehm und segelte dann zu den blauen Bergen, den phantastisch gezackten Ausläufern des Hindukusch.

Die Straßen wurden sanft erschüttert vom raschen Trab schöner feuriger Pferde vor zweirädrigen Gadis. Sie führten aus der Stadt hinaus ins kahle Hügelland.*

Liebe auf Afghanisch

Und Danny staunte über die kargen Berge und die gelben Lehmhäuser in und um Herat. Kurz nachdem er die beiden Franzosen zum letzten Male gesehen hatte, kam er bei einem Spaziergang aus der Stadt Herat an einer Kaserne vorbei. Dort herrschte ihn ein afghanischer Soldat mit vorgehaltener Kalaschnikow an: »Verschwinde!« Was er dann auch gerne und schleunigst tat. Glücklicherweise bekam Danny nicht auch noch den Befehl: »Ausziehen!« Denn da war überall nur Sand, und es wäre eine sandige Erfahrung geworden. So lief er weiter raus aus der Stadt und rein in die Wüste. Damals war Afghanistan noch selbstständig, denn die sowjetischen Truppen waren erst am 27.12.1979 zur Okkupation in Afghanistan einmarschiert.

Danny jedenfalls erlebte damals 1974 die Wüstenbewohner hautnah, aber friedlich. Nach einer Weile Wüstenwanderung kam er wieder an einen Ort menschlicher Siedlung. Wasser war vorhanden und der Wille zum Leben. Dieses Dorf lag gut getarnt in der Wüste. Denn die Mauern und alle Häuser bestanden aus dem lehmfarbenen Sand, der genauso wie auch die umgebende Wüste aussah. Nur im Innern des Dorfes gab es eine farbliche Abwechslung. Die Moschee war mit weiß-blauen Mosaik-Kacheln verziert. Dort auf einer steinernen Mosaik-Bank neben der Eingangspforte der Moschee ließ er sich

---

* *vergleiche dazu: Annemarie Schwarzenbach – Alle Wege sind offen, Basel 2000, S. 43 – 56*

nieder. Da humpelte ein alter Afghane aus der gegenüberliegenden Hütte mit seinem Krückstock heran. »Uiiijj,« erst dachte Danny, es gäbe Ärger. Denn immerhin hatte er ja als Nicht-Mohammedaner die Moschee mit seiner ›befleckten Anwesenheit beschmutzt‹. Aber nichts dergleichen. Er sollte nur etwas rücken. Denn der alte Afghane wollte sich dort nur auf der Gebetsbank niederknien, um seine Suren gen Mekka und Allah zu murmeln. Derselbe Mann lud Danny später sogar zum ›Tschai‹ ein, also Tee. Den tranken sie zusammen und andächtig in seiner afghanischen Einraumhütte. Und vielleicht war das der Lohn für diese Fußwanderung aus der Stadt heraus? Danny erlebte das Lächeln einer jungen Afghanin. Sie war sogar so kühn, ihren Schleier zu lupfen, ihm ihr Gesicht zu zeigen und ihm zuzuwinken. Zum ersten Male seit langem wurde ihm bewusst, was gerade in diesem Moment geschah. Als nämlich diese Gruppe scherzender und Wasser holender Mädchen bei ihm stehen blieb. Im Orient bedeutete Liebe für ein Mädchen nichts anderes als ein Teil in dem ewigen Zyklus ›geboren werden, heiraten, Kinder bekommen, sterben …‹ So freute Danny sich über diese Aufweichung und kleine Unterbrechung dieser traditionellen Kette.

Später kam er dann zurück in sein Zimmer in Herat. Da waren Jean-François und Pierre schon überraschend abgereist, ohne dass sie sich voneinander verabschieden konnten. Die beiden hatten allerdings großzügig das Zimmer für sie alle drei komplett bezahlt. Sie wollten weiter nach Mazar-Al-Sharif, auf der Suche nach dem weltbekannten weißen ›Schimmel-Afghanen‹. Als Souvenir ließen sie in Herat für Danny ein Stückchen von ihrem schwarzen Afghanen offen auf seinem Bett liegen. Er als Nichtraucher hatte allerdings große Mühe, dieses ›Piece‹ in seinen restlichen Tagen in Afghanistan im Tee oder Joghurt zerkrümelt zu konsumieren. Denn solch gefährliche Handelsgüter sollte man ja nicht unbedingt mit über eine Grenze nehmen. Und erst recht nicht zum Iran, wo damals auch schon raue Sitten mit Delinquenten herrschten. Danny schaffte es also gerade mit dem letzten Morgentee vor seiner Heimreise, das Dope zu verkümmeln. Das Ergebnis war, dass er Afghanistan ungewollt im Dauerrausch erlebte. Die Sandberge am Horizont der weiten Wüste prägten sich als bunt wabernder Höhenzug für immer in seinem Gedächtnis ein.

Und auch die verschiedenen Menschenschläge hatten sich in sein Allzeit-Gedächtnis eingebrannt. Die Perser empfand er als höflich, gebildet und zuvorkommend. Es herrschte sofort eine ganz andere Atmosphäre nach dem

Überqueren der türkisch-iranischen Grenze. Jenseits im türkischen Ost-Anatolien die stolzen und freien Kurden, die aber gleichzeitig rau und ungehobelt daher kamen. Diesseits die Perser mit dem Hintergrund einer Jahrtausende alten Kultur. Und schließlich die Afghanen, die hielt er einfach für verrückt.

Als Danny 1974 Afghanistan bereiste, war es gerade ein Jahr her, dass der letzte afghanische König Mohammed Zahir während eines Kuraufenthaltes in Italien am 17. Juli 1973 durch einen Militärputsch seines Cousins und langjährigen Ministerpräsidenten Mohammed Daoud Khan gestürzt worden war. Bei Dannys Aufenthalt herrschte also die erste afghanische Republik, die von 1973 bis 1978 währte.

Was Danny nicht wusste, war die Modernisierung unter dem letzten König Mohammed Zahir von 1964 bis 1973. Das erfuhr er erst aus einer TV-Doku über Afghanistan 2020. Und zwar regierte König Mohammed Zahir Schah von 1933 bis 1973, also 40 Jahre lang. Aber erst 1964 kam es mit der Verabschiedung einer neuen Verfassung durch die Loya Dschirga, die große Ratsversammlung, zur Einführung der konstitutionellen Monarchie. In dieser Zeit setzte sich der König auch für weitere Reformen ein: Frauen bekamen das Wahlrecht und durften Schulen besuchen, die mittelalterliche Infrastruktur des Landes wurde verbessert und das Land öffnete sich nach außen. Für viele Afghanen stellt diese Zeit die letzte positive Erinnerung in den letzten Dekaden dar. [*]

Ähnlich wie der Schah von Persien öffnete König Zahir sein Land dem Westen. Es gab Jazz-Clubs in Kabul, wo die Frauen wie in den USA oder in Europa öffentlich tanzten. Ende der 1960er Jahre kamen die Hippies auf dem Weg nach Indien durch Afghanistan. Sie rauchten zusammen mit den Einheimischen Haschisch, und die modernen afghanischen Männer ließen sich nach Art der westlichen Mode die Haare lang wachsen. In dieser Zeit galt Afghanistan als das modernste Land im mittelasiatischen Raum.

Kein Wunder, dass Danny ohne Probleme und ohne irgendwelche Furcht nach Afghanistan reiste. In der Republik Afghanistan konnte er es sich gut gehen lassen. Wobei es in der Hauptstadt Kabul sicherlich liberaler und legerer zu ging als in der westlichsten Provinz Herat, die Danny erlebte.

---

[*]   *aus Wikipedia (12.03.2020) – Liste der Staatsoberhäupter Afghanistans*

In Persien folgte auf den Schah mit seiner westlichen Ausrichtung direkt Ajatollah Chomeini, ein politischer und religiöser Führer der Islamischen Revolution von 1979 als iranisches Staatsoberhaupt, der mit seinem fundamentalistischen Mullahs den Staat zurück ins ›politische Mittelalter‹ hinein regierte.

Anders verlief es in Afghanistan, wo es einige Umwege zwischen dem letzten König und dem jetzigen Chaos mit der andauernden Taliban-Bedrohung gab. Da hätte Danny eine Reise durch Afghanistan nicht mehr geschenkt haben wollen. Dort fand 1978 ein Militärputsch statt, welcher erst anhaltende Unruhen und dann die Gründung der kommunistischen Demokratischen Republik Afghanistan zur Folge hatte. Diese ging in einem Bürgerkrieg unter, als nach dem Rückzug der von 1979 bis 1989 im Land intervenierenden Sowjetunion diese das besetzte Land wieder verließ. Schließlich übernahmen von 1992 bis 1996 islamische Widerstandskämpfer, die Mudschahedin, die Macht, gefolgt von einer Taliban-Regierung von 1996 bis 2001. Seit dem Sturz des Taliban-Regimes durch Truppen der afghanischen Vereinten Front in Zusammenarbeit mit amerikanischen und britischen Spezialeinheiten während der US-geführten Intervention in Afghanistan besteht die Islamische Republik Afghanistan, deren bekanntester Vertreter Hamid Karzai war, der von 2001 bis 2014 regierte. * Danach und vor allem seit der Ankündigung der USA unter Trump, seine US-Truppen aus Afghanistan abzuziehen, wurde die Bedrohung durch die Taliban wieder allgegenwärtig.

Zurück zum Sommer 1974, als Danny im August und September schon seit einem Monat alleine durch den vorderen Orient gereist war. Er hatte inzwischen etwas Heimweh bekommen. Deshalb kehrte er um und wollte in 12 Tagen, bis zu seinem 23. Geburtstag, wieder zurück in Deutschland sein. Das war ein durchaus absonderlicher Gedanke, diese ›Idee fixe‹ eines ziemlich ambivalenten ›Philosophen-Schülers‹. Am 16. September brach er von Afghanistan auf, um spätestens am 27. September zu seinem 23. Geburtstag wieder zu Hause zu sein. Die Dauer dieser selbst gesteckten ›Tour de l‹Avenir‹ sollte höchstens 12 Tage währen. Der Start begann am 16.09.1974 in Herat, Afghanistan. Das Ziel sollte am 27.09.1974 in Datteln, BRD, erreicht sein. Die Strecke betrug ungefähr 6500 km, was einem Tagesdurchschnitts-Soll von

---

* *aus Wikipedia (12.03.2020) – Liste der Staatsoberhäupter Afghanistans*

circa 550 km entsprach. Neben dem angestrebten Reiseziel hatte er für diese Tour ein anderes selbst gestecktes Ziel. Nämlich in der übrigen ›freien Zeit‹ möglichst wenig daran zu denken, dass dieser Weg nach Hause führte. Denn das machte er ja sowieso. Sondern er wollte möglichst viel, oft und lange in den jeweiligen Augenblicken leben. Das wiederum hieße für ihn: sehen, hören, riechen, fühlen, tasten, essen, trinken, schlafen, lesen, malen, schreiben, atmen, an andere Dinge denken, lächeln, sich seines Lebens freuen, hier und heute, lieben – irgendwas, irgendwen, irgendwo …

So hatte er mindestens 9 Tage ununterbrochener fahrplanmäßiger Fahrt vor sich. Aber in Asien waren Fahrpläne nur Vorschläge und eine theoretische Spielerei für Statistiker. Denn er reiste zurück durch die sieben Länder Afghanistan, Iran, Türkei, Bulgarien, Jugoslawien, Österreich und die BRD. Dabei überquerte er sechs Grenzen, benutzte drei Busse, fünf Eisenbahnzüge und zwei Fähren. Er hatte die Etappenziele Herat in Afghanistan, Mashhad und Teheran im Iran, Van-See und Istanbul in der Türkei, München, Stuttgart und Datteln in der BRD. Er übernachtete dabei nur in den drei Städten Mashhad, Teheran und Istanbul in Hotels, die anderen Nächte in Zügen und Bussen. Aber er passierte außerdem Städte wie Damghan und Täbriz im Iran, Sivas, Ankara und Edirne in der Türkei, Sofia in Bulgarien, Maribor in Jugoslawien und Salzburg in Österreich.

Während dieser Tour kam es zu jeder Menge Verspätungen. Die dramatischste davon erlebte er am dritten Tag der Rückreise, es geschah in der nordöstlichen iranischen Wüste. Er saß im Dritte-Klasse-Abteil des Zuges von Mashhad nach Teheran, zusammen mit einer iranischen Großfamilie. Plötzlich musste die Eisenbahn stehen bleiben. Es war für niemanden verständlich, warum. Da standen sie ganze zwölf Stunden lang in der glühend heißen persischen Wüste. Hinterher erfuhren sie, dass wohl ein vorher gefahrener Zug entgleist war. Der hatte dabei die Schienen raus gerissen. Die mussten erst wieder repariert werden. So drängelten sie sich erst innen im Zug, das volle Dutzend Menschen der Großfamilie zusammen mit Danny in einem Abteil. Dann gingen sie alle raus, breiteten ihre Decken aus und campierten draußen neben dem Zug. Dann wieder rein, wieder raus, wieder rein, einen ganzen Tag voller Ungewissheit. Aber die persische Familie blieb immer nett und gastfreundlich, sie teilte sich sogar ihre Nahrung mit Danny. Es gab Rosenmarmelade auf Fladenbrot, dazu frische Wasser- und Honigmelonen. Weil sie Leidensgenossen wurden, überließ Danny ihnen seinen Platz im Abteil zum Schlafen. Er legte sich derweil in seinem Schlafsack in den Gang neben dem Abteil. Aber irgendwann ging es dann ja doch weiter. Und sie kamen mit immerhin einem ganzen Tag Verspätung in Teheran an. Und von dort bis nach Istanbul brauchte der Zug normalerweise noch mal vier Tage. Er kostete ihn damals mit seinem Studentenausweis nur unglaubliche 26,-- DM. Dass dieser Zug zwanzig Stunden Verspätung hatte, konnte er auch gut verpacken. So eilig hatte er es ja auch wieder nicht. Und schließlich sollte der Bus von Istanbul bis München eigentlich nur zwei Tage fahren. Der hatte aber 24 Stunden Verspätung, als Danny endlich während des Oktoberfestes im total verregneten München ankam.

So brauchte er also statt der avisierten 12 trotz dieser drei üppigen Verspätungen nur 11 Tage für die Rückreise von Herat nach Datteln. Er kehrte pünktlich einen Tag vor seinem 23. Geburtstag heim. Auf jeden Fall hatte Danny mit seiner 10-wöchigen Reise über Land bis nach Afghanistan sozusagen sein ›Traveller-Gesellenstück‹ abgeliefert. Und Dannys selbst angefertigter Lederhut begleitete ihn 1974 bis nach Afghanistan auf dem ganzen Hippie-Trail treu und brav. Und dann ließ er ihn ausgerechnet auf dem Rückweg im Nachtzug von München nach Stuttgart liegen und sah ihn nie wieder. Wie blöd war das denn ...?! Kein T-Shirt gab's fürs Textil-Album – sowieso nicht. Und dann blieb ihm noch nicht einmal sein treuer Lederhut. Und eine Kamera hatte er damals noch nicht, also gab's auch keine Fotos. Nur die gedanklichen Erinnerungen in Farbe blieben für immer in sein Hirn eingebrannt ...

Textilfrei unter Straßenräubern

Auf einer Gartenparty bei Harry in Wechte bei Tecklenburg im Sommer 1987 überlegten Carlos und Danny, wohin ihre nächste große gemeinsame Reise gehen sollte. In den 70er Jahren wollten sie ja beide zusammen mal die Welt umreisen, wozu es aber nie gekommen war. So war es dann immerhin wenigstens etwas, dass sie fünf Wochen lang ihren Jahresurlaub zusammen an einem exotischen Reiseziel verbringen wollten. Die Fernziele wurden wie Tischtennisbälle über den Gartentisch hin und her geschmettert. Carlos als Tai-Chi-Mann hatte Interesse an Taiwan. Danny als alten Reggae-Fan zog es nach Jamaika. So wurden sie sich rasch einig und fanden einen würdigen Kompromiss, der ihnen beiden zusagte: Thailand. Denn dort sollte es Trauminseln mit Kokospalmen geben, die gar noch schöner sein sollten als die pazifischen Südseeinseln …!?

Demzufolge reisten sie dann im Februar 1988 durch Thailand, um dort allerlei Abenteuer zu erleben. Zum ersten Mal stieß Danny auf den Begriff ›burmesische Straßenräuber‹ in einem Traveller-Handbuch. Dort wurden die verschiedensten Gefahren während einer Thailand-Reise so anschaulich geschildert, als lauerten hinter jeder Ecke gefährliche Situationen. Die erschienen einem Fremden in diesem südostasiatischen Tropenland wie eine Slalom-Fahrt zwischen den Tücken des Dschungels, erst recht, wenn er sich dort zum ersten Male aufhielt. Da gab es Hundebisse oder gar Infektionen beim Baden in Flussmündungen. Deshalb war bald ihr beliebtester ›running gag‹ für besonders gefährliche Situationen in Thailand: ›Hundebisse in Flussmündungen‹. Naja, oder eben besagte diebische Burmesen. Da wurde dem armen Traveller eine dermaßen große Portion Paranoia verabreicht, als hätte er im Vietnamkrieg zu überleben. Dabei wollten sie nur ein bisschen Urlaub machen.

Also fuhren Danny und sein Freund Carlos auf der Fahrt von Bangkok nach Süd-Thailand elf Stunden in einem bequemen Airconditioner-Reisebus durch die heiße Tropennacht nach Süden. Dort gab's ja einen emsigen Service im Bus, damit man ja keine Langeweile hatte. Zur Begrüßung eine Hähnchenkeule, ein Donut und ein Sandwich. Später dann eine Cola, dazu Musik. Danach ein thailändisches Video, dann wieder Musik. Schließlich Kopfkissen und Decken zum Schlafen. Dann wieder Aufwecken und Erfrischungstücher. Um Mitternacht an einer Raststation essen soviel man wollte, und alles war im Fahrpreis inbegriffen.

Dann endlich schlafen: bequeme Sitze, weit auseinander, fast waagrecht liegend, die Musik wurde leiser …

… mit der Hoffnung, dass der Fahrer nicht auch einschlief. Rechts und links der Straße türmten sich die interessanten Felsenberge aus Kalksandstein wie einzelne merkwürdig geformte Hügel vor dem Mondlicht auf. Sie hatten Kugel- und Kegelformen und waren hin getupft wie ein göttliches Riesen-Murmelspiel. Während im Bus die ahnungslosen Reisenden durch sulzige thailändische Liebesmusik in Sicherheit gewiegt wurden, lauerten schon draußen in den Bergen westlich der Straße die skrupellosen burmesischen

Straßenräuber. Sie waren arm geworden durch die Diktatur einer sozialistischen Fehlplanungs-Wirtschaft.

Es gibt da eine Stelle in der thailändischen Topographie, wo Thailand nur 13 km breit ist. Kurz hinter Prachuap Kirikhan kommt das burmesische Bergland, also heutzutage Myanmar, bis auf 13 km an den Golf von Thailand heran. Dazwischen fuhr gerade ihr Bus durch die Nacht gen Süden, >>als der Busfahrer wegen eines Hindernisses auf der Straße anhielt. Es war ein umgekippter Anhänger. Der Busfahrer stieg aus, um die Situation zu eruieren. Dabei wurde er sofort von zwei mit roten Stirnbändern versehenden Burmesen niedergeschlagen. Weitere vier ganz in Schwarz gekleidete gedrungene Gestalten mit roten Stirnbändern über pechschwarzen Haaren und wild drein blickenden Schlitzaugen drangen ins Businnere ein. Jeder hatte eine Kalaschnikow im Anschlag. Die verschiedenen Fahrgäste rieben sich ungläubig die Augen. Das schien ein ernsthafter Überfall zu sein. Bisher war alles blitzschnell und lautlos vor sich gegangen. Doch jetzt bellte der erste der Burmesen kurze thailändische Befehle in dem ihnen inzwischen vertrauten Sing-Sang, worauf die Thais im Bus noch verstörter schauten. Zu den paar Farangis, also weiße Fremde, schrie der Burmese: »Lobbeli, Lobbeli, Lobbeli …!«

Zuerst wusste niemand so recht, was Sache war. Bis ihnen allen klar wurde, dass dieses ›Lobbeli‹ wohl das englische ›Robbery‹ bedeuten könnte. Zur Erklärung: viele Ostasiaten können das ›R‹ nicht aussprechen und sagen stattdessen ›L‹. Also zum Beispiel ›Leally, tomollow evening is Lockn Loll-dancing‹. Das meint: ›really, tomorrow evening is rockn roll-dancing‹; oder auch ›falangi‹ statt ›farangi‹ für die fremden Langnasen.

Hier jetzt aber – wie geschrien – ›robbery‹ für Überfall.

Und weiter: »Take off, take off evelything …!«, also ›everything‹: »Ausziehen, alles ausziehen …!«

Als die Burmesen aufgeregter mit ihren Kalaschnikows herumfuchtelten, begannen auf einmal die Thais im Bus damit, sich zu entkleiden. Ungläubig starrten Danny und Carlos auf diesen Film: »die werden doch wohl hier im Bus keine Frauen vergewaltigen!?« Nein, tatsächlich, das hatten sie wirklich nicht vor. Sie wollten nur einfach alles, sämtlich alles. Die Koffer und Taschen hatten sie bereits aus dem Gepäckfach unten raus gestellt. Das gleiche geschah mit den Handgepäckstücken aus dem Bus-Inneren. Per Burmesen-Kette wanderte alles in den Straßengraben. Einer der Burmesen holte mehrere

Leinensäcke, in die er eilig alle Kleidungsstücke und Wertgegenstände der Bus-Passagiere stopfte. Währenddessen wurde draußen das besagte Gepäck in zwei Suzuki-Geländewagen diszipliniert und generalstabsmäßig verladen. Notgedrungener Weise standen auch die beiden bald bar jeder Kleidungs- und Wertgegenstände dumm da. Denn die entschlossen dreinblickenden Gesichter der burmesischen Straßenräuber samt ihrer noch gewichtiger dreinschauenden Kalaschnikows machten doch mächtigen Eindruck auf sie und ihr Überleben. In vielleicht fünf Minuten war der ganze Spuk vorbei. Und die Burmesen düsten mit ihren Geländewagen über Feldwege durch den unübersichtlichen Dschungel ihrer heimischen Bergwelt die paar Kilometer bis zur grünen Grenze nach Burma. Zurück ließen sie 15 Thais und 4 Falangis. Sie alle waren notdürftig eingewickelt in die schotten-rot-karierten Decken der Busgesellschaft: textilfrei unter roten Decken. Es sah ziemlich blöd aus, wie riesige Blasskörper mit Langnasengesichtern und Blondköpfen in rotkarierten Decken herumstanden, wie Barbie-Puppen mit Stoffresten bekleidet.

Die Burmesen schienen für immer verschwunden zu sein …? Und die Buspassagiere schauten ratlos drein: »Was jetzt?«

Auch Carlos' Trick mit dem Elefanten hatte nicht geholfen. Die beiden hatten nämlich in dem Traveller-Handbuch gelesen, dass man Räubern bei einem Überfall einen Buddha entgegenhalten sollte. Das würde unter Umständen Eindruck auf sie machen. In Ermangelung eines Buddhas hatte Carlos es dann mit einem kleinem Elefanten-Glücksbringer versucht. Entweder verstanden sie seinen Wink nicht, oder sie wollten nicht …?!

Langsam löste sich die Anspannung im Businneren. Hatten sie anfangs eventuell noch in Lebensgefahr geschwebt, so war diese Gefahr nun jedenfalls gewichen. Es herrschte Erleichterung: »Das nackte Leben ist uns geblieben. Bloß sonst ist alles weg.«

Lautes Gejammer und Geschrei machte sich aufgeregt im Bus breit. Auch Danny und Carlos waren verzweifelt: »Wie sollte es jetzt weitergehen? Sollen wir etwa hier siedeln und im umliegenden Sumpf Reis anbauen? Sollen wir mit unseren schotten-rot-karierten Sarongs wie die in Orange gehüllten Mönche betteln gehen? Oder war alles nur ein Trick, weil einer der anderen beiden Falangis einen Abenteuer-Urlaub im Dschungel gebucht hat und die fleißigen übereifrigen asiatischen Reiseveranstalter es wieder einmal viel zu gründlich und sprichwörtlich ernst gemeint haben …?!«

Auf jeden Fall machte es sich jetzt bezahlt, dass die beiden ihre Rückrei-
se-Flugtickets in ihrem Bangkoker Majestic-Hotelsafe deponiert hatten und so
wenigstens noch eine Heimreise-Chance nach Germany hatten. Sie brauchten
sich nur irgendwie bis nach Bangkok durchzuschlagen. Dafür hatten sie ja
immerhin drei Wochen Zeit. Den Urlaub mit Ruhe und Erholung an Traum-
stränden konnten sie damit allerdings abhaken. Stattdessen würden zweifel-
hafte Abenteuer, Entsagungen von Nahrung und gewohnter Bequemlichkeit
und eine Menge Unannehmlichkeiten auf sie lauern. Gerade kämpfte Danny
verzweifelt mit gefährlichen Hundebissen in noch gefährlicheren Flussmündungen, als ...<<

»Aufwachen, Danny, aufwachen. Es gibt Frühstück. Wir sind gleich in Surat
Thani,« klang es wie Nachtigallen-Gesang mit der wohlvertrauten Stimme
seines Freundes Carlos in seinem Ohr. Er sah sich um. Tatsächlich waren
alle Fahrgäste in schotten-rot-karierte Decken der Busgesellschaft gewickelt,
auch Carlos und Danny. Vorsichtig schaute er unter seiner Decke nach. Er sah
Kleidung, praktische westliche Jeans, T-Shirt und Sandalen. Und da lag auch
seine Tasche. Inzwischen war es hell geworden. Sie fuhren, also ging's auch
dem Busfahrer gut.

Alles war nur ein Traum. Das hatte man nun davon, wenn man zu viel in
Traveller-Handbüchern schmökerte und einem die Traum-Phantasie durch-
ging ...

Tauchschein in Thailand

... sechs Jahre später, 1994, wieder nach Thailand, ins Land des Lächeln, von
Mehkong und Sanuk. Mit der niederländischen ›Martinair‹ starteten Danny
und Moni von Amsterdam zur südthailändischen Insel Phuket. Nix pauschal,
alles vor Ort gesucht. Nach drei Tagen ging es weiter nach Khao Lak. Irgendwann stand schließlich links am Straßenrand zwischen Dschungel und Küste
ein großes weißes Schild mit schwarzer Schrift und der Aufschrift: › HERE‹ –
genau wie sie es im Reiseführer gelesen hatten.

Sie gingen den Schildern nach, trotz der 32° C in Schatten, trotz ihres
sämtlichen Gepäcks auf dem Rücken, latschten sie einen langen Weg durch
eine Kautschukplantage. Und dann sahen sie das Meer, sahen ein paar Bam-
bus-Bungalows des ›Nang Thong Bay-Resorts‹. Die sollten eigentlich während

der Saison immer ausgebucht sein, weil's dort so schön und so preiswert war. Aber sie hatten Glück. Sie bekamen ein einfaches, aber schönes Bambus-Bungalow auf Stelzen für sich allein, für nur 17,-- DM pro Nacht.

Oben links: die ›Prinzenhose‹; Mitte: das Singha-Shirt aus dem Textil-Album, rechts: ein Thai-Sarong. Unten links: ein See-Zigeuner; Mitte: die Landenge bei Prachuap Kirikhan; rechts: Tauchschein

Es stand mit dem Blick zum Meer und im Schatten unter Kokospalmen und einem Papaya-Baum. Und es hatte eine eigene Veranda. Es war luftig in der

Nacht wegen der aus Rattan geflochtenen Wände. Trotzdem gab es einigen Komfort: einen Fan, also Ventilator, ein eigenes Bad mit Dusche und WC. Was wollte man damals mehr. Das war ihr Bungalow Nr. 1. Zudem waren die Thais im Nang Thong auch noch ausgesprochen freundlich. Das Essen schmeckte sehr gut. Die Strände waren leer. Und alles kam noch nicht so touristisch wie auf Phuket daher. Deshalb wähnten sich die beiden endlich in ihrem persönlichen Paradies angekommen, in Khao Lak. Zehn Jahre vor der Tsunami-Welle am 26.12.2004 war Danny also zum ersten Mal mit Moni im südthailändischen Khao Lak. Das galt damals noch als Geheimtipp. Wer hätte das von ihnen beiden vor Reiseantritt im kalten europäischen Winter 1994 gedacht, dass Khao Lak in den 90er Jahren so was wie eine zweite Heimat für sie werden sollte …!?

Ein freundliches ›Sawadee-Khap‹, bzw. Sawadee-Khaa‹ für die Frau, verbunden mit dem ›Wai‹, also die Hände vor der Brust zum Gruße zusammen gelegt, öffnete in Thailand viele Türen. So fühlten sie sich auch gleich heimisch im ›Nang Thong Bay-Resort‹ in Khao Lak mit all den lächelnden Thailänderinnen. Außer den Kokospalmen, Kasuarinen und Papaya-Bäumen gab es in dieser Bungalow-Anlage viele Hibiskussträucher und Orchideen. Und sie lud mit dem gurgelnden Bach und seinen Brückchen zum Verweilen und Ruhe genießen ein. Dort schmeckte das thailändische Essen immer hervorragend, besonders die von ihnen bevorzugten Meerestiere wie Shrimps, Garnelen, Fisch und die scharfen Currys. Entweder auf der offenen Terrasse des Nang Thong-Restaurants oder in der Garküche am Strand bei La Muang. Sie liebten die kilometerlangen Spaziergänge am Sandstrand entlang. Einmal wurden sie dabei von See-Zigeunern sogar zum Maekhong-Trinken eingeladen. Und auf dem Rückweg wollten sie gar ein Foto mit den beiden beim Sonnenuntergang machen. Bei den Strandwanderungen genossen sie immer das satte Grün des Dschungels im Osten und das weite andamanische Meer im Westen. Sie sammelten Muscheln am weißen Sandstrand, schlenderten durchs warme Meer und hatten trotz Januar 32°C im Schatten. Dazu jeden Abend als Farb-TV-Ersatz das Programm in Supercolor auf allen ›Sendern‹: der Sonnenuntergang am westlichen Meereshorizont.

Aus Khao Lak 1994 wurde Khao Lak 1995 und gleich wieder 1996 und 1997. Das Essen im Nang Thong Restaurant schmeckte ihnen immer wieder gut. Die Prawns, also Garnelen, Fried Noodles, Fried Rice, Chicken oder Coco-

nut-Soup, alles schmeckte würzig und lecker. »Hhhmmm, enfach köstlich …!«
Und für Moni gab's jeden Morgen zum Frühstück schon frische Ananas, frische Papayas und frischen Ananassaft. Zwar hatten die wenigen Liegestühle
und Sonnenschirme am Strand wohl mächtig unter den Monsunstürmen
gelitten und ihre besten Tage bereits hinter sich. Aber das machte es auch
so sympathisch hier. Die Vergänglichkeit stand im Einklang mit der Natur.
Und ›ihr‹ Gecko vom Bungalow Nr.1 konnte schon acht Mal hintereinander
›Geck – o!‹ rufen: »bravo, das Tierchen.«

Und Dannys indischer Lungi von 1991 half ihnen auch in Thailand, ihren Liegestuhl am Khao Lak-Beach zu benutzen. Und es war dort so heiß,
dass Danny und Moni selbst in der Nacht höchstens mit einem Sarong
zugedeckt schliefen. Oder manchmal noch nicht einmal das. Denn es war
so heiß, so heiß, so hot, hot, hot, dass sie textilfrei in der Bambushütte
schliefen …

Die hatte ein wirklich gutes System, obwohl es so heiß war in den Tropen.
Denn ein kleines Lüftchen wehte durch die Ritzen der Bambushütten-Wände.
So hielten sie es auch mal in einem späteren Jahr auf der philippinischen Insel
Palawan. Da war es noch heißer, tropisch heiß, auch in der Nacht, sodass sie
dort unter dem Palmwedel-Dach ihrer Bambus-Holzhütte gerne mal textilfrei
rumgelaufen waren …

»Aber immer nur innen, ich bitte Sie …!«

Schon 1994 beobachten sie gerne das Unterwasserleben am Korallenriff. Ab
und zu einen Fischschwarm, besonders am Riff-Ende. Und sie sahen zum ersten Mal beim Schnorcheln in ›freier Wildbahn‹ Langusten, die mit den langen
antennen-artigen Fühlern. Außerdem eine blaue Meeresraupe, dann die im
Wasser schwebenden Feuerfische oder gar eine kleine Seeschlange. Aber auf
jeden Fall sahen sie soviel verschiedene bunte Korallen wie lange nicht, Trich-
terkorallen, weiße, orangene, blaue, lilafarbige, glatte, fingerförmige, noppige
und fransige Korallen. Das war eine fantastische Unterwasserwelt, besonders
im Licht des Sonnenscheins.

Der Monsun und seine Unwetter hatten über die Jahre einiges am Strand
verändert. Böschungen waren abgetragen, Bäume entwurzelt und umgekippt,
Flussmündungen geändert und neue Einschnitte ins Land geschaffen. Hier
mussten urtümliche Gewalten getobt haben. Das Meer war auch welliger und
unruhiger, so dass sie beim Schnorcheln wegen des vielen aufgewirbelten San-

des oft kaum was durch die Taucherbrille sehen konnten. Nur an geschützten Stellen sahen sie verschiedene Fische: blaue, gelbe, gestreifte, kleine, einzelne und Schwarmfische, Seegurken und Korallen.

Deshalb wollten sie tauchen lernen, und sie lernten tauchen. Tauchen im Meerwasser, also nahezu textilfrei. Im Wasser brauchte man kaum Textilien, also kam auch nix ins Textil-Album. Die einzige Erinnerung davon war deshalb ihr Tauchschein. »Allerdings hätten wir uns manchmal doch was Warmes zum Anziehen unter Wasser gewünscht,« erinnerte sich Danny, »denn in fünf Meter Tiefe auf dem Meeresgrund zu sitzen und dort unsere Tauchübungen zu machen. Boah, was haben wir gefroren, sach ich euch …!«

Nun denn, ihr Tauchkursus ›scuba-diving‹ von PADI konnte beginnen. Der viertägige Tauchkurs mit Theorie, Praxis und Prüfung beim ›Sea Dragon Dive Center‹ in Khao Lak würde sie für den ›Open Water Diver‹-Tauchschein 380,-- DM kosten, was für thailändische Verhältnisse sehr viel Geld ist. Das erwies sich aber im Nachhinein als relativ preisgünstig, nachdem sie in späteren Jahren die Preise an verschiedenen anderen Tauchbasen dieser Erde verglichen hatten.

So schafften sie tatsächlich am 06.02.1995 ihren ›Open Water Diver‹. Danach waren sie also Taucher mit Zertifikat, bestandener Prüfung und Logbuch, innerhalb von vier Tagen. Das hört sich so einfach an und sieht auch im TV immer so leicht und schwerelos aus. Aber um dort hinzukommen, dahinter steckte harte Arbeit. Erst hieß es nur: vier Tage lang von 09.00 bis 17.00 Uhr, das wäre ja noch gegangen, halt ›vier Arbeitstage‹. Aber die Realität war viel anstrengender und erschöpfender. Denn vom zweiten bis zum vierten Tag jeweils um 06.30 Uhr aufstehen, um in aller Eile um 07.30 Uhr die ruhigere Morgenebbe zum Tauchen bzw. Bootsausfahrten zum Riff zu nutzen. Denn sie hatten einen denkbar unglücklichen Start für den praktischen Teil ihres Tauchkursus. Bei der Nachmittagsflut hatten sie mit für dortige Verhältnisse unüblich hohem Wellengang und entsprechenden Brechern zu kämpfen, um überhaupt ins Meerwasser zu kommen Und das an einer Stelle, wo sonst nur immer ruhiges Planschwasser vorherrschte. Dort hatten sie in der Vergangenheit schon öfter Tauchschüler wie die Seeotter herumdümpeln gesehen. Sie jedoch erwischten die drei höchsten Wellen, die ihr dänische Tauchlehrer Bjarne Andersen je bei einer Lektion hier in Khao Lak erlebt hatte. Und das ausgerechnet beim ersten Mal. Sie hatten gerade die ersten Atemzüge unter Wasser gemacht, was angeblich das tollste sein sollte, was man jemals mit Wasser erleben könnte. Da fielen schon drei Brecher über sie her und schleuderten sie wie wehrloses Strandgut über Felsen und raues Muschelgeröll auf den Strand. Die Bilanz nach dem ersten abgebrochenen Tauchgang: eine Schweizerin musste mit gestauchtem Steißbein den Tauchkursus abbrechen. Moni hatte ein blutendes Bein, und Danny Schürfwunden am Po. Moni und sogar der Schweizer Dive-Master Frank hatten ihre Masken samt Schnorchel verloren. Und das Meer gab sie auch nicht wieder her. Und alle, alle hatten einen großen Schreck weg bekommen. Das war kein guter Start. Aber das war halt echtes Open-Water-Tauchen. Im Gegensatz dazu, wenn man seine ersten Übungen gemütlich in einem Pool absolviert hätte, wie es die meisten Tauchschüler normalerweise machen.

So mussten sie den ersten Tag mit Theorie beenden. Und das war der anstrengende zweite Aspekt des Kurses. Denn nach dem Unterricht mussten sie noch lernen, lernen, lernen, meist bis 23.00 Uhr nachts. Boah, um all die schwierigen Begriffe aus der Physik wie Auftrieb, Dichte, Druck, und später Tauchtabellen einzupauken. Jeden Tag mussten sie Tests machen, die sie mit mindestens 80 % richtig bestehen mussten. Ohne wurden sie nicht zur theoretischen Abschlussprüfung zugelassen.

Moni freute sich dann aber über die Geste der Tauchschule, ihr eine neue Tauchermaske und einen neuen Schnorchel zu schenken. Denn das Meer hatte sich ja einiges von ihrer Ausrüstung genommen.

Insgesamt hatten die beiden jedoch auch großes Glück mit der Zusammenstellung ihrer Tauchgruppe. Diese wurde vom Dänen Bjarne in Deutsch geführt. Er war ihr Dive-Instructor und eine Perle von Ruhe und Geduld: ein toller starker Typ. Frank, der Schweizer Dive-Master, was eine Vorstufe zum Tauchlehrer ist, war ebenso ruhig und geduldig.

Und dann kam endlich der große Moment, weshalb sie sich diesen Stress überhaupt angetan hatten. Das eigentliche ›Open Water Diving‹, hier bei ihnen das Abtauchen über dem Riff Khao Nayak, von Insidern ›Jurassic Park‹ genannt. Trotzdem war das alles gar nicht so einfach. Erst gingen sie mal zur Sicherheit auf Sandgrund 7,5 m tief. Der Sand war dann allerdings nach einiger Zeit von sieben Personen so aufgewühlt, dass man kaum noch was sah. Dabei war es schon mühevoll genug gewesen, überhaupt da runter zu kommen. Vermittels Druckausgleich, also jeden einzelnen Meter tiefer die Nase zukneifen und Druck von innen auf die Nase ausüben. Dann die Luft aus der Tarierweste lassen. Gleichmäßig durch den Lungenautomaten atmen, also dem Mundstück. Dieses Teil verursachte übrigens durch die ausströmenden Bläschen einen Heidenlärm unter Wasser. Dann knieten alle zwischen den verschiedenen Übungen frierend auf dem Meeresboden. Wenn man sich dort unter Wasser nicht bewegt, ist es auch in tropischen Gewässern in sieben Metern Tiefe affenkalt. Besonders nach einer ganzen Stunde unter Wasser. Denn so lange dauerten immer die Tauchgänge. Die waren vollgestopft mit Übungen, wie Austarieren, das war ganz wichtig. Im Buddhasitz frei schweben, das war ne geile Nummer, jeweils nur mit der Atmung zu regulieren. Die nächste Übung war dann schon schwieriger, eine geflutete Tauchermaske unter Wasser frei blasen. Das bedeutete nämlich die Tauchermaske unter Wasser auszuziehen, wieder anziehen und dann innen frei von Wasser blasen: boah, was für eine abenteuerliche Technik. Mit Kompass unter Wasser eine Richtung anpeilen, hinschwimmen, zurück anpeilen und zurückfinden. Das sollte man unter Wasser wirklich können, um sich nicht zu verirren. Schließlich noch die Not-Übungen, wenn mal was mit dem Buddy schief gegangen ist, also dem Tauchpartner. Der Notaufstieg mit dem Buddy zusammen, dabei abwechselnd durch ein Mundstück einatmen. Der absolute Katastrophenfall: ein kontrollierter Notaufstieg ohne Luft, dabei ständig ausatmen und dabei nur kleine Luftbläschen bilden. Noch so ein Abenteuer, worauf man im wirklichen ›Taucher‹-Leben gerne verzichten könnte. Meine Güte, was sie dort alles gelernt hatten …!?!

Die wichtigste Grundregel unter Wasser war und ist stets: ›Immer atmen, man darf nie die Luft anhalten.‹ Es war ein weiter beschwerlicher Weg, bis sie endlich frei und unbeschwert durch die Fischschwärme tauchen durften. Moni stand zwei Mal kurz vor der Aufgabe. Nach dem schlechten Start hatte sie überhaupt Angst, runter zu tauchen. Und dann ausgerechnet am letzten Tag schluckte sie beim ›Maske unter Wasser abnehmen‹ soviel Wasser, dass sie dachte zu ertrinken. Doch der gute Bjarne ›verführte‹ sie ganz geschickt etwas später dazu, ohne dass sie es merkte, doch zu tauchen. Und zwar erst mit Oberflächenschnorcheln, dann mit Lungenautomat. Danach noch mal nur einen Meter Tiefe, nur ausprobieren. Und whupp, war sie auf einmal schon 4,5 m tief. Didaktisch ausgezeichnet gemacht, sehr geduldig und einfühlsam von Bjarne. So hatte auch Moni letztlich noch das Tauchen gelernt.

Aber auch Danny hatte seine Probleme. Beim Austarieren, also nur mit Atmen hoch und runter zu schweben. Na ja, und der kontrollierte Notaufstieg ist für keinen Tauch-Eleven ein Fingerschlecken. Tja, für diese Übungen brauchte er jeweils mehrere Anläufe, bis es endlich klappte. Aber er hatte niemals Panik, immer Selbstvertrauen und Mut. Deshalb machte das Tauchen lernen eigentlich auch Spaß, wenn man mal vom Frieren unter Wasser absah. Aber wenn sie dann als Ausgleich durch das farbenfrohe Korallenriff tauchten, über sich einen Trompetenfisch-Schwarm, dabei Tintenfische und Langusten beobachteten, dann war es Belohnung genug für all die Mühen. Dafür nahmen sie dann auch die vielen Notfallsituation-Übungen unter Wasser in Kauf, durch die sie sich quälen mussten.

Irgendwann am letzten Tag ihres Tauchkurses unter Wasser kam Bjarne zu jedem einzelnen und schüttelte jedem die Hand. Sie hatten bestanden und waren jetzt ›open water diver‹, whow …! Sie durften somit von da ab überall auf der Welt mit ihrem Ausweis eine Tauchausrüstung leihen und tauchen: »Herzlichen Glückwunsch!«

»Og mange tak, kaere Bjarne.« Also: ›vielen Dank, lieber Bjarne‹.

Neben den anstrengenden Übungen und schrecklichen Erlebnissen gab es aber glücklicherweise auch lustige Erlebnisse. Einmal konnte sich Moni sieben Meter unter Wasser kaum halten vor Lachen, als Danny gerade den Buddhasitz übte. Dafür hätte er einen Meter über dem Meeresgrund mit gekreuzten Beinen schweben sollen. Aber er entglitt wie der Heilige Geist immer höher schwebend im Schneidersitz soweit nach oben, dass ihn Bjarne an den Flossen wieder runter ziehen musste.

Und natürlich hatte das durch und durch US-amerikanische Programm von PADI, nämlich für alle und für sie ›fun, fun, fun …!!!‹

Ohne Klo-Papier in Goa

– von den Hippies aus Goa zu den Fischern aus Sri Lanka –

In den 70er Jahren las Danny Kowalski mit Begeisterung ›Siddharta‹ von Hermann Hesse, wie es viele romantische Jugendliche in jener Zeit erlebten.

Dann lernte er 1973/74 sogar noch Yoga bei einem indischen Lehrer an der Ruhr-Uni Bochum, der sie auch in die Geheimnisse der guten Nahrung einweihte und ihnen Neti und Dhauti beibrachte. Neti, die Nasenreinigung, bedeutete folgendes: man taucht seine Nase in eine Schüssel Meersalzwasser. Dann sollte man jeweils durch ein Nasenloch das Wasser durch die Nase hoch in den Rachen ziehen und durch das andere Nasenloch das Wasser wieder rauslassen. Uuuujjaaa, das ist sicherlich sehr gesund. Das war Danny aber so unangenehm im Kopf, dass das erste Mal Neti auch gleich sein letztes war. Dagegen fand er Dhauti, die Zungenreinigung, super toll. Und zwar so sehr, dass er sie auch heute, 45 Jahre später, immer noch mit Begeisterung durchführt. Mit einem einfachen Teelöffel streifte er sich damit seine Zungenoberfläche ab, drei Mal täglich zusammen mit dem Zähneputzen nach den Mahlzeiten. Dhauti gehörte zu seinem regelmäßigen Hygieneprogramm, und ohne würde ihm was zum Wohlbefinden fehlen.

Da kann man sich vielleicht vorstellen, dass er schon immer mal nach Indien reisen wollte.

Goa

Ende der 80er Jahre hätte es fast geklappt. Er meldete sich für eine zweiwöchige Weiterbildungsreise nach Goa in Indien an, die sein Arbeitgeber zu aller Überraschung sogar bewilligte. Aber diese Weiterbildungsreise konnte mangels Teilnehmerzahl nie stattfinden. Denn die geforderte Mindestzahl von 16 Teilnehmern wurde leider nur zur Hälfte erreicht. Deshalb fiel diese Weiterbildungsreise aus Kostengründen ganz aus.

Dann lernte er durch seine damalige Freundin Julie das Ehepaar Corinna und Joss kennen. Sie wohnten zusammen mit ihrem Sohn Tim im selben Haus wie Julie. Sie freundeten sich auch wegen vieler gemeinsamer Interessen rasch an. Dann stellte sich auch noch raus, dass Corinna und Joss schon seit vielen Jahren nach Goa reisten. Denn sie hatten dort auf Dauer ein Haus am Strand gepachtet. Dieses Haus war sehr groß und hätte sogar für Danny ein Extrazimmer. Durch diese Einladung kam er dann doch noch mal nach Goa …

… Weihnachten in den Tropen 1990. Das hieß Geschenke unter Palmen, ein Weihnachtsmann in roter Robe und mit weißem Bart und Weihnachtslieder von schwarzen südindischen Kindern in warmen tropischen Gefilden. Und das alles mit kurzer Hose und T-Shirt. Goa war ja früher portugiesisch und daher gab's dort noch viele Katholiken.

Danny hatte in Goa sein erstes Klo-Erlebnis auf Indisch. Das im Hocken Scheißen kannte er ja schon von Süd-Frankreich her. Aber ohne Klo-Papier? Das war leicht erklärt und ging so. Man oder Frau schöpfte etwas Wasser aus dem neben dem Klo stehenden Eimer und ließ es sich mehrmals über die Po-Ritze laufen. Das war eine angenehme und äußerst hygienische Reinigung. Beim Nachfühlen mit der linken, und damit der unreinen, Hand war es, als würde man in der Badewanne durch die Po-Ritze gehen. Alles schön sauber …! Das war zwar erst ungewohnt, hinterher aber extrem hygienisch. Es war weitaus hygienischer als das in Deutschland gewohnte ›mit Klo-Papier abputzen‹. Und das Wasser am Po trocknete auch sehr schnell in der dortigen Hitze. Die Sonne streichelte den nassen Popo nach dem Geschäft wieder angenehm trocken. Vorsichtshalber wusch man sich hinterher noch mal die Hände. Hatte Danny also sein Klopapier umsonst mit nach Indien genommen. Die Klo-Häuschen, die Danny dort in Goa kennen gelernt hatte, standen immer am Rande des Grundstücks. Und sie waren leicht erhöht. Denn was hinten und demzufolge unten aus dem Häuschen rauskam, also das Ergebnis des ›großen Geschäfts‹, wurde auch gleich weiter verwertet. Die im Ort Anjuna frei herumlaufenden Schweine warteten schon auf die menschlichen Hinterlassenschaften. Sie vertilgten sie mit Genuss. Da hätte Klopapier nur gestört.

Wer hätte gedacht, dass Danny 30 Jahre später diese in Goa erlernte Kultur-Technik ›ohne Klopapier‹ noch mal in Deutschland brauchen könnte …!? Als 2020 die Corona-Pandemie fast die ganze Welt zum Stillstand brachte, wurden die Menschen etwas nervös. Die Ärmeren versuchten was zum Essen zu bunkern. Die Deutschen hamsterten WC-Paper, als könnte man sich damit köstliche Speisen kochen. Diese skurrilen Hamster-Raubzüge von vielen Deutschen würde Sigmund Freud per Psychoanalyse als klassischen Fall von anal-faschistischem Verhalten einstufen. Nun ja, auf jeden Fall kannte Danny das ›große Geschäft‹ ohne Klopapier von seiner Goa-Reise. So konnte er seine Moni beruhigen, als sie partout kein WC-Papier in keinem Discounter oder Drogeriemarkt mehr bekamen: »Wenn demnächst unsere letzte Rolle Toilettenpapier aufgebraucht sein wird, und wenn wir dann immer noch keinen Nachschub bekommen haben, dann machen wir es wie in Goa. I teach you. Ich werde dich einweisen. Yes, we can do …!«

Die Indien-Reisenden bekamen auch noch eine schöne Weihnachts-Bescherung. Und zwar ein echtes Stück Straßenräuberei. Und das ausgerechnet bei der Goa-Polizei …! Dieses unangenehme Erlebnis sollte sie eine Woche lang beschäftigen, ein regelrechtes Bike-Napping. Das kam so: sie fuhren mit ihren zwei Motorrädern von Anjuna nach Panjun, der Hauptstadt von Goa. Dort wollten sie für Tim eine Tauchermaske kaufen. Sie wollten ihre Bikes vor der Fähre abstellen und zu Fuß nach Panjun übersetzen. Zufällig war ein Bike-Abstellplatz vor der Polizei-Wache frei. Dort wollten sie die Bikes sicher parken, dachten sie. Doch das war ihr großer Fehler. Da sie alle sehr langsam und ohne Motorrad-Helme fuhren, hatten sie vorher immer Umwege gemacht, um einer Polizei-Kontrolle zu entgehen. Denn die nahmen – wie die Straßenräuber – gerne ein bisschen Bakschisch, also Trinkgeld, von Touristen, wenn sie diese ohne Motorrad-Helm erwischten. Und nun in Panjun begaben sie sich auch noch freiwillig in die Höhle des indischen Löwen: welche Riesen-Dummheit von ihnen. Dabei luden die Hafenpolizisten sie sogar freundlich ein, an zwei besonders schönen freien Parkplätzen auf ihrem Hof zu parken. Danach baten sie sie in die Polizeiwache hinein. Dort wurden ihre Personalien überprüft. Spätestens da wussten sie, dass sie einen großen Fehler gemacht hatten …

Denn die indischen Polizisten bemängelten erst mal die fehlenden Fahrzeugpapiere für die beiden Bikes. Die Papiere von Joss‹ Bike lagen beim Taxi-Unternehmer Ashok in Anjuna. Und die Papiere von Dannys Bike weilten beim Besitzer, dem Landlord in Mapusa. Dann mäkelten sie auch noch an Dannys deutschem Führerschein mit einem Foto von 1972 herum. Da hatte er lange Haare und Bart und sah außerdem viel jünger aus. Sie erklärten ihm, dass er ohne internationalen Führerschein in Goa nicht fahren dürfte. Es sei denn, er machte einen lokalen Goa-Führerschein beim R.T.O. in Mapusa, also dem Regional Transport-Office. Dafür bräuchte er aber zunächst eine ärztliche Untersuchung und eine Blutabnahme für die Blutgruppenbestimmung. Dann noch einige Lektionen in der Fahrpraxis. Und schließlich nur noch eine Prüfung. Das alles würde in Indien bedeuten, mehrere Etappen in Tages-Warteschlangen, jeweils in Menschenpulken zu verbringen, um die ganzen Erfordernisse eine nach der anderen zu erreichen. »Boooooaaahhh, nein danke,« dachte sich der enttäuschte Danny. Das Bike-Fahren in Goa schien zumindest für ihn in immer unerreichbarerer Ferne zu entschwinden. Als Strafe sollten sie erst einmal jeder 25,-- Rupien für fehlende Bike-Papiere bezahlen, also umgerechnet 1,80 DM. Und Danny noch mal extra 125,-- Rupien fürs Fahren ohne gültigen Führerschein. Sie hätten es ja auch direkt bezahlt. Bis dato waren sie immer noch ruhig und freundlich, obwohl sie dieses linke hinterhältige Fallensteller-Bakschisch-Geschäft reichlich zum Kotzen fanden. Aber dann legten die Polizisten ihre beiden gemieteten Bikes mit Schlossringen still. Boah, und sie durften wutentbrannt zu Fuß abziehen.

»Erst alle Papiere bringen, dann Strafe bezahlen, dann Bikes zurück,« hieß die Devise des süffisant lächelnden Officers. Der genoss es sichtlich, vor seinen Untergebenen damit anzugeben, dass er schreiben kann. Deshalb machte er auch gleich vier Protokolle mit vier Durchschriften: lächerlich. Und alle indischen Polizei-Beamten freuten sich natürlich insgeheim diebisch und unbändig, den doofen Touris so richtig eine indische Lektion erteilt zu haben. Diese Lektion hieß ›Gambling‹, das Spiel, und meinte, ihre Macht auszureizen. Und natürlich immer wieder gerne gemacht: »wer flippt als erster aus und verliert dabei sein Gesicht?«

Sie waren alle für die nächsten Tage ziemlich gebügelt. Denn dieser unnötige Fehler bedeutete für sie jede Menge ›Hussel‹, also Probleme-Probleme-Probleme. Erstmal einiges an Geld verloren. Sie mussten mit dem Taxi zurück nach Anjuna. Am nächsten Tag mehrmals hierhin und dorthin mit dem Bike-Taxi vom Bike-boy Dilip. Das nervte alles ungeheuer, weil sich Joss mit mehreren indischen Polizeibehörden rum ärgerte. Und sie bekamen dadurch ›bad vibrations‹.

Joss fuhr mit Hannoman und zwei weiteren Biker-boys zu Ashok. Dort besorgte er die Papiere für das eine Bike. Dann fuhren sie nach Mapusa zum Landlord, um dort die Papiere für das andere Bike zu holen. Mit allen Papieren und Bikes und Personen ging's weiter in die Hauptstadt Panjun zur Hafenpolizeistation. Dort ließ man ihn aber total auflaufen. Denn zum Bezahlen der Strafe schickten die ihn ins Polizeihauptquartier auf der anderen Flussseite. Also weiter, mit der Fähre über den Fluss Mandovi. Doch dort im Polizeihauptquartier wurde der Wahnsinn erst zum Manifest. Erst war der Officer wegen einer Polizeikonferenz nicht da, dann war er zum Essen weg. Das bedeutete drei Stunden Warten ›for nothing‹. Als dann der Officer endlich kam, fehlte noch der Clerk, der die ›Receive‹ ausstellen sollte, also die Rechnung. Joss rang lange mit seiner Geduld und Fassung, um bei diesem ganzen Mobbing nicht auszudroppen und irgend jemand an die Gurgel zu gehen. Schließlich hatte er ihre sich auf insgesamt 175,-- Rupien belaufende Strafe bezahlt, was umgerechnet nur 12,50 DM bedeutete. Dann konnte er endlich mit der Fähre zurück über den Mandovi-Fluß. Allerdings musste er dort festzustellen, dass jetzt der Hafenpolizei-Officer zum Essen gegangen war. Es schien so, als hätten sich die Officer telefonisch abgesprochen, um den Touris so lange wie möglich Ärger zu machen. Und natürlich war niemand anderes dazu berechtigt, außer dem gerade speisenden Officer, wenigstens das eine der beiden Bikes auszulösen.

Dannys Yamaha gehörte ja dem Landlord, und die hätten sie eh nicht bekommen. Denn der hatte seit zwei Jahren keine Steuern mehr dafür bezahlt, 60 Rupien pro Jahr, also umgerechnet 8,70 DM für beide Jahre zusammen. Für sie war das nur eine lächerliche Summe, die aber jede Menge Ärger verursachte. Joss kam sichtlich gebügelt heim. Er musste sich erst mal eines von den erfrischenden Kingfisher-Bieren aus Goa zischen.

Nun denn, Joss‹ Bike war schon mal da. Und am nächsten Tag hatte er auch die Steuerquittung des Landlords für Dannys Bike. Sie bräuchten Dannys Bike dann nur noch abzuholen: zwei Tage stillgelegt, zwei Tage Ärger, und zwei Tage Erfahrungen gesammelt im Umgang mit der Hafenpolizei …

… gedacht. Denn der Hafen-Police-Officer nutzte jede Gelegenheit aus, um ihnen noch mehr und noch länger Trouble zu machen. So dauerte es in Wirklichkeit satte fünf Tage, bis Danny mit Joss von Panjun aus mit beiden Bikes wieder heimfahren konnte.

Als Joss dann am verabredeten Platz kurz vor der Police-Station in Panjun mit Dannys Bike ankam, war das an sich schon für sie alle eine Sensation. Denn nach diesem fünftägigen Hin- und Her-Trouble und –Stress hatten sie eigentlich mit einer erneuten Schikane von Seiten der indischen Polizei gerechnet.

Zwar hatte der Landlord in der Zwischenzeit die Steuern für zwei Jahre nachgezahlt. Da war also für die Polizei nix mehr dran auszusetzen. Aber der Police-Officer war trotzdem stocksauer. Denn er hätte gerne den Landlord persönlich vor sich gesehen, um ihn zur Schnecke zu machen. Weil das nun nicht klappte, ließ er sich eine neue Schikane einfallen. Und zwar 250,-- Rupien Strafe dafür, also 18,-- DM, dass der Landlord Danny mit seinem Bike fahren ließ, ohne seine Legitimation gesehen zu haben. Das wollte der wiederum überhaupt nicht glauben. Trotzdem zahlte er die Strafgebühr in Mapusa beim dortigen Police-Officer. In Wirklichkeit hatte Danny aber die Summe im Endeffekt zu zahlen, um endlich wieder an sein Bike zu kommen. Trotzdem schimpfte der Landlord: »fast ganz Goa lebt von den Touristen und ist zumindest deshalb relativ wohlhabend. Und dann macht man denselben Touristen, die das Geld ins Land bringen, soviel Ärger.« Recht hatte er in diesem Punkt. Auch wenn er sonst ein Arsch war.

Vom Casino in der Nähe von Anjuna aus rief Danny dann bei seinem Freund Florian zu Hause in Hagen an, mit dem er damals zusammen im selben Haus wohnte. Denn Danny hatte zu Hause einen – wenn auch ungültigen – internationalen Führerschein. Den sollte Florian raus suchen, um ihn dann Joss‹ Schwester Floh zu geben. Die kam nämlich ein paar Tage später nach Goa. Corinna dagegen hatte einen gültigen internationalen Führerschein, den sie aber gar nicht benutzte. Sie fuhr eh nie selber in Indien. Mit ihrem gültigen und Dannys ungültigen bastelten sie sich einen neuen ›gültigen‹ internationalen Führerschein für Danny. Dabei schreckten sie auch nicht davor zurück, mit dem altbewährten ›Kartoffeldruck‹ seinem Passfoto in Corinnas Führerschein einen Stempel zu versehen. Damit ›verpassten‹ sie ihm eine offizielle Legitimation. Und so konnte er den Rest seines Aufenthaltes in Goa wieder ohne Angst vor der indischen Polizei Bike fahren.

Bei der Hafenpolizei von Goa machte der Police-Officer am Morgen des fünften Tags nach der Stilllegung des Bikes Joss ein großes Lob. Denn er wäre der erste Weiße gewesen, der ›so‹ sein Bike wieder bekommen hatte. ›So‹ meinte ›ohne Bakschisch‹. Denn ›mit Bakschisch‹ wäre ja das Normale.

Auf jeden Fall endete die Biker-Geschichte über den Umgang mit der indischen Hafenpolizei hier. Dafür ›tanzte‹ Joss fünf Tage lang den ›Marsch durch die Institutionen‹ und war um einige Erfahrungen reicher. Und sie alle hatten eine echte moderne Straßenräuber-Geschichte am eigenen Leib erfahren.

Währenddessen am Strand von Goa, da gingen die Inderinnen mit voller Kleidung zum Baden ins Meer. Und die fetten Inder aus Bombay kamen extra nach Goa, um sich am Strand zu setzen und die nackten Busen der Europäerinnen anzustarren. Dabei tranken sie Alkohol. Denn in der ansonsten ›alkoholfreien Zone Indien‹ ist in der ehemaligen portugiesischen Provinz Goa das Alkohol-Trinken erlaubt. Ja, und Danny konnte Jahre später das eine oder andere Stoff-Teil aus seinem Goa-Urlaub im Textil-Album unterbringen. Wie zum Beispiel den hellblauen indischen Lungi. Das war so eine Art Wickeltuch, das um die Hüften gebunden wurde. Mit dem flanierte er dort in Anjuna immer gerne am Strand entlang.

Nach fünf Tagen Kampf mit der indischen Hafenpolizei konnte Danny endlich wieder mit seinem Bike fahren (oben Mitte) und am Beach von Goa mit seinem blauen Lungi flanieren (rechts).
Aus Sri Lanka gab es einiges fürs Textil-Album, wie das Shirt unten Mitte oder das Elefanten-T-Shirt oben links und rechts unten

Sri Lanka

Ein paar Jahre später in ähnlichen Breiten erlebte Danny mit seiner Moni ihren ersten gemeinsamen Tropenurlaub in Sri Lanka. Es war 1993, und es gab auch Klopapier in ihrer Hotelanlage. Aber selber fahren, wie mit dem Moped durch Indien, das traute sich Danny dort besser nicht. Denn das Verkehrswesen war archaisch. Abgesehen vom ungewohnten Linksverkehr herrschte das Gesetz des Stärkeren, das Gesetz des Dschungels.

Aber immerhin erlebten die beiden einen eindrucksvollen Urlaub voller Kultur, Religionen, Natur, Farben und mit interessanten menschlichen Begegnungen. Denn mit ihrem singhalesischen Begleiter Sumith unternahmen sie kreuz und quer durch Sri Lanka zwei Zweitages-Reisen und zwei Ganztags-Touren. Dabei sahen sie den ›Zahntempel‹ und die Tänzer von Kandy, liefen im Elefanten-Waisenhaus gemeinsam mit den kleinen Eles zum Fluss, besuchten eine Schildkröten-Farm, die Tee-Plantagen in den Bergen, Land's End und Nuwara Eliya, den buddhistischen Tempel von Dambulla, kletterten auf den Felsen von Sigiriya, schnorchelten am Riff vor Hikkaduwa und ließen sich durch die verschiedenen Düfte eines Gewürzgartens betören. Als Danny 25 Jahre später von seiner Moni eine spezielle Gesichtssalbe geschenkt bekam, hatte er diesen Gewürzgarten plötzlich wieder in der Nase und vor Augen. Die Salbe enthielt nämlich unter anderem Citronella. Und genau das gab es in diesem Gewürzgarten. Es duftete wie damals in Sri Lanka, nach Citronella oder Zitronengras. Der wunderbare Duft nach Zitrone sorgte bei ihnen sofort für gute Laune.

Zum Abschluss ihrer Reise hatten sie dann auch einfach mal einen ›Gebrauchs‹-Tempel besucht, ohne jede museale oder touristische Attraktion. Da konnten sie sich in Ruhe hinsetzen und sich in die ruhige meditative Atmosphäre versenken. Sumith gab ihnen noch was von den frisch gesegneten Bananen zu essen. Danach lud er sie zu sich nach Hause ein. Es war allerdings das Haus seiner Schwiegermutter. Dort bewohnte er zusammen mit seiner Frau und seinen zwei kleinen Kindern einen Raum. Der diente auch gleichzeitig als Küche für das ganze Haus. Darin stand ein Bettgestell mit Matratze. Und darauf schliefen alle vier nebeneinander quer, und zwar mit den Beinen über den Bettrand raus hängend. Außer Sumith und seiner Familie wohnten in diesem kleinen Haus mit dem vom Sturm löchrigen Dach noch Schwiegermutter, Schwiegervater, Schwager, und noch ein paar Neffen und Verwandte seiner Frau. Boah, so viele Menschen auf engsten Raum: sparsam und sehr ärmlich, aber relativ sauber. Aus der Dunkelheit schauten Kinderaugen die beiden Fremden staunend an, die sich in diese Gasse verirrt hatten. Sie wurden dort sogar noch mit Keksen, Kaffee und Obst bewirtet. Danny gab dazu seine beiden letzten Zigarillos für Sumith und dessen Schwiegervater. Die dazugehörige Zigarillo-Kiste aus Blech bekam Sumiths Sohn. Das war schon extrem und eindrucksvoll für sie ›verwöhnte‹ und ›reiche‹ Europäer, so etwas mal hautnah zu sehen. Denn so ärmlich hätten sie sich Sumiths Verhältnisse trotz seiner Schilderungen nicht vorgestellt:»That's the real life here in Sri Lanka.« Das war also die Kehrseite des Touristen-›Paradieses‹. Nie merkten sie ihm das an, dem kleinen gebildeten und emsigen Singhalesen, dass er unter solchen Verhältnissen lebte. Dabei konnte er sich sogar gewandt in Englisch und gebrochen in Deutsch verständigen. Aber er wollte nicht den Mut verlieren. Auch wenn ab Mai die Touristensaison vorbei sein würde, und er deshalb kein Geld mehr verdienen konnte. Weder zum Leben, noch um die monatlichen 6000 Rupien Schulden abzubezahlen. Vielleicht müsste er deshalb auch in der Zukunft mal ins Gefängnis. Boah, so rau waren dort die Sitten. Aber er wollte weiter an seinem Traum arbeiten. Das wäre die Einrichtung eines kleinen Kaffeehauses mit Gebäck, deutschem Kaffee und deutscher Rockmusik für die Touristen. Falls es ihm gelingen würde, wollte Danny ihm ein Päckchen mit deutschem Kaffee und einen Deutschrock-Sampler als Starthilfe schicken. Erst mal schenkten sie ihm zum Abschied ein schönes Trinkgeld und hofften für ihn, dass es klappen würde mit dem Kaffee-Haus:»viel Glück dabei. And good-bye, Sumith.« Schließlich brachte er sie noch zurück nach Wadduwa zu ihrer Bungalow-Anlage. Dazu fuhren sie mit einem ›Three-Wheeler‹, so eine Art Tuk Tuk. Das war Monis erste Fahrt mit solch einem überdachten dreirädrigen Motorroller. Da es bereits dunkel geworden war, sahen sie auch kaum noch etwas, besonders auf den unbeleuchteten Landstraßen. Das hatte Danny auch schon damals in Indien gehasst. Unter ständiger Lebensgefahr im Dunkeln mit dem Motorrad über unbeleuchtete Landstraßen zu fahren. So geschah es ihnen denn auch in Sri Lanka. Boah, quietschende Tuk Tuk-Bremsen. Ihre letzten Sekunden drohten. Denn plötzlich schwebte für einen Moment ein wahrscheinlich vom gegorenem Palmwein trunkener Radfahrer waagrecht durch die Luft. Zum Glück fing sich dieser verdächtig schaukelnde Radfahrer wieder an den Straßenrand. Uuiijj, es war glücklicherweise nix passiert, denn der Tuk Tuk-Fahrer hatte super reagiert.

Dann am nächsten Morgen hieß es Abschiednehmen von all den schönen Dingen, die sie lange nicht mehr sehen, schmecken oder fühlen würden. Die frischen Kokosnüsse oder Thambili genannt, Mangos, frisch gepresste Tropensäfte und ein letztes Bad im Meer. Bye-bye Eisvogel, Yellow-eared Bulbuls, die endemische Starenart Grackles *(Eulabes ptilogenys)* und all die putzigen Streifenhörnchen. Ein letztes Streicheln des warmen Tropenwinds.

»Und bye-bye all ihr lieben Menschen hier …!«

Dagegen entpuppte sich die abenteuerliche Rückreise als ein echtes ›Straßen-räuber‹-Stück. Ihre Airline ›Air Lanka‹ warb mit ›a taste of paradise‹, aber nur das Lächeln der Stewardessen versprach das Paradies. Demgegenüber brachte sie die chaotische Organisation in die Hölle, oder zumindest ins ›Fegefeuer‹. Denn nach 48 Stunden ohne Bett landeten Moni und Danny statt zu Hause in Hagen völlig erschlagen in einem Bett des Sheraton-Hotels Frankfurt.

Das war übrigens dasselbe Hotel, in dem Danny fünf Jahre vorher schon einmal eine der merkwürdigsten Nächte seines Lebens zusammen mit Carlos und Harry auf Kosten der Air Egypt verbrachte. Damals war der ›Sandstorm in Kairo‹ der Verhinderer des Abflugs nach Thailand. Dieses Mal bezahlten sie selber 249,-- DM für die Übernachtung und ein extra üppiges Frühstück. Danny musste zwar das Geld per Kredit-Card erst einmal vorstrecken. Er bekam es allerdings hinterher von der Air Lanka wieder zurück. Genauso wie alle anderen ihrer Forderungen wegen ihres ungewöhnlichen Rückweges. Inklusive des Gegenwertes für den extra Urlaubstag, den sie beide wegen der verspäteten Heimkunft benötigten.

Was war also geschehen? Tja, das kam so: pünktlich wurden sie um Mitternacht von ihrem Hotel in Wadduwa abgeholt. Dann folgte die Nachtfahrt durch Colombo. Trotz des nächtlichen ›Mörder‹-Verkehrs erreichten sie pünktlich den Flughafen. Dort waren sie sogar die ersten ihrer Busgruppe. Denn sie hatten ja nur leichtes Gepäck in Form ihrer Rucksackkoffer. Aber dann bei der Sicherheitskontrolle, da fiel bei der Durchleuchtung der Koffer Dannys Machete auf. Die hatte er sich auf dem Markt in Panadura gekauft, um damit selbständig Kokosnüsse öffnen zu können. Die Zöllner waren sehr misstrauisch. Dann schwärmte Danny ihnen vor, wie lecker die Thambilis immer waren, die er mit dieser Machete täglich geöffnet hatte. Schließlich wurden sie durchgelassen. Aber nur mit dem abgenommenen Versprechen, die Machete auf keinen Fall mit in die Flugzeugkabine zu nehmen. Nach diesem ganzen Hin und Her mit der Machete am Sicherheits-Check waren sie dummerweise die letzten von ihrer Gruppe am Check-In-Schalter. Vielleicht wäre ihnen das nun Folgende ohne die Machete gar nicht erst geschehen. Das gleiche passierte übrigens 15 anderen aus ihrer Gruppe ebenfalls. Denn nur die allerersten kamen noch mit. Dabei hatten sie doch alle rückversicherte Tickets mit Okay. Das sollte normalerweise zum Rücktransport reichen.

Aber die Air Lanka machte plötzlich ihr eigenes Dingen. Statt die 17 Wartenden mitzunehmen, ließen sie einfach spontan die Kricket-Nationalmannschaft auf ihren gebuchten und rückversicherten Plätzen fliegen. Damit war die Maschine voll. Sie warteten stundenlang draußen vor dem Check-In-Schalter. Niemand teilte ihnen mit, warum es nicht weiterging. »Boah, was waren wir sauer.« Dabei sahen sie sogar 17 junge, ausgesprochen groß gewachsene singhalesische Männer in Ausgeh-Uniform und Krawatten wie selbstverständlich an ihnen vorbei durch den Check-In-Schalter gehen. Die Singhalesen waren ja sonst eher klein und schlank. Aber in dem Moment dachten sie sich erst mal nix Schlimmes dabei. Später erfuhren sie dann doch noch den Grund, warum sie eine ganze Nacht im Ungewissen und ohne Wasser und Essen dumm in der Abfertigungshalle gestanden hatten. Boah, da wuchs Dannys Hass auf Kricket ins Unendliche. Zumal ihm dieses undurchsichtige Spiel eh schon immer suspekt war.

Dann wurden sie plötzlich am nächsten Morgen gefragt: »Möchte jemand vielleicht nach London fliegen?« Sie zögerten nicht lange und dachten: »Besser erst mal nach Europa kommen, als noch länger im unfreundlichen Chaos von Colombo bleiben.« Nach einer ganzen Nacht ohne Schlaf, Essen und Trinken, dafür aber mit viel Bangen, war diese Entscheidung sehr verständlich. So leitete man sie kurzerhand nach London um. Abflug 09.00 Uhr morgens endlich, wenn auch ins falsche Land. Kurz vor dem Abflug aus Colombo wurde ihnen dann sogar ein Frühstück spendiert. Das schmeckte jedoch so beschissen, dass Moni gleich ganz drauf verzichtete. Danny trieb's auch nur der Hunger rein. In London kamen sie dann nach einem Zwischenstopp in Dubai, Vereinigte Arabische Emirate, mit einer halbstündiger Verspätung an. Deshalb blieben ihnen auch nur 25 Minuten, um den Anschlussflug nach Frankfurt zu erreichen. Da sie auf dem riesigen Flughafen London-Heathrow noch mit dem Transferbus von einem Ende zum anderen fahren mussten, schafften sie nur unter größten sportlichen Anstrengungen gerade noch die Frankfurt-Maschine. Danny spurtete wie ein ›junger Gott mit Marschgepäck‹, merkte dabei weder Knie noch Oberschenkel, und erreichte als erster der Nachzügler den Flieger. Moni war die Zweite: »Silbermedaille. Bravo!« Insgesamt schafften das überhaupt nur fünf Personen ihrer Gruppe aus dem ›Air Lanka-Betrugsdezernat‹. Ihr Gepäck dagegen nicht, das blieb wohl noch in Heathrow. Das erreichte sie erst einige Tage später in einer großen Pappkiste mit der Post. Es war offensichtlich geöffnet worden, durchwühlt und beraubt. Glücklicherweise hatten sie die schönen T-Shirts aus Sri Lanka drin gelassen. Die fanden dann später Platz in Dannys Textil-Album.

Nun ja, in Frankfurt kamen sie dann mit neunstündiger Verspätung an. Dafür aber ohne Koffer. Sie hatten seit 48 Stunden nicht mehr geschlafen. Und eine Zugverbindung nach Hagen gab es um 23.00 Uhr nachts auch nicht mehr. Deshalb also ab ins Sheraton. Dort lagen sie dann im Fünfsterne-Bett und konnten nach nur drei Stunden Schlaf noch nicht einmal weiterschlafen. War es die Aufregung? Zeitumstellung? Ungewohnter Luxus? Überdrehtheit? Oder immer noch der Ärger über die unverschämten ›Kricket-Piraten‹ von Colombo …?

Rätselhaftes Tropenfieber in Taiwan

1992 reiste Danny zusammen mit seiner damaligen Freundin Marina, wieder mal mit Lia und ihrem damaligen Freund Flo für fünf Wochen über die Insel Taiwan. Die wurde früher Formosa genannt, die Schöne. Mit zwei blonden Frauen unterwegs unter Millionen von schwarzhaarigen Chinesinnen und Chinesen: das alleine sorgte schon für einiges Aufsehen.

Am Anfang der Rundreise wollten sie von Kaoshiung, der zweitgrößten Stadt und größten Hafenstadt Taiwans, nach Kenting, der südlichsten Stadt der Insel. Vom Bahnhof Kaoshiung fuhren sie mit der Eisenbahn gen Osten bis zur Endstation Pingtung. Der südliche Teil Taiwans liegt ja in den Tropen, so dass es in Pingtung noch viel heißer war als in ihrer vorigen Station Tainan, der Stadt der hundert Tempel. In Pingtung stiegen sie am Busbahnhof in einen Bus und fuhren durch Palmenhaine weiter nach Hengchun. Unterwegs sahen sie am Osthorizont hohe Gebirgsketten, durch die sie später auch noch reisen würden. In Hengchun bekamen sie Kontakt zu einem jungen Paar aus der Hauptstadt Taipeh, das genau wie sie nach Kenting wollten. Sie sprachen zwar kein Englisch, waren aber liebenswürdig und hilfsbereit und nannten sich mit den englischen Namen Andy und Cindy. Die Verständigung mit ihnen lief über Zeichensprache, Gesten und viel Gelächter. In Hengchun bemerkte Danny schon erste ungewöhnliche Schwächegefühle an sich. Ihm war inzwischen alles egal. Er wollte bloß noch ein Bett, um seine geschwächten Knochen endlich auszuruhen. Schließlich waren sie im Küstenort Kenting angekommen und hatten dafür die Insel Taiwan einmal von Nord nach Süd durchquert. Danny war nur noch fertig. Glücklicherweise hatten sie mit Andys Hilfe ein Zimmer in einer Pension in einer ruhigen Seitenstraße gefunden.

An diesem verlängerten Wochenende wurde in Taiwan der Geburtstag der Göttin der Mildtätigkeit Kuan-Yin gefeiert, eine der populärsten religiösen Gottheiten in Taiwan, Japan und Korea. Außerdem ist sie die Schutzpatronin Taiwans. Und alle jungen Leute kamen genau an dem Wochenende zusammen, um zu feiern. Tausende von Bussen mit jungen Leuten aus der Hauptstadt Taipeh kamen am gesamten Wochenende. Und ganz Kenting steckte im Stau. Das war dann ungefähr so wie Ostern oder Pfingsten im holländischen Domburg, wo auch immer eine ganze Menge junger Leute hinkommen. Dazu müsste man sich vorstellen, dass Domburg das einzige Seebad in den Niederlanden wäre, wo dann alle hin müssten. Außerdem lieben es ja die Chinesen, dicht gedrängt zu leben und zu feiern. Einzelne Menschen gelten als einsam und bemitleidenswert.

Das ganze Land befand sich deshalb im Ausnahmezustand, um das traditionelle Fest in einem schönen tropischen Küstenort zu feiern. Deshalb waren auch alle Hotels belegt. Und sie waren froh, dass sie ein einigermaßen günstiges Zimmer bekommen hatten.

Als Danny schlapp das Zimmer erreichte, wollte er nur noch liegen. Er maß seine Temperatur, die auch erhöht war. Am nächsten Tag stieg das Fieber erst auf 38,9°C, dann sogar auf 39,35°C an. Damit hatte er seine zweithöchste Fiebertemperatur als Erwachsener erreicht. Die höchste war 39,4°C, die er mal auf der mexikanischen Karibikinsel Isla Mujeres wegen einer Salmonellenvergiftung hatte. Der Grund seiner Krankheit in Taiwan war ihm völlig schleierhaft. Deshalb bat er Flo, ihm in Kenting ärztliche Hilfe zu holen. Doch dort gab es keinen Arzt. Für eine Konsultation müsste er in eine Klinik. Und das nächste Krankenhaus war 9 km weit entfernt in Hengchun. Aber Danny fühlte sich überhaupt nicht transportfähig.

Andy und Cindy kamen zum Krankenbesuch und brachten ihm zwei Bananen mit. Dazu kochten sie ihm eine chinesische Heilsuppe aus Ingwer und braunem Kandiszucker. Boah, die war heiß, scharf, süß und lecker. Erst ließ sie ihn einschlafen, dann wie ›ein Teufel‹ schwitzen. Danach ging's ihm sichtlich besser. Er schleppte sich zwar überall nur so hin, und alles war anstrengend.

Aber er konnte dann am Spätnachmittag auch mal kurz zum Strand. Dort konnte er wenigstens seine Füße ins tropische Wasser halten. Flo hatte sofort am ersten Abend im Meer gebadet. Marina ab dem zweiten Tag in Kenting dann auch täglich. Danny dagegen war eher elendig zumute. Er hatte Kopf- und Halsschmerzen, Husten, Schnupfen, Schüttelfrost, unterschiedlich hohes Fieber und eine enorme Schlappheit. Dazu kam nach einem Tag auch noch Durchfall. Sie rätselten, was er sich denn da wohl eingefangen haben könnte?

Da waren sie nun im Süden Taiwans an dessen einzigem Tropenstrand angelangt. Aber Danny traute sich nicht ins Meer, da er vier Tage Fieber hatte. Ihm war so heiß, so heiß, von innen und von außen. Deshalb lag er textilfrei im Bett, bis ihn der Schüttelfrost wieder ereilte. Und die Decke kam erneut zum Einsatz.

Am letzten Abend mit Andy und Cindy gingen sie zusammen ins Peking-Hotel-Restaurant. Dort genossen sie eine richtig schöne chinesische Tafel mit Fisch, Geflügel, Fleisch, Gemüse, Tofu, Suppe, Früchten, Bier für die Gesunden, und chinesischem Tee für Danny. Es war sehr lecker, und das Auge hatte bei diesem Mahl auch was zum Gucken.

Während Danny im Hotelzimmer rum drömmelte und auf Besserung seines Körpergefühls hoffte, trieben sich die anderen drei so herum. Einmal hatten sie sich jeder ein Zehngang-Fahrrad geliehen und fuhren damit zum Kenting-Nationalpark. Der war zwar nur vier Kilometer von Kenting entfernt, dafür ging's dann aber straight bergauf. Huuuiiijjj, und das bei tropischer Mittagshitze.

Dann erlebten sie das große ›Pai-Pai‹ durch die Kenting-Road. Das hatten sie gar nicht erwartet. Es wurde ihnen also ziemlich überraschend was geboten. Denn das ›Pai-Pai‹ war eine farbenprächtige religiöse Prozession mit rituellen Kampfhandlungen. Da wurden an jedem Geschäft Knallfrösche geworfen. Sie sollten den Geschäftsinhabern Glück und Fruchtbarkeit bringen. Dafür gab es vor den Geschäften auch Opfertische mit Obst, Getränken und Räucherstäbchen.

Männer auf den LKWs trommelten sich die Seele aus dem Leib. Dazu ein Lärm-Kaleidoskop von Zimbeln, Lautsprechern mit Musik, den Knallfröschen auf der Straße und die sich gegenseitig laut anfeuernden Kampfparteien. Diese Geschichte war ja äußerst interessant und farbenfroh. Das ließ Dannys Lebensgeister für kurze Zeit höher steigen. Es ging auf und ab mit seinen Fieberphasen. Einmal hatte er so was wie akustische Halluzinationen. Es war dunkel im Zimmer. Und er hörte helle Glöckchen bimmeln, so als würden draußen vor dem Fenster auf einer kühlen saftigen Alm Ziegen weiden und bei jeder Kopfbewegung mit ihren Halsglöckchen bimmeln. Aber in Wirklichkeit stellte es sich heraus, dass der Luftzug der Aircondition die Glasröhrchen des Deckenlüsters aneinander ticken ließ und somit das Bimmeln verursachte, hihihi.

Oben links: Kuan-Yin, die Göttin der Mildtätigkeit. Oben rechts: das Taiwan-T-Shirt aus dem Textil-Album. Mitte links: ›Der Tiger von Eschnapur‹. Mitte rechts: die Fiebertabelle während des Tropenfiebers. Unten: Pai-Pai in Kenting

173

»Es war schon immer etwas teurer, einen besonderen Geschmack zu haben …«, hieß es mal bei irgendeiner Zigarettenreklame. Taiwan erschien ihnen wirklich ziemlich teuer, zumindest für ein Dritt-Welt-Land. So teuer wie daheim in Deutschland allemal. Und dazu mussten sie auch noch die feucht-heißen Leiden der Tropen auf sich nehmen. Auf jeden Fall versuchte Danny, jeden Tag eine Young Coconut zu schlürfen: »mmhhh.« Die waren immer lecker, erfrischend und soooo gesund.

Nach vier Tagen verschwand Dannys Fieber endlich. Am ersten Genesungstag trank er sich aus lauter Übermut ein Glas Bier. Das gab's da vom Fass beim Dim-Sung-Stand. Boah, aber das warf ihn kreislaufmäßig dermaßen um, dass er sofort heim ins Bett wanken musste. Dafür schmeckte ihm mit neuem Appetit am nächsten Morgen sein erstes Dim-Sung-Frühstück im Leben total gut. Beim Dim-Sung wurden die Teigbällchen in übereinander gestapelten runden Körbchen gedünstet.

Schließlich kam ihre letzte Nacht in Kenting. Am nächsten Tag sollte es nämlich nach Norden gehen. Dort sollte es 4°C kälter sein, also nur noch 26°C warm. Da floss deshalb bei ihnen das Mineralwasser in Strömen. Früh ins Bett – früh auf – Frühstück im Gong-House. Dann kam die Reise in drei Etappen. Erst die Busfahrt von Kenting nach Heng Shun. Von dort aus weiter nach Feng Kang. Und schließlich zu ihrem Tagesziel Taitung. Sie hatten eine wunderschöne Busfahrt durch das Gebirge, durch Teefelder und entlang der teilweise mit Steilküste versehenen Ostküste. Und so ging es weiter und weiter durch Taiwan. Nach Taitung verließen sie die sturmumtoste Pazifikküste. Sie kletterten mit einem Reisebus durch die Marmorschlucht hoch ins Gebirge. Was für ein Kontrast zum tropischen Strand von Kenting. Nun die Kälte im Gebirge der Marmorschlucht. Da hatte Danny Textilfreiheit höchstens in der Nacht beim Sex. Vom Gebirge reisten sie weiter zum Sun-Moon-See. Danach ging's zur Westküste zum religiösen Wallfahrtsort Taichung. Dort sahen sie viele Tempel und erlebten religiöse Umzüge. Dabei gab es teilweise sogar blutige Selbstgeißelungen der in Trance wankenden Beteiligten.

Und schließlich gelangten sie zur Hauptstadt Taipeh. Dort gab es diverse Unruhen. Zuerst nachts ein Erdbeben. Danny wachte auf und dachte: »Warum hüpft denn Marina um diese Zeit und dann auch noch so lange auf dem Bett herum?« Aber niemand hüpfte. Dafür wackelten das ganze Hotelzimmer und das komplette elfstöckige Gebäude. Er hatte das Gefühl, ihr Bett hätte Gummibeine und schwabbelte so vor sich her. Glücklicherweise war's ein gutartiges Beben. Denn es hörte rasch wieder auf, ohne in ihrem Hotel Schäden zu verursachen. Und es kam glücklicherweise auch nicht wieder.

Ihre Rückreise mit dem Flieger von Taipeh aus sollte am Dienstag nach Ostern sein. Flo hatte gehört, dass in Taipeh für drei Tage lang politische Demos geplant waren. Und zwar für den Ostersonntag, den Ostermontag und eben für diesen Dienstag. Es könnte unter Umständen wegen der erwarteten Extremisten zu Gewaltmaßnahmen bei diesen Ostermärschen kommen. Tatsächlich sahen sie in der Innenstadt Tausende Demonstranten mit gelben Stirnbändern, die von jeder Menge bewaffneter Uniformierter mit Panzern begleitet wurde. In der Luft lag eine explosive Stimmung.

Wie angenehm ruhig war es dagegen in ihrem Viertel mit den engen Gassen der Zünfte. Leider für ihre Rückreisepläne zu ruhig, da sie dringend ein Taxi für die Fahrt zum Flughafen benötigten. Denn wegen der zentralen politischen Riesen-Demonstration fielen alle Buslinien aus. Sie wollten heim, dafür brauchten sie nur noch den Flughafen zu erreichen: »aber wie …!?« Da geschah das Unglaubliche. Sie standen schon eine geraume Zeit an der Straße und winkten nach einem Taxi. Hunderte fuhren vorbei, aber keines hielt. Plötzlich hielt ein Privatwagen. Darin saß ein ihnen unbekannter Mann, der sich als Mike Chen vorstellte. Aus reiner chinesischer Freundlichkeit fuhr er sie zum Flughafen. Und somit eine ganze Stunde durchs Großstadtgewühl. So was Nettes kann man sich in Deutschland kaum vorstellen. So schafften sie es dann tatsächlich doch noch rechtzeitig, den Flieger nach Deutschland zu bekommen. Dank Mike Chen. Vielen vielen Dank!

Aber was war denn nun eigentlich mit Dannys Fieberkrankheit? Was hatte er sich denn da wohl in Taiwan eingefangen? War es womöglich eine leichte Form von Denguefieber? [*]

Oder ganz was anderes?

---

[*] *»Die Viruskrankheit Denguefieber kommt überall in Südost-Asien vor, vor allem an den Küsten. Sie wird durch die Aedes aegypti-Mücke übertragen, die an ihren schwarz-weiß gebänderten Beinen zu erkennen ist. Sie sticht während des ganzen Tages. Die Inkubationszeit beträgt bis zu einer Woche. Dann kommt es zu plötzlichen Fieberanfällen und Kopf- und Muskelschmerzen. Nach 3 – 5 Tagen kann sich ein Hautausschlag über den ganzen Körper ausbreiten. Nach 1 – 2 Wochen klingen die Krankheitssymptome ab. Nur ein zweiter Anfall kann zu Komplikationen führen.« aus: Stefan Loose – Thailand Der Süden, S. 20, 1998*

Na egal, Hauptsache mit dem Leben davon gekommen zu sein. Nach Dannys Tropenfieber in Kenting, dem Erdbeben und politischen Turbulenzen am Osterwochenende in Taipeh schafften sie es gerade noch rechtzeitig, den Flughafen zur Heimreise zu erreichen.

Was blieb? Sie blickten zurück auf ein rätselhaftes Land voller Gegensätze zwischen volkstümlichem Taoismus, strengem Zen-Buddhismus und modernem Kapitalismus. Mit nach Hause nahm er das gelbe T-Shirt mit dem Tiger drauf, das später im Textil-Album gelandet ist.

Erst der Hai, dann der IS auf den Malediven

Im Oktober 2002 hatte Moni ihren 50. Geburtstag. Um diesen besonderen Ehrentag auch besonders zu zelebrieren, wünschte sie sich, ihn auf einer Malediven-Insel zu feiern. Gesagt – getan; geplant – gespart; gebucht – gereist. So kamen Moni und Danny nach 36 Stunden auf den Beinen auf der tropische Malediven-Insel Angaga im Süd-Ari-Atoll an, müde und zerschlagen. Danach fielen sie erst mal in einen unruhigen Schlaf. Nach dem Aufwachen entpuppte sich Angaga als die Trauminsel schlechthin. Es war eine runde ›Spiegelei-Insel‹ mit Kokospalmen rundum und grell weißem, aber Puderzucker-feinem Korallensandstrand. Sie hatten einen schönen weißen Steinbungalow im Schatten einer Kokospalme direkt am Strand, und als Extra noch eine Maledivenschaukel aus Holz auf ihrer Terrasse. Dazu spannte Danny sich noch seine echte Hängematte aus Yucatan auf. Es durfte gemütlich werden. Bereits beim zweiten Schnorchelgang am Vormittag des zweiten Urlaubstages hatten sie das Glück, unter Wasser eine Meeresschildkröte von etwa 40 cm Größe zu beobachten. Wahrscheinlich war es eine Karettschildkröte? Erst tauchte sie ab und äste danach auf dem Meeresgrund. Was für eine Freude für die beiden.

Dann kam der 20. Oktober 2002, das war Monis 50. Geburtstag. Ein Geschenk machte ihr der Indische Ozean: beim Schnorcheln trafen sie die Schildkröte wieder. Sie war gerade beim Auftauchen. Sie beobachteten sie mehrere Minuten, da sie drei bis vier Mal Luft holte. ›Schildi‹ verhielt sich dabei ohne jede Panik. Sie ließ Danny sogar so nahe herankommen, dass er von ihrem Kopf eine Porträtaufnahme machen und ihr sogar über ihren Panzer streichen konnte. Zum ersten Mal schnorchelten die beiden mit einer Einweg-Unterwasserkamera. Dabei ›jagte‹ Danny vor lauter Begeisterung in einer Dreiviertel Stunde einen 27er-Film durch. Dann entdeckten sie beim Schnorcheln in der Lagune noch einen schönen Riffstreifen, wo jede Menge neue Korallen in allen Farben wuchsen. Das war schön zu sehen, dass sie nach ›El Nino‹ doch wieder weiter wuchsen. Vom Resort gab es als Geschenk einen speziell gedeckten Tisch im Restaurant beim Abendessen für die beiden, wo mit Blüten und Kokosnuss-Blattstreifen stand: **HAPPY B‹DAY – 50.** Und alles war zusätzlich um ihre Teller mit Blumen dekoriert: wirklich sehr nett anzuschauen. Später in der Bar wurden sie übrigens von einem Ober aus Bangladesch bedient. Vorher hatten sie schon einen indischen Koch kennen gelernt und mit einem Koch aus Sri Lanka gesprochen. Ihr Waiter im Restaurant kam aus Gan, eine Malediveninsel südlich des Äquators.

Sie lernten Paul und seine Frau Heike kennen, ein nettes Paar aus Wien, mit dem sie sich zu einem gemeinsamen Nachtschnorchelgang verabredeten. In der Tauchschule von Wolle Lübbers liehen Paul, Moni und Danny sich jeder eine Unterwasser-Taschenlampe. Da es in den Tropen schon früh und schnell dämmert, ging es dann ab 18.30 Uhr rein ins Wasser. Heike machte an Land Fotos, und Paul unter Wasser. Danny zog sich seine grüne Regenjacke an, um unter Wasser nicht zu frieren. Joh, das klappte auch. Es war auch gar nicht so gefährlich, es war eher alles ›easy‹. Die Fische im Dunkeln zu sehen, die sie tagsüber nie sahen, war ein fantastisches Erlebnis. Das war besser als Tauchen. Sie sahen dabei jede Menge Lobster und Strahlenfeuerfische, sodann Griffel-Seeigel, Kissen-Seeigel, einen Masken-Igelfisch, und Moni sah sogar einen Rochen. Besonders schön war das Aufblühen der Strahlensterne in vielen Farben, die tagsüber nur lasch herumhingen, nachts aber erstrahlten. Es gab natürlich auch einige andere bunte Tropenfische zu sehen, die sie auch von tagsüber kannten: die gelb-schwarz längs gestreiften Süßlippen oder die langen Trompetenfische. Leider sahen sie auch quallenähnliche Säckchen. Und da es anfing zu pieksen, gingen sie wieder raus aus dem Wasser. Aber trotzdem waren sie glücklich und frohgelaunt ob dieses seltenen Erlebnisses.

Beim zweiten Nachtschnorchelgang kam Heike auch mit. Da sahen sie allerdings nix Neues außer haarigen Einsiedlerkrebsen, die in ihren Häuschen herumwanderten. Dafür ging Dannys Unterwasserlampe bestimmt zehn Mal aus. Die hatte wahrscheinlich ein Wackelkontakt. So kam er jedenfalls nur mit Mühen wieder aus dem Wasser raus. Hauptsächlich musste er sich durch den Lichtschein der Anlegersteg-Lampen orientieren. Nach dem zweiten Nachtschnorcheln hatte Danny diese juckenden Pöckchen auf der Haut bekommen. Die Blonde von der Tauchschule meinte, dass es sich dabei um nesselnde Meeresbewohner handelte. Sie tippte auf Plankton, Nesseltierchen oder Fetzen von Nesselquallen, die im Wasser piksten. Danach wussten sie es wenigstens, aber es juckte trotzdem.

Ursprünglich wollte Danny auf Angaga ja sogar tauchen. Dafür hatte er sich extra eine Tauchunbedenklichkeits-Bescheinigung von seinem Arzt in Hagen ausstellen lassen. Aber nachdem sie die Tauchschule auf Angaga erlebt hatten, nahm er von dem Plan lieber wieder Abstand. Vor allem die schnippischen Blicke des muffeligen Leiters Wolle hatten ihm die Lust auf's Tauchen vergällt. Aber auch so wollte er lieber die Faulheit des Urlaubes genießen, statt sich – wie sonst im beruflichen Alltag – mit neuen Verbindlichkeiten zu belasten. Sie hatten auch so beim Schnorcheln ihre Freude und sahen unheimlich viele verschiedene und bunte Tropenfische. Dabei unter anderem auch seine Lieblingsfische, die Wimpelfische. Die befanden sich auch auf dem T-Shirt, was sich in Dannys Textil-Album rettete. Sicherlich war einer der Höhepunkte, als sie am siebten Schnorcheltag einen circa 1,5 Meter langen Weißspitzen-Riffhai am helllichten Nachmittag für gut eine Minute lang unter sich her schwimmen sahen. Der patrouillierte nur ganz ruhig am Riff entlang. Ein anderes Mal entdecken Moni und Danny am Außenriff hinter der südlichen Lagune einen kleinen, etwa einen Meter langen, Weißspitzenhai. Die sollten ja an sich für Menschen ungefährlich sein. Als er sie ebenfalls entdeckte, bog er in die flache Lagune ab. »Das ist die Gelegenheit, ein Unterwasserfoto vom Hai zu machen,« dachte sich Danny. Deshalb schwamm er parallel zu ihm am Außenriff entlang und wartete darauf, dass der Hai auch wieder zum Außenriff abbog. Dabei musste Danny sich ganz schön sputen und enorme Flossenschläge machen, um ihm überhaupt einigermaßen in Sichtweite folgen zu können. Denn so ein Hai haut ab wie eine Rakete. Als er dann endlich in seine Richtung zurück zum Außenriff abbog, hatte er ihn auf einmal frontal vor sich mit seinem breiten und bulligen Maul. »Boah, sach ich euch, das war ganz schön unheimlich.« Er versuchte zwar, ein Unterwasserfoto vom Hai zu machen. Aber als er hinterher den entwickelten Film sah, war auf dem Foto nur blaues Wasser weit und breit. Haha, der Hai war einfach zu schnell für ihn gewesen.

Diesen Hai sahen sie beim Schnorcheln unter sich her schwimmen. Oben rechts: das
Wappen der Malediven. Unten links: das Malediven-T-Shirt aus Angaga aus dem
Textil-Album. Unten rechts: das ›grüne Meerungeheuer‹ beim Nacht-Schnorcheln

Aber es gab auch eine Kehrseite der Tropen. Palmengesäumte weiße Strände
mit türkisblauem Meer symbolisierten die Tropenträume der westlichen
Touristen. Doch diese Tropen waren tückisch. Erst einmal war es dort total
schwül. Deshalb mussten sie Unmengen von Wasser weg saufen. Gut, das war
ja noch okay. Aber die kleinen unsichtbaren ›Quälgeister‹ machten den Touris das Leben schwer. Erst erwischte es Moni. Sie bekam am ganzen Körper

juckende Nesselpöckchen. Danach erwischte es auch Danny. Zusätzlich hatte
er eine Raupe mit giftigen Flaumhärchen am Oberschenkel. Dort bekam er
am nächsten Tag einen bierdeckelgroßen juckenden Pockenfladen als Aus-
schlag. Da wollten sie schon gar nicht mehr aus der Kühle des airconditioned
Bungalow raus. Und erst recht nicht in das erfrischende Meer mit all seinen
Nesseltierchen. Aber es gab ja auch noch einiges oberhalb des Meeresspiegels
zu bestaunen. Allen vorweg die Inselflora mit den vielen Kokospalmen, dem
Inbegriff einer ›Trauminsel‹. Außerdem gab es noch die Schraubenpalmen
mit den typischen Luftwurzeln, Frangipani-Bäume mit den weißen Blüten,
Flammenbäume mit roten Blüten, Schönmalven, kleinblütige Ackerwinden
und eine Art Banyan-Baum. Neben der üppigen Meeresfauna gab es auf der
Insel ein paar Flughunde, eine Katze, ein paar Ratten, zwei Reiher, mehrere
Glanzkrähen, Seeschwalben, Stelzenvögel, Stelzentyrannen und kleinere
Strandläufer, Geckos, riesige Ameisen, kleine Kakerlaken, wenige Mücken,
Fruchtfliegen, Raupen, Falter und Springspinnen.

Die 250.000 sehr freundlichen Malediver waren zwar zu 100 % sunnitische
Muslime, hatten aber mit jedweden fundamentalistischen islamischen Ideen
nix am Hut. Jedenfalls galt das für die, mit denen sie sprachen. Ansonsten waren »die Malediven ein Paradies, aber nur für Touristen. Denn seit 28 Jahren
regierte Staatschef Maumoon Abdul Gayoom den kleinen Inselstaat mit harter
Hand. Wer opponierte, musste ins Gefängnis. Nach schweren Unruhen in der
Hauptstadt Male im Jahr 2003 versprach Gayoom politische Reformen und
richtete eine verfassungsgebende Versammlung ein. Aber am 14.05.06 verhaftete dann seine Polizei erneut rund 200 Leute, die sich zu einer friedlichen De-
monstration zusammengefunden hatten. Die Regierungsgegner von der MDP
klagten, also der ›Demokratischen Partei der Malediven‹, dass Gayoom die
politischen Reformen verzögerte und gleichzeitig versuchte, die Opposition zu
zerschlagen. MDP-Chef Mohammed Nasheed saß seit Monaten im Hausarrest
und wartete auf einen Prozess wegen Terrorismus und Landesverrat.«* Aber
die größte Gefahr für die Malediven kommt von außen. Noch liegen die 1.200
Atolle der Malediven über dem Meeresspiegel. Aber auf Grund der Erderwär-
mung und der damit verbundenen Abschmelzung der Pole wird es nur noch
eine Frage der Zeit sein, bis die äußerst flachen Malediven-Inseln für immer

---

* *Badische Zeitung vom 13.06.06*

im Meer verschwunden sein werden. Zumal ja auch die höchste Erhebung der Malediven ganze 1,8 Meter über dem Meeresspiegel liegt. Probeweise geschah das ja schon nach dem Tsunami im Indischen Ozean am 26.12.2004 vorübergehend. Da standen viele Malediven-Inseln 1 – 2 m unter Wasser. Zwar gab es mit 73 Toten nicht so viele Todesopfer wie in Sri Lanka, Thailand oder Sumatra, aber trotzdem einen enormen Sachschaden. Das zur Klimaveränderung. Aber die politische Realität in der Diskrepanz zwischen dem ›Traumziel für Touristen‹ und dem ›Hort von Terroristen‹ entwickelte sich drastisch. »Im Verhältnis zur Gesamtbevölkerung schließen sich auf den Malediven weltweit die meisten Menschen der Terrormiliz des sogenannten ›Islamischen Staats‹ (IS) an. Wie kommt es zu diesem extremen Kontrast? Traumhafte Sandstrände, Palmen so weit das Auge reicht und türkisblaues Wasser locken jährlich mehr als eine Million Touristen auf die Malediven, darunter rund 100.000 Deutsche (Stand: 2014). Doch die aus mehr als 1.000 Inseln bestehende Republik im Südwesten des indischen Subkontinents hat auch eine dunkle Seite. Aus keinem Land der Erde reisen relativ gesehen so viele Menschen nach Syrien, um sich dem sogenannten ›Islamischen Staat‹ anzuschließen. Mehr als 200 sollen es bei einer Gesamtbevölkerung von 345.000 bisher gewesen sein. Dagegen kamen aus Deutschland (80 Mio. Einwohner) im Vergleich rund 800 IS-Anhänger. Schon die Reise- und Sicherheitshinweise des Auswärtigen Amtes verdeutlichen, dass das paradiesische Image der Realität auf den Malediven nicht stand hält. So wird angesichts der ‹anhaltenden politischen Instabilität‹ vor Menschen-Ansammlungen insbesondere in der Hauptstadt Malé gewarnt. Mit Verweis auf die Staatsreligion des sunnitischen Islam wird darüber hinaus vor Einfuhr von Alkohol und dem Tragen ›unangemessener Badebekleidung‹ wie Bikinis außerhalb der touristisch erschlossenen Ressorts abgeraten. Es gelten die Gesetze der Scharia. Präsident Abdulla Yameen regiert das Land seit 2013 mit eiserner Hand. Kritiker werden mundtot gemacht, die Opposition unterdrückt. Ende 2014 demonstrierten erstmals IS-Sympathisanten in Malé. Zwei Jahre später haben sich schon mehr als 200 Einheimische dem bewaffneten Kampf angeschlossen. Auch wenn es bisher nicht zu terroristischen Übergriffen im Land selbst kam, sind Recherchen nicht erwünscht. ARD-Journalisten wurde des Landes verwiesen. Begründung: Sie hätten die Regierung verärgert. Aber warum? Die Wirtschaft der Malediven ist vom Tourismus abhängig und will ihn weiter ausbauen. Mehr als 60 Prozent der Deviseneinnahmen erbringen die ausländischen Besucher. Die Gäste entspannen sich abgeschottet auf den luxuriösen Atollen. Aber die dortige Belegschaft stammt überwiegend aus Südostasien. ›Allerdings könnte es einigen Touristen durchaus die Urlaubslaune verderben, wenn sie wissen, welche Zustände im Rest des Landes – Unterdrückung von Meinungsfreiheit, Einschüchterung der Opposition, Verbot jeder anderen Religion – herrschen‹, berichtet der ARD-Korrespondent Markus Spieker. Negativschlagzeilen sind schlecht fürs Geschäft. Auffällig ist, dass trotz der enormen Bedeutung des Tourismussektors kaum Einheimische in diesem Wirtschaftszweig arbeiten. Obwohl das durchschnittliche Pro-Kopf-Einkommen der Bevölkerung in den letzten Jahren stets gestiegen ist, herrschen beträchtliche Verdienstunterschiede. Laut Auswärtigem Amt ist die Arbeitslosenquote, besonders unter Jugendlichen, ›vergleichsweise hoch‹. Bei den Frustrierten, bei den Abgehängten haben radikale Prediger mit ihren einfachen Botschaften leichtes Spiel – das zeigt die Erfahrung aus anderen Staaten. Ex-Präsident Mohamed Nasheed kennt die Sorgen seiner Landsleute nur zu gut. Er war von 2008 bis 2012 der erste demokratisch gewählte Regierungschef der Malediven. Nach Protesten und einem Putsch trat er 2012 zurück. Man warf Nasheed vor, ›unislamisch‹ zu sein. Später wurde er zeitweise inhaftiert. 2015 erklärte der Politiker dem Deutschlandfunk: ›Schon kurz nach meinem Sturz war uns klar, dass es sich um Extremisten handelt. Innerhalb kürzester Zeit ist es ihnen gelungen, strategisch wichtige Positionen innerhalb der Polizei und des Militärs zu besetzen.‹ Konservative, islamistische Gruppierungen haben auf den Malediven einen beträchtlichen Einfluss. Präsident Yameen, ein Halbbruder des langjährigen Diktators Maumoon Abdul Gayoom, regiert das Land autoritär. Unterdrückung, Ungleichheit, radikale Prediger sind eine Mischung, von der die Dschihadisten profitieren. Dabei gibt es auf den Malediven viel dringendere Probleme als die Religion. Denn die möglichen Auswirkungen des Klimawandels stellen bei weitem die größte Herausforderung für die Zukunft des Inselstaats dar.«*

Nicht zuletzt aus den genannten Gründen der autoritären politischen Diktatur würden Danny und Moni nicht noch einmal zu den Malediven reisen.

---

* *Thomas Fritz (Internet-Artikel) – ›Islamisten auf der Insel: Warum der IS auf den Malediven erstarkt‹, 26.02.2016*

V. Australien und Südsee

Der große ›weiße Fleck‹ auf Dannys Landkarte: Australien, der fünfte Kontinent. Einst Reiseziel, aber nie erreicht: never – ever.

Oder gibt es jetzt – auf die alten Tage – plötzlich doch noch eine Chance …?

Denn da tauchte auf einmal wie aus dem Nichts ›Brissie‹ auf: ›Brisbane oder der letzte Grund …‹

Alice Springs und Tasmanien

Ja wirklich, noch nie war Danny in Australien, auf diesem wilden und weiten fünften Kontinent. Allerdings gab es 1976 mal Pläne, mit Carlos eine Weltreise zu machen. Und die beiden wollten sich dabei mit Harry und Achim in Alice Springs mitten in Australien treffen. Eben gerade dort, weil der Ort mitten in Australien liegt. Das war wohl auch der wichtigste Grund. Aber sonst, warum ausgerechnet an diesem Ort in Australien? Vielleicht weil sich der Name so easy anhörte, wie ›next door to Alice‹, also nach einem netten Mädel von nebenan. Und dann noch ›Springs‹, als gäb's da Quellen? Aber in Wirklichkeit hatte Alice Springs nicht sonderlich viel zu bieten. Das fand auch Dannys Bekannte Anke von Fley heraus, als sie Australien einmal von Süd nach Nord mit dem Camper durchquerte: »Die Autohauptstadt von Australien war kaum sehenswert. Dafür soll aber die Kriminalität so hoch sein, dass man sich im Dunkeln kaum auf die Straßen trauen könne … Die einen lieben sie, die anderen hassen sie … Es regnet sehr selten in Alice Springs, und das auch noch unregelmäßig.« * Tja, was hätte Danny und seine Freunde also in dieser Stadt erwartet, außer viel Hitze, Wüstensand

---

* *Anke von Fley & Martin Brütt – Durchs wilde Australien, Leipzig 2019, S. 116 f.*

und Autos …? Nun ja, sie liegt immerhin nicht weit vom Uluru, wenn man 478 km als nah betrachtet. Und diesen berühmten roten Felsenberg wollten die Freunde natürlich auch besuchen. Der heißt bei den Aussies Ayers Rock. Und bei den australischen Ureinwohnern, den Aborigines, wird er Uluru genannt. Der Berg ragt als einzelner Felsen aus einer trockenen Ebene und leuchtet in vielen Rottönen. Für die Aborigines zählt er als heiliger Ort. Da er aber auch gleichzeitig eine Attraktion auf der ganzen Welt ist, wird er gerne von vielen Menschen besucht. Die kletterten sogar darauf rum und hinterließen leider auch ihren Müll dort. Das war den australischen Ureinwohnern schon immer ein Dorn im Auge. Man stelle sich vor, die Aborigines würden nach Rom reisen, um dort auf dem Petersdom herumzukraxeln. Das hätten die Katholiken bestimmt auch nicht so gerne. Es wurde dann allerdings tatsächlich erreicht, dass mit der Kletterei auf dem Uluru Schluss ist. Seit dem 27.10.2019 ist es verboten, ihn zu besteigen. Nun ja, das hatten die vier Freunde vor über 40 Jahren sowieso nicht vor. Und nun werden sie zusammen auch nicht mehr dort hin kommen. Auch Carlos und Danny kamen nie zusammen nach Australien, aber immerhin mal gemeinsam 1988 nach Thailand. Aber das Ende ist offen. Der Autor raunt nur: »Brisbane oder der letzte Grund …«

Andere frühere Reisepläne nach Australien hatte Danny schon mal 1986 mit Carlotta. Die beiden hatten sogar vor, für drei Monate nach Australien zu reisen. Carlotta war genauso wie Danny zu der Zeit Jugendzentrums-Leiterin in Hagen. Sie planten, ihre jeweiligen Jahresurlaube von 1986 und 1987, also je 6 Wochen, über den Jahreswechsel zusammen zu legen. Damit hätten sie drei Monate am Stück für die Australien-Reise gehabt. Ihr Chef war allerdings skeptisch: »so viel Urlaub auf einmal verbrauchen, und dann nix mehr an Erholungszeit übrig zu haben. Hhhmm-hhhmm …«

Übrigens war der Grund für die Australien-Pläne, dass nämlich Carlotta auf einem Dorffest in Niedersachsen einen netten Aussie kennen gelernt hatte. Sie hatte sich stracks in ihn verliebt und wollte ihn in Australien besuchen. Danny wollte ja eh immer schon mal auf diesen Kontinent. Weil die beiden Singles und gute Freunde waren, sich gut verstanden und 1986 oft was zusammen unternahmen, kam die Idee mit dem gemeinsamen Urlaub.

Aber dann kam es doch alles ganz anders. Carlotta verliebte sich in Italien in einen Jongleur aus Berlin und zog kurzerhand zu ihm. Die Australien-Reise der beiden war gestorben. Stattdessen reiste Danny 1986 mit seiner ehemaligen Jugendzentrums-Kollegin Cora für fünf Wochen nach California. Das war auch ganz schön.

Und tatsächlich war er bisher noch nie in Australien gewesen …

Den Bumerang-Seidenschal hatte Moni für Danny 's Australien-Pläne handbemalt. Das australische Towns-T-Shirt mit den Bumerangs vorne drauf trug er gerne, als er mit dem Motorrad durch Goa fuhr. Jetzt ziert es sein Textil-Album.

Aber das Fernweh war ihm ja quasi mit der Muttermilch eingeimpft worden. Seine Eltern reisten schon mit ihren kleinen Kindern per Camping-Urlaube kreuz und quer durch Europa. Die Reiselust hatte Danny später als selbständiger Erwachsener dann beibehalten.

1972 entwickelte er das Spiel ›Stelle dir die fünf Kontinente vor. Nenne ganz spontan zu jedem der fünf Erdteile den Ort, wo du gerne mal hin möchtest‹.

Das wurde zumindest von Geographie-Interessierten und Topographie-Liebhabern gerne aufgegriffen.

Er selber hatte sich in jener Zeit die folgenden fünf Reiseziele gewählt:

1. Europa: West-Irland
2. Asien: Kathmandu
3. Afrika: Sansibar
4. Amerika: Big Sur
5. Australien: Tasmanien.

Wie kam es dazu? Was wurde daraus?

Der Westen Irlands schien ihm durch die Lektüre von Heinrich Böll's ›Irisches Tagebuch‹ ein attraktiver und beschaulicher Flecken in Europa zu sein. So reiste Danny bereits 1976 zusammen mit Achim nach Irland, wo sie an der Westküste zwischen Galway und Cork trampten, dabei an Dingle die schönsten Erinnerungen hatten.

Kathmandu, die Hauptstadt von Nepal, war natürlich in den 60er und 70er Jahren das Traumziel der Hippies schlechthin. Dorthin wollte Danny auch zusammen mit seiner ›ersten Liebe‹ Nicole trampen. Daraus wurde aber nix. Weder trampte er mit Nicole – außer mal nach Münster – irgendwohin, noch kam er selber je nach Nepal. Aber er kam ja immerhin bis Afghanistan. Dort dachte er dann an Nicole und schrieb ihr auch einen Brief. Aber der kam anscheinend nie bei ihr an. Und später schaffte Danny zwar 1990 eine Reise zum anderen Hippie-Ziel, ins indische Goa, aber Nepal erreichte er nie.

›Sansibar oder der letzte Grund‹*, so hieß der Roman-Klassiker von Alfred Andersch, den sie auf der Penne lasen. Genauso wie der dortige Romanheld, ›der Junge‹, aus dem langweiligen Ort Rerik weg wollte, schwärmte Danny deshalb damals für die geheimnisvolle afrikanische Insel Sansibar, ohne Genaueres darüber zu wissen. Mittlerweile weiß er, dass Sansibar ein Teil des

---

* *Alfred Andersch – Sansibar oder der letzte Grund, Olten 1957*

Staates Tansania ist. Der wiederum wurde durch eine Zusammenführung der ehemaligen deutschen Kolonie Tanganjika und der Insel Sansibar im Indischen Ozean gegründet. Sansibar ist und war überwiegend muslimisch. Es gab dort eine traditionelle wichtige Handelsstation der arabischen Gewürzhändler, die mit ihren Dhaus an der Küste des Indischen Ozeans entlang segelten. Und Sansibar hatte einen berühmten Sohn, Freddie Mercury, der Sänger der englischen Rock-Band Queen. Der wurde nämlich am 05.09.1946 als Farrokh Bulsara in Sansibar-Stadt geboren, also im Sultanat Sansibar.

Nun ja, nicht gerade deswegen, aber immerhin plante Danny 1983 schon mal, nach Sansibar zu reisen. Daraus wurde nix, und bisher hatte er auch noch keinen ›letzten Grund‹, um nach Sansibar zu reisen …!

Und dann kam auf einmal so was Ähnliches zustande: ›Brisbane, oder der letzte Grund‹ … »Schaun wa ma«.

›Big Sur oder die Orangen des Hieronymus Bosch‹ hieß ein Roman des US-amerikanischen Autors Henry Miller. Den las Danny besonders in den 70er Jahren mit großer Begeisterung. Natürlich wollte er deshalb auch mal gerne an diese wilde und romantische Steilküste an der kalifornischen Pazifikküste. Während ihrer Reise durch den Südwesten der USA 1978 mit Vreni, Achim und Jane kam er nicht nach Big Sur. Aber er schaffte es 1986. Als er mit Cora in Kalifornien herum reiste. Und dabei machten sie auch mit ihrem kleinen Zelt für einige Tage Station in einem Nationalpark mit riesigen Redwood-Bäumen in Big Sur.

Tasmanien: ob ihn da wohl der Name ansprach? Denn es gab mal in der der Fußball-Bundesliga-Saison 1965/66 eine Mannschaft namens Tasmania 1900 Berlin. Die brach allerdings sämtliche Negativrekorde. Mit nur 10 Punkten und einem Torverhältnis von 15:108 Toren waren sie 1966 nicht nur klarer Tabellenletzter , sondern auch seitdem in der ›ewigen Bundesliga-Tabelle‹ auf Platz 50 mit deutlichem Abstand Allerletzter. Tja, und vor Australien liegt die Insel Tasmanien. Deren Hauptstadt heißt Hobart. Sie liegt unterhalb des Mount Wellington. Und im Inneren Tasmaniens gibt's die Cradle Mountains. Aufgrund des europäischen Klimas nennen die Aussies die Insel Tasmanien ironisch ihren ›Kühlschrank‹. Dannys Bruder Gerry hatte Tasmanien schon bereist. Die Insel südlich des australischen ›Festlands‹ bietet ja auch den südlichsten Punkt Australiens, liegt damit am nächsten an der Antarktis. Obwohl Gerry dort im deutschen Winter reiste, also im australischen Sommer, hatte er dort in Tasmanien tatsächlich sogar Schnee erlebt. Und das bei der selben Reise, als das Thermometer im sonstigen Süden Australiens, also im Bundesstaat Victoria, schon mal über 40 ° C kletterte. Und dann gibt's ja auch noch den ›Tasmanischen Teufel‹. Dieser Beutelteufel ist eine Tierart aus der Familie der Raubbeutler und deren größter lebender Vertreter. Er ist heute nur noch in Tasmanien zu finden. Auf dem australischen Festland ist er wahrscheinlich schon im 14. Jahrhundert ausgestorben. Seinen Namen erhielt der Beutelteufel wegen seines schwarzen Felles und seiner Ohren, die sich bei Aufregung rot färben. Außerdem hat er bei Erregung einen sehr unangenehmen Körpergeruch. Sein lautes Kreischen ist über sehr weite Entfernungen noch zu hören. Und sein aggressives und neugieriges Verhalten gegenüber einer geschlagenen Beute ist typisch für ihn. Nun ja, er scheint nicht unbedingt des Menschen liebstes Kuscheltier zu sein, ganz anders als der in Australien beheimatete und äußerst beliebte Koala-Bär. Von daher hält es Danny – wie einst Loriot in seinem Müller-Lüdenscheid-Sketch: »Die Ente kommt mir nicht in die Badewanne«, indem er schlicht dabei bleibt: »Der tasmanische Teufel kommt mir nicht ins Haus.«

Das Fazit also: die west-irische Küste erledigt 1976 durch Galway und Dingle. Big Sur in California erledigt 1986. Den Hippie-Traumpunkt Kathmandu nie, stattdessen den anderen Hippie-Treffpunkt Goa erledigt 1990/91. Die Insel Sansibar nie, dafür eine andere ostafrikanische Insel, Mauritius erledigt 2005. Die australische Insel Tasmanien nie, aber vielleicht doch noch mal, falls ›Brisbane oder der letzte Grund‹ in Erfüllung gehen sollte …?

Mini-Globen

Einen mystischen Moment besonderer Art erlebte Danny mit Carlos, als sie 1975 durch eine Ruhrgebietssiedlung fuhren. Dort wollten sie einen der zahlreichen Kaugummi-Automaten ansteuern. Eigentlich passten da 50 Pfg.-Stücke rein. Und raus kam meist ein Plastik-Ring oder ähnlicher Tinnef, der höchstens kleine Kinder erfreuen konnte. Carlos hatte aber aus seinem Österreich-Urlaub ein ganzes Säckchen voll mit österreichischen 10 Groschen-Stücken mitgebracht. Der Wert dieser Münzen lag bei etwa 1 Pfg. pro Stück. Und das Gewicht betrug auch nur ein paar Gramm. Aber die passten super gut in die Schlitze für 50 Pfennige. Denn diese österreichischen Alu-Münzen waren haargenau gleich groß wie die deutschen 50 Pfg.-Stücke. So machte es ihnen immer eine besondere Freude, ein Dutzend solcher Überraschungsteilchen da raus zu ziehen. Dafür wurde das 10 Groschen-Stück rein gesteckt, der Automatenhebel einmal rumgedreht, und die Überraschung plöppte unten raus. Und die hatte in etwa auch den Wert von einem Pfennig, haha. Da sammelte sich meist schon eine Kinderschar um sie. Und diese erfreuten sie dann mit Ringen, Kettenanhängern, Figürchen oder anderem Tand. Die Freude bei den Kids war riesig groß. Und das Jauchzen beim Verteilen der Geschenke entsprechend lebhaft.

Die beiden Freunde machten das immer abwechselnd. Und einmal holten sie doch tatsächlich direkt hintereinander, je einen kleinen grünen Mini-Globus da heraus. Boah, und die konnten sich sogar um ihre eigenen Achsen drehen. Das Magische an diesem Ereignis war, dass Carlos und Danny in jener Zeit eine gemeinsame Weltreise planten. Und die beiden kleinen grünen Globen waren dafür ein hinweisendes schicksalsträchtiges Symbol. «Joh, das kann man sich ja vorstellen, oder …!?»

Aus dieser Zeit stammte dann auch dieser Brief von Carlos an Danny, wo er die Pläne für ihre Weltreise schon recht präzise niedergeschrieben hatte: »Datteln –> Frankreich –> Spanien –> Portugal –> Marokko –> Algerien –> Tunesien –> Sizilien –> Italien –> Jugoslawien –> Griechenland –> Türkei –> Iran –> Afghanistan –> Indien –> Nepal –> Birma –> Thailand –> Malaysia –> Sumatra (Große Sundainseln) –> Sumbawa –> Timor (Kleine Sundainseln), eventuelle Umleitung von Sumatra über Borneo –> Celebes –> Neu Guinea –> Australien –> Südsee-Inseln –> USA (Kalifornien) –> Mexiko –> Guatemala –> Britisch Honduras –> Honduras –> Nicaragua –> Costa Rica –> Panama –> Kolumbien –> Venezuela –> Trinidad –> übersetzen nach Afrika: günstig wäre Ghana –> Elfenbeinküste –> Liberia –> Sierra Leone –> Guinea –> Portugiesisch Guinea –> Senegal –> Mauretanien –> Marokko –> Spanien –> Frankreich –> Datteln: ›guten Tag‹ sagen; Patty küssen (seine damalige Freundin); Harry, Achim und Eddie die Hand drücken; Geld von Mutti holen. (So einfach stellte er sich das damals vor). Ari Safari ab über Belgien nach England –> Irland, dann irgendwie nach Island –> Norwegen –> Schweden –> Finnland –> vielleicht zur UdSSR –> Leningrad –> Schweden –> Dänemark –> Datteln.«

Aber daraus wurde ja nix. Weder sah Danny den tasmanischen Teufel live in seiner Heimat, noch machten sie irgendwann eine Weltreise. Aber immerhin sind die beiden 1988 für fünf Wochen zusammen nach Thailand geflogen. Dort fuhren sie ein bisschen auf eigene Faust durchs Land. Und Carlos schaffte es, als er später Kaufmann war, als einziger von allen Freunden aus Datteln, einmal den ganzen Erdball zu umreisen. Er war damals Möbeldesigner und erhielt für seine japanischen Leuchten einen Ehrendoktor an der Universität Fukuoka im südlichen Japan. Dieses Ereignis gepaart, mit Besuchen bei Geschäftsfreunden in New York und Kalifornien, nutzte er für eine Weltumrundung: »Bravo-bravo, Amigo.«

Auch Danny und seine Frau Moni hatten schon viele schöne Länder und Orte auf der Erde erlebt und gesehen, aber eine Weltreise gehörte nicht dazu. Und was wurde in der Zwischenzeit aus dem einstigen Fernweh? Deshalb machte er mal Anfang des neuen Jahrtausends dieses Spiel der fünf Traumziele mit seiner Frau Moni. Und dabei kam Folgendes raus.

Für Moni:
- Afrika: Namibia, inklusive Etosha-Pfanne
- Amerika: Bryce Canyon, Utah, im Südwesten der USA
- Australien: Barrier-Reef, inklusive Frazier-Islands
- Asien: Sri Lanka, Anaradnapura und Polonaruwa
- Europa: Andalusien.

Für Danny:
- Afrika: Madagaskar
- Amerika: Hawaii
- Australien: Fidschi-Inseln
- Asien: Kerala im Südwesten Indiens
- Europa: griechische Inseln wie Karpathos oder Kreta.

Und das alles natürlich unter der Voraussetzung, dass sie gesund blieben und solche langen Flüge wie früher auch gesundheitlich durchhalten könnten und wollten …

Tja, aber seit sie ihre Katze Lilli haben, und zwar seit 2006, da ging das auf einmal nicht mehr mit den langen Urlauben und Fernreisen. Länger als zwei Wochen wollten sie ihr flauschiges Haustier nicht in Pflegeobhut geben.

Südsee-Inseln im Pazifik

Die Inseln des Pazifiks hatten aus den unterschiedlichsten Gründen immer eine gewisse Anziehungskraft für Danny gehabt. Die Südsee war ja auch ein viel besungener Seemanns-Traum. Allen voran Lolita, die 1960 sang: »Seemann, deine Heimat ist das Meer. Deine Freunde sind die Sterne, über Rio und Schanghai, über Bali und Hawaii. Deine Liebe ist dein Schiff, deine Sehnsucht ist die Ferne …« Und der abenteuerliche Norweger Thor Heyerdahl lebte sogar auf Fatu Hiva und wurde mit seinem Balsa-Floss Kontiki von Südamerika aus in westlicher Richtung über den Pazifik getrieben. Die außergewöhnlich freizügigen Verhaltensweisen der Eingeborenen auf den Trobriand-Inseln faszinierten den jungen Danny, genau wie die Steinstatuen auf den Oster-Inseln geheimnisvoll blieben.

Trobriand-Inseln

Die Trobriand- oder Kiriwina-Inseln sind eine Inselgruppe in der Salomonensee. Sie gehören zu Papua-Neuguinea, dort zum Distrikt Kiriwina-Goodenough der Milne Bay Province.

Erstmalig wurde Danny als Schüler auf die Trobriand-Inseln aufmerksam. Anfang der 1970er Jahre war er mit einer Gruppe gleichgesinnter junger Männer und Frauen zusammen, die alternative Lebensweisen studierten. Sie beschäftigten sich mit A.S. Neill's ›Antiautoritärer Erziehung‹ und auch mit Wilhelm Reich. Der schrieb in seinem Buch ›Der Einbruch der sexuellen Zwangsmoral‹ über die ethnologischen Erfahrungen des Bronislaw Malinowski. Denn der hatte bis 1929 »mehrere Jahre auf den Trobriand-Inseln in Nordwest-Melanesien die mutterrechtliche Organisation der Trobriander studiert.«[*] Wilhelm Reich war ein österreichisch-US-amerikanischer Arzt,

---

[*] *Wilhelm Reich – Der Einbruch der sexuellen Zwangsmoral, Frankfurt/M 1975, S. 24*

Psychiater, Psychoanalytiker, Sexualforscher und Soziologe und der Erfinder der Orgontherapie. Malinowski war ein polnischer Sozialanthropologe. In seinem 1929 erschienenen Buch ›Das Geschlechtsleben der Wilden in Nordwest-Melanesien‹ über die Trobriander beschrieb er detailliert deren soziale Organisation der Sexualität. Dabei beleuchtete er soziale Riten, Partnerwahl und Sozialverhalten. In Mitteleuropa wurde damals die Sexualität verdrängt. Im Gegensatz dazu gehörte sie auf den Trobriand-Inseln zum Alltag der Menschen. Dort standen den Jugendlichen sogenannte Jugendhäuser zur Verfügung, wo sie ihre Sexualität spielerisch ausprobieren konnten. Dies wurde von der gesamten Gemeinschaft gefördert und als wichtiger Schritt zum Erwachsenwerden betrachtet.

Später während seines SoWi-Studiums nutzte Danny seine früheren Recherchen und schrieb 1976 in seiner ersten Diplom-Arbeit, ›Anthropologie der Praxis‹[*], über die Trobriander. Die Sexualmisere der autoritär-patriarchalischen Gesellschaft mit ihrer sexual-unterdrückenden Moral war für sexuelle Stauungen, Neurosen und Perversionen verantwortlich. Dagegen lebten die Trobriander »sexuell ökonomisch. Sie hatten einen geordneten sexuellen Energiehaushalt.« [**] In unserer abendländischen Kultur mit ihrer moralverbrämten Erziehung folgte daraus eine neurotische Sexualstruktur. Demgegenüber hatten diese so genannten ›Primitiven‹ ihre volle genitale Erlebnisfähigkeit. Außerdem wurde sogar auch »die orgiastische Potenz der Frauen bei den Trobriandern bewiesen. Denn sie drücken keinen Unterschied zwischen dem Orgasmus der Frau und dem des Manns aus. Beide werden mit dem Ausdruck ›ipipisi momona‹ bezeichnet, also die Samenflüssigkeit fließt aus. ›Momona‹ bedeutet gleichzeitig den männlichen und weiblichen Ausfluss.« [**] Besonders dieses ›ipipisi momona‹ hatte Danny sehr beeindruckt. Deshalb schilderte er das seinerzeit gerne als Idealvorstellung eines gleichzeitigen Orgasmus von Mann und Frau.

Fatu Hiva und Kontiki

Kein Wunder, dass Danny und seine Freunde Ende der 1970er Jahre Thor Heyerdahl's Buch ›Fatu Hiva‹ [***] aus dem Jahr 1937 gut fanden. Denn das war

---

[*]   *Manfred Schloßer – Anthropologie der Praxis, Datteln 1976, S. 96 – 98*
[**] *Wilhelm Reich – Der Einbruch der sexuellen Zwangsmoral, Frankfurt/M. 1975, S. 24*
[***] *Thor Heyerdahl – Fatu Hiva. Zurück zur Natur, München 1974*

die Epoche, als viele ihrer Mitstreiter ein einfaches oder gar autarkes Leben auf dem Lande begannen. Diese lebten dann auf Bauernhöfen, Kotten oder in ländlichen WG's. Auch das noch einfachere Leben von ›primitiven‹ Naturvölkern schien ihnen in Zeiten von Konsumverzicht und Harmonie mit der natürlichen Umgebung attraktiv. So hatte auch Heyerdahl seit seiner Kindheit vom ›natürlichen‹ Leben geträumt. Mit seiner ersten Frau Liv verwirklichte er diesen Traum 1937 auf der Insel Fatu Hiva im südlichen Teil der Marquesas-Gruppe. Fatu Hiva war reich an Nahrung und Trinkwasser und wurde nur von wenigen Eingeborenen bewohnt. Auf dieser fernen Südsee-Insel suchten Thor und seine Liv als junge Studenten das ›verlorene Paradies‹. Sie lebten wie Menschen der Steinzeit, gewannen Freunde, machten sich Feinde und erfuhren die Schönheiten und die Schrecknisse der Wildnis. Dort und auf der 100 km NNW gelegenen ›Nachbarinsel‹ Hiva Oa verbrachten sie mehr als acht Monate, wobei sie auf technische Hilfsmittel weitgehend verzichteten. Sie versuchten, auch auf Medikamente zu verzichten. Das hätte allerdings fast im Fiasko geendet. Da sie auf Fatu Hiva ohne jede medizinische Betreuung lebten, mussten sie unter abenteuerlichen Bedingungen in einem altersschwachen Rettungsboot nach Hiva Oa segeln. Sie kehrten aber nach einigen Wochen nach Fatu Hiva zurück. Heyerdahl fand auf den beiden besuchten Inseln merkwürdige Bildwerke aus Stein. Die wiesen Ähnlichkeiten mit Statuen in Südamerika auf. Außerdem erzählte ihm ein alter Einheimischer von der mystischen Herkunft seines Volkes aus dem Osten. Damit begann Heyerdahl der Theorie zu folgen, dass die Südsee-Inseln vom amerikanischen Kontinent und nicht von Asien aus besiedelt wurden. Das veränderte sein Leben grundsätzlich. Denn ab jetzt widmete er sich der Ethnologie und der Archäologie. Die ›Hochzeitsreise‹ mit seiner Frau Liv mussten sie schließlich abbrechen. Liv hatte auf Fatu Hiva ›Elephantiasis‹ bekommen, was bei ihr zu extrem dick geschwollenen Füßen führte. Elephantiasis ist eine abnorme Vergrößerung eines Körperteils durch einen Lymphstau. Meist sind dabei die Beine oder die äußeren Geschlechtsteile betroffen. Diese Krankheit ist vor allem in Entwicklungsländern verbreitet. Liv kam glücklicherweise noch mal mit dem Leben davon. Aber nach der Lektüre von ›Fatu Hiva‹ war zumindest Danny von dieser ›zurück zur Natur‹-Bewegung völlig geheilt. Denn ein Leben in absolut primitiver ›natürlicher‹ Zurückgezogenheit zu verbringen, schien ihm doch eher lebensgefährlich als erbaulich zu sein. Auch der Norweger

Thor Heyerdahl zog sein Fazit: »Es gibt für uns moderne Menschen tatsächlich kein ›zurück zur Natur‹. Wir müssen aber dafür sorgen, dass die Natur nicht noch weiter unter dem Deckmantel des Fortschritts zerstört wird.« Trotzdem war er danach infiziert. Er wollte beweisen, dass die Besiedlung Polynesiens von Südamerika aus mit den technischen Möglichkeiten des präkolumbischen Perus vor der Zeit der Inkas möglich war. Deshalb baute er die Kon-Tiki, ein Floss aus Balsaholz, mit dem er 1947 von Lima aus über den Pazifik segelte.

Nach der Expedition schrieb Heyerdahl das Buch ›Kon-Tiki‹ *. Nachdem Danny und seine Freunde in den 1970ern das Buch ›Kon-Tiki. Ein Floß treibt über den Pazifik‹ gelesen hatten, waren sie sofort Feuer und Flamme. Es war ja auch fantastisch, dass es in unserer Jetztzeit noch tatsächliche Abenteuer zu erleben gab. Das Floss befindet sich heute im Kon-Tiki-Museum in Oslo. Und als Danny zusammen mit seinem Freund Harry 1985 durch Norwegen reiste, besuchten sie auch Oslo. Dort sahen sie auf der Halbinsel Bygdøy in einem Museum das Kon-Tiki-Floss. Namensgeber der Kon-Tiki war übrigens Qun Tiksi Wiraqucha, der Schöpfergott in der Inka-Mythologie. Er kam der Legende nach aus dem Osten nach Polynesien. Er gründete als Kulturbringer Kon-Tiki die Zivilisation der Inkas und segelte zuletzt weiter nach Westen.

Nach damals gängigen Theorien wurde jedoch Polynesien von Asien aus über Mikronesien oder Melanesien besiedelt, auf jeden Fall von Westen nach Osten. Dagegen hatte Heyerdahl eine andere Theorie. Er hielt eine derartige Besiedelung Polynesiens von Asien aus zwar nicht für unmöglich, allerdings für weniger wahrscheinlich. Denn sie wäre durchweg gegen Wind und Strom erfolgt, nämlich gegen Passatwind und Äquatorialstrom. Eine Besiedlung Polynesiens von der nach Heyerdahl wahrscheinlicheren anderen Seite des Pazifik, nämlich aus Amerika, wurde allerdings in Fachkreisen nicht einmal diskutiert. Denn man meinte, sie sei der präkolumbischen Bevölkerung technisch unmöglich gewesen. Verfechter dieser allgemein akzeptierten Meinung war insbesondere der geachtete Archäologe Samuel Kirkland Lothrop aus Harvard. In seiner Abhandlung über das Balsa-Floss behauptete dieser, es wäre nach zwei Wochen gesunken.

---

* *Thor Heyerdahl – Kon-Tiki. Ein Floß treibt über den Pazifik, Frankfurt 1976*

Heyerdahl jedoch ging von einem möglichen Hauptbesiedlungsweg von Südamerika aus, mit der starken Strömung des Humboldtstroms und vor dem Passatwind, also westwärts. Er lehnte die Möglichkeit einer Besiedlung aus der direkten Gegenrichtung ab. Denn weder archäologische Funde Melanesiens noch Mikronesiens wiesen Gemeinsamkeiten mit der polynesischen Kultur auf. Die hatte im Gegensatz dazu aber jede Menge mit südamerikanischen Artefakten gemeinsam. Die Reise der Kon-Tiki sollte daher einen Gegenbeweis zu Lothrops anerkannter Fachmeinung liefern. Und Heyerdahl schaffte es, mit dem Balsa-Floss Kon-Tiki von Südamerika nach Polynesien zu segeln, und behielt damit recht.

Oster-Insel

Schon immer erschienen Danny die riesigen Stein-Statuen auf der Osterinsel, die sogenannten Moai, eine Ausgeburt an Mythologie. Gut, das war für ihn nicht gerade ein Grund, deshalb gleich Rapa Nui zu besuchen. So heißt die Osterinsel auf Polynesisch. Für Thor Heyerdahl war es das schon. »Zwischen Südamerika und den nächsten Nachbarn in Polynesien gelegen, war die Osterinsel zur Zeit der Entdeckung durch die Europäer die einsamste unter den bewohnten Inseln der Welt. Und mit ihren über 600 riesigen Steinstatuen unbekannter Herkunft bildete sie für Laien wie Gelehrte eines der verwirrendsten Rätsel der Archäologie.«[*]

Immerhin interessierte es Danny soweit, dass er nach seinem SoWi-Studium gleich noch ein Semester Archäologie hinten an hängte.

Und Thor Heyerdahl bastelte weiterhin an seiner Theorie, dass die polynesischen Südsee-Inseln von Südamerika aus besiedelt worden waren …

Für Danny bleibt nur die Faszination für diese ferne Inselwelt. Er wird wohl niemals dorthin kommen. Deshalb findet sich auch kein Andenken im Textilbum.

---

[*] *Thor Heyerdahl – Wege übers Meer. Völkerwanderungen in der Frühzeit, München 1978*

Brisbane oder der letzte Grund

Es trieb Danny ja niemand. Es war ja keine Lebenspflicht, einmal nach Australien reisen zu müssen. Danny hatte es – trotz diverser Pläne – dann doch niemals auf den fünften Kontinent geschafft, obwohl er doch im engsten Familien- und Freundeskreis fleißige Aussie-Reisende kannte. Allen voran sein leider viel zu früh verstorbener Bruder Gerry. Der bereiste Australien mal für drei Monate, später noch mal für sieben Wochen auf Tasmanien, in Melbourne und Sydney. Und dann ein anderes Mal für vier Wochen ab Brisbane und rein ins Great Barrier Reef. Sodann noch sechs Mal, jeweils für sechs Wochen, die neuseeländischen Inseln, einschließlich der Südsee und Fidji.

Ja, und dann war da ja noch Dannys Freund Fritz, den er seit 1968 kannte, erst war er sein Schulfreund, danach Kommilitone an der Ruhr-Uni Bochum. Später wohnten sie sogar mal parallel beide in Dortmund, in verschiedenen Stadtteilen. Bis heute, wo Fritz in Schwerte und Danny in Hagen wohnt, blieben sie immer miteinander verbandelt. Tja, und dieser Freund Fritz hatte Australien des öfteren bereist. Er war dort 1985, 1998 und 2002 jeweils mit dem Auto an der Ostküste unterwegs, zwischen Canberra, Sydney, Brisbane und Townsville. Aber besonders die Inseln Fraser Island, Hooke Island, die Whitsundays und Magnetic Island, sowie Rainbow Beach und auch die Nationalparks im hügeligen Hinterland sind ihm gut im Gedächtnis geblieben.

Ja, bis dann bei Danny auf einmal Australien doch wieder möglich erschien. Genau wegen ›Brisbane oder der letzte Grund‹. Genauso wie einst der Romanheld in ›Sansibar oder der letzte Grund‹ von Alfred Andersch, eben ›der Junge‹, aus dem langweiligen Ort Rerik weg wollte, genauso erwärmte sich Danny auf einmal für ein letztes großes Reise-Abenteuer in seinem Leben. Nämlich Brisbane, ohne Genaueres darüber zu wissen.

Ja, wie kam denn das?

Über ein Voting in Ralph's Plattenteller bei Facebook erstellte Jacomoon am 25.10.2019 eine Umfrage: »So, hier ist nun mein erstes Voting. Bitte keine Titel hinzufügen. Ihr könnt bis Montagabend bis zu 5 Titel auswählen. Viel Spaß. Bitte fleißig teilnehmen, denn ich verlose unter allen Teilnehmern einen einwöchigen Aufenthalt in meinem Airbnb Haus in Brisbane.«

Danny machte wie jedes Mal in den letzten Jahren bei diesem Freitags-Voting mit, weil er das Musik-Voting liebte, nicht weil er ne Woche Brisbane gewinnen wollte.

Aber ein paar Tage später, genau am 29.10.2019, bekam er eine Nachricht von Jacomoon: »Hi Danny. Du hast bei meinem Voting eine Woche in meinem Airbnb Haus gewonnen. Herzlichen Glückwunsch. Cu soon.«

»Whow, vielen Dank, liebe Jacomoon. In deinem Airbnb Haus in Brisbane eine Woche Aufenthalt gewonnen. Tolle Sache.«

Sofort schaltete sich Dannys Facebook-Freund Fatman Tom ein: »Danny, freue dich bloß nicht zu früh, ich komme mit. :-)«

»Haha, Tom, hast du auch ne Woche gewonnen? Oder womöglich alle, die am Voting teilgenommen haben?«

»Nee, aber ich fahre einfach mit,« meinte Tom, »so einfach ist das. Das nennt sich sozialer Urlaub. Einfach sich jemandem aufdrängen, in der Hoffnung, ihn zu überrumpeln. ;-)«

Und weiter Fatman Tom: »Hach schön, ich komme nach Australien, ich komme nach …. :-)«

Daraufhin wechselte Danny zum FB-Messenger, da der mehr privado ist: »Hallo, liebe Jacomoon, du wohnst also in Australien, in Brisbane nehme ich an? Und was hat das da jetzt auf sich, mit der gewonnenen Woche in deinem Airbnb Haus …? Auf jeden Fall: whow und nochmals vielen Dank, liebe Jacomoon. Das gilt wie lange? Ciao D‹Danny.«

»Hi Danny. Bis du kommst,« beruhigte Jacomoon ihn, »hatte es als Preis ausgesetzt, bei meinem Voting. Und würde mich sehr freuen, wenn du kommen würdest. Wenn du eine Ehefrau mitbringen willst, natürlich auch gerne. Dann gibt's ein Doppelzimmer.«

»Hi, ich hab's gerade meiner Frau gesagt. Sie war ganz überrascht. Tolle Sache, echt. Gut, dass es ›lebenslang‹ gilt. Dann können wir uns ja ein bisschen Zeit lassen. Und du bist aus Köln?«

»Ja ursprünglich aus Köln. Lange im Oberbergischen bei Gummersbach gelebt und jetzt seit fast 10 Jahren in Brisbane. Wo kommt ihr her?«

»Ich bin aus Hagen, südlich von Dortmund, bin aber seit 55 Jahren schon Fan vom 1.FC Köln. Und, wie kamst du dann nach Brisbane?«

»Hagen ist ja nicht weit von Gummersbach. Hab als letztes in Marienheide gewohnt. Natürlich auch FC-Fan. Hab meinen zweiten Ehemann, der aus Brisbane kommt und mehrere Jahre in Deutschland gelebt hat, in Marienheide kennen gelernt. Und dann sind wir irgendwann hier hin. Wart ihr schon mal in Australien?«

»Nee, wir waren beide noch nie in Australien. Was ist denn eigentlich dieses Airbnb Haus …?«

»Kennst du Airbnb? Also wir vermieten 2 Zimmer in unserem Haus.«

»Ach, heißt das BnB in Airbnb vielleicht ›Bed & Breakfast‹ …?«

»Genau.«

»Bis später, so long D'Danny.«

»Schönen Tag und viel Spaß bei der Planung. Wir würden uns jedenfalls sehr freuen, wenn ihr kommt. Bis bald.«

Stracks recherchierte Danny, wo denn dieses Brisbane überhaupt genau liegt. Er war angenehm überrascht, denn diese Millionenstadt liegt an der Ostküste Australiens. Also mit Blick auf den Pazifik, die Südsee und das Barrier Reef. Und Brisbane ist die Hauptstadt des Bundesstaates Queensland im Nordosten Australiens. Die Stadt liegt am Brisbane River, nahe an dessen Mündung in die Korallensee. Der Ballungsraum hat zwei Mio. Einwohner. Ein wichtiger Wirtschaftszweig ist die Erdölindustrie. Brisbane wurde 1824 unter dem Namen Moreton Bay als Strafkolonie gegründet und später nach Sir Thomas Brisbane benannt, dem damaligen Gouverneur von New South Wales.

Brisbane ist bekannt für die nördlich und südlich der Stadtgrenze beginnenden Ferienparadiese Sunshine Coast und Gold Coast, für die Meereslage und das allgemein gute Wetter.

Im von Abkürzungen geprägten australischen Englisch wird Brisbane gelegentlich auch als Brissie bezeichnet. Darüber hinaus existieren scherzhafte Namensabwandlungen wie Bris Vegas oder Brisneyland, die allerdings nur vereinzelt verwendet werden.

In einer Rangliste der Städte nach ihrer Lebensqualität belegte Brisbane im Jahre 2018 den 37. Platz unter 231 untersuchten Städten weltweit.

Dort herrscht ein subtropisches Klima mit warmen, schwülen Sommern und milden, trockenen Wintern. Von November bis April ist die Luftfeuchtigkeit sehr hoch. Das ganze Jahr über treten Gewitter- und Hagelstürme auf. In den letzten Jahren litt die Umgebung unter langanhaltender Trockenheit in den Sommermonaten. Touristen besuchen Brissie bei Städtereisen oder während eines Urlaubs an den nahen Stränden der Gold Coast und Sunshine Coast. Die

Stadt befindet sich auf etwa 27° südlicher Breite und wird geprägt von einem angenehmen subtropischen Klima.

Tja, und dann war da ja auch noch Thomas Broich, der ehemalige Fußballstar des 1.FC Kölns und von Borussia Mönchengladbach. Der wurde ja damals nicht nur wegen seiner langen Haare und seiner guten Technik als ›Fußball-Mozart‹ bezeichnet. Außerdem lebte er, obwohl Fußball-Profi, in Köln in einer WG. Na, jedenfalls ging er 2010 nach Australien, genauer »zu Brisbane Roar, wo er sieben Jahre lang spielte. 2014 wurde er zum Fußballer des Jahrzehnts in Australien gewählt.* Dazu schrieb RP Online 2014: »Brisbane. Ex-Bundesliga-Profi wieder Meister in Australien: Brisbane huldigt ›Mozart‹ Thomas Broich. Er ist zum dritten Mal australischer Fußball-Meister geworden. Vom Leben ›Down Under‹ ist der als bester Spieler der Liga-Geschichte geltende Deutsche begeistert. In seiner Heimat steckte Broich in einer Schublade, galt immer nur als Feingeist. Er war der Sonderling, der Klavier spielte und Bücher las, während die anderen an der Playstation zockten. Der Spitzname ›Mozart‹ war eher Stigma als Kompliment, der Hochtalentierte ein Außenseiter. ›Innerhalb der Truppe war ich ein wenig isoliert‹, sagt er heute.« **

Da wollte Danny doch direkt mal nachhaken: »liebe Jacomoon, du bist doch FC-Fan, wohnhaft in Brisbane. Wusstest du, dass es da lange Jahre eine Parallele bei dir in Town gab …?: Thomas Broich, der ehemalige Fußballstar des 1.FC Kölns und von Borussia Mönchengladbach, spielte bei Brisbane Roar. Und, haste den mal bei euch in Brisbane spielen sehen …?«

»Haben ihn sogar persönlich getroffen. Mein Sohn in der vollen 1.FC Köln-Montur. Schick dir heute Abend mal ein Foto. Er ist ein echt Netter. Wie Brisbane Roars ihn hinaus befördert haben, war dagegen nicht so nett. Er kommentiert jetzt manchmal die 1.FC Köln-Spiele hier beim Pay TV. Weißt du, wo er jetzt wohnt? Wieder in Köln? Einmal habe ich sogar eine Nanny-Stelle bekommen, weil ich dem Jungen erzählt habe, dass ich ihn kenne. Und dann habe ich dort Lauchsuppe gekocht. Und um sie für die Kinder interessanter zu machen, habe ich gesagt, dass dies Thomas Lieblingsessen ist. Und von da an hieß sie Thomas Broich-Suppe, und ich musste sie jeden Tag kochen.«

»Boah, das ist ja geil, du hast Thomas Broich sogar persönlich getroffen.

---

*   *Westfälische Rundschau Hagen, 20.11.2019*
** *RP Online, 5. Mai 2014*

Tolle Sache. Ja, der wohnt jetzt wieder in Köln. Was war das denn da bei euch in Brissie, wie ihn die Roars hinaus befördert haben … Was haben sie denn mit ihm gemacht?«

»War irgendwie so mitten in der Saison. Und vorher hieß es halt, er bleibt. Waren alle sehr traurig, und m.E. auch dumm.«

Dann recherchierte Danny mal weiter: wie lange dauert überhaupt so ein Flug von Frankfurt in Deutschland nach Brisbane? Der Flug würde 22 Stunden und 30 Minuten dauern.

»Hömma, liebe Jacomoon, ich habe mal Klima-mäßig recherchiert. Wann wäre es denn eigentlich für uns Mitteleuropäer angenehm, bei euch einzufliegen …? Brisbane soll ja ein angenehmes subtropisches Klima haben.«

»September.«

»Liebe Jacomoon, danke erst mal für deine Klima-mäßige Kurz-Antwort. Ich glaube, ich muss mich da in euer Klima Down-under erst mal längerfristig einarbeiten. Ich war ja schon 18 mal in den Tropen, von Mexico, Karibik, über Malediven, Sri Lanka, Indien, Thailand, Philippinen bis nach Taiwan. Aber nur ein einziges Mal über den Äquator, und zwar nach Mauritius. Weil in der nördlichen Hemisphäre bedeutete Tropen-Urlaub für uns, immer besser im Winter reisen, also Jan. bis März. Da konnte man dann im Meer schön baden oder schnorcheln. Und der Rest vom Klima dort war zumindest angenehmer als in der sonstigen Jahreszeit. Ja, stimmt, also bei euch in Brisbane, da hat der September die wenigsten Regentage, aber da ist auch das Meerwasser am kältesten …: hmmm. Oder kann man da wegen der Haie und Quallen eh nicht so easy im Meer baden …?«

»Bei uns kann man eigentlich immer baden. Aber stimmt, September ist etwas kälter. Vielleicht dann im Februar? Dann ist das Wasser wärmer. Ansonsten weißt du ja sicher, dass wir mehr als 300 Sonnentage im Jahr haben. Tendenz eher steigend. Wir haben übrigens auch ein Strandhaus in Pottsville, New South Wales, direkt am Meer. Da können wir dann auch ein paar Tage zusammen hin fahren.«

»Danke für deine Infos. Das hört sich ja alles easy an. Auch die Sache mit eurem Strandhaus in Pottsville an der Gold Coast, und dann nur 1 – 2 Std. mit dem Auto von Brisbane hin. Und da kann man im Meer baden …? bzw. was ich in den Tropen und Subtropen immer gerne mache: schnorcheln …?«

»Kannste alles machen, aber die Brandung und Strömung an unserem

Strand ist nicht zu unterschätzen. Ist halt Pazifik. Fürs Schnorcheln musste wahrscheinlich eher woanders hin.«

»Ah ja stimmt, die Strömung im Meer soll bei euch weitaus gefährlicher sein als jedes noch so gefährliche Meerestier … Nun ja, da hast du wohl recht mit der idealsten Jahreszeit, also September.«

Einige Tage später fragte er sie: »Hast du schon mal einen Koala in echt gesehen?«

Jacomoons spontane Antwort: »Ja, von meiner Terrasse aus. Die hören wir auch nachts sehr laut, hören sich an wie Wildschweine. Ich dachte am Anfang, es wären welche.«

»Oh, wie schön, ist das mit den Koalas dort in Brisbane, wo ihr wohnt …?«

»Ja.«

»Das scheint ja dann aber sehr naturnah zu sein. Wohnt ihr da mehr außerhalb von Brissie?«

»12 Minuten bis zur Innenstadt.«

»Boah, toll, liebe Jacomoon, und dann so nah an der Natur, dass euch sogar die Koalas besuchen kommen: großes Kino …!!!«

Später erkundigte sich Danny noch: »Was ich dich mal fragen möchte, liebe Jacomoon: ist das mit den beiden zu vermietenden Bed & Breakfast-Zimmern in eurem Haus deine Arbeit? Oder machst du das noch neben einer regulären Beschäftigung?«

»Läuft nebenher, seit mein Sohn ausgezogen ist. Wir sind beide voll berufstätig.«

»Aha, und darf ich fragen, welche Art Berufe ihr da ausübt …?«

»Ich bin Nanny und mein Mann Property-Manager.« Das ist Hausverwaltung. »Was arbeitet ihr?«

»Wir sind beide schon Rentner. Ich habe bis 2013 als Sozialarbeiter gearbeitet. Und du bist also eine ›Super-Nanny‹, hihi …? Ist deine Beschäftigung als Nanny eher Kinder-Gärtnerin in einem Kinder-Garten, oder bist du bei einer Familie mit Kindern im Haushalt …?«

»Private Nanny, bei drei verschiedenen Familien. Ist hier sehr üblich und eine gut bezahlte Arbeit. Eigentlich bin ich gelernte Anwaltsgehilfin.«

»Tja, so kommt frau rum in der Welt der Arbeit … Heißt das, dass du da so stundenweise, oder tageweise bei der einen Family und nen anderen Tag same-same bei ner neuen Family die Kinder hütest …?«

»Genau.«

»Und du, bist du jetzt eigentlich in Aussie-Land wegen Heirat voll anerkannte Bewohnerin?«

»Ja. Permanent Residency. Könnte die Staatsbürgerschaft beantragen, aber ist mir momentan noch zu stressig, und ich sehe auch keine Vorteile für mich. Außer dass ich wählen MUSS!!! Und müsste auch erstmal beantragen, den deutschen Pass zu behalten. Also ein Haufen Papierkram.«

»Ja, das glaube ich dir gerne. Im Ausland zu leben, bedeutet immer reichlich Papierkram, und dann auch noch alles in Englisch. Aber wenn ich dich richtig verstehe, dann musst du doch eines von beiden sowieso machen: entweder beantragen, den deutschen Pass zu behalten, oder die Aussie-Staatsangehörigkeit …?«

»Wenn ich beide Pässe haben will, halt beides. Erst Beibehaltung, dann australische Staatsbürgerschaft beantragen. Aber müssen tu ich das halt nicht. Kann auch so bleiben, wie es ist. Deutscher Staatsbürger mit Daueraufenthaltsgenehmigung hier: was für ein Wort …!?«

»Ach so, wie praktisch, ja, dann kannst du dir ja Zeit lassen …«

»Nur wenn ich ausreise, brauche ich alle 5 Jahre ein Resident Return Visum, was reine Geldmacherei ist. Wenn ich im Land bleibe, bleibt alles wie es ist. Das wäre der einzige Vorteil von zwei Pässen. Kommt aber geldmäßig fast aufs gleiche raus. Denn es fallen ja auch immer die Kosten für die Passverlängerung an. Und die ist für den deutschen Pass von hier aus nicht gerade günstig.«

»Ja, ich verstehe. Und wie lange bist du jetzt schon so in der Art in Aussie …?«

»Im Januar bin ich 8 Jahre hier. Jedoch mit Touristen-Visa eingereist, weil mein Visum noch nicht durch war. Viel viel Trouble. Ätzend. Habs dann 6 Monate später bekommen. Deswegen graut es mir auch vor der Beantragung der Staatsbürgerschaft. Damit warte ich, wenn überhaupt, bis ich 60 bin. Dann soll's einfacher sein. Aber ich bekomme Magenschmerzen, wenn ich nur die Immigration-Seite aufmache. So, geh jetzt Heia machen. Und es landet grade ein Riesenkäfer auf meiner Terrasse.«

Und dann brach 2019 die schrecklichste Naturkatastrophe seit langem über Australien herein. Buschbrände an allen Ecken. Besorgt fragte Danny deswegen bei Jacomoon an: »habt ihr da bei euch auch mit den Bränden zu tun? Gestern hörte ich, besonders in NSW gäbe es viele, das fängt ja bei euch um die Ecke an …

»Ja, nur 40 km weit weg war das Feuer. Und ist auch noch nicht vorbei, an vielen anderen Orten.«

»Oje, ist das der Klimawandel, oder normal für Aussie …?«

»Leider glauben sehr viele Australier – einschließlich meines Mannes – nicht an den Klimawandel. Ich habe es jedenfalls so früh in den letzten 10 Jahren nicht erlebt, und auch nicht so nah. Und da mein Sohn Klimaforschung betreibt, glaube ich auf jeden Fall, dass es sehr Besorgnis erregend ist.«

»Ja, leider gibt es hier in Deutschland bezüglich des Klimawandels auch solche und solche. Auf jeden Fall ist es nicht nur Besorgnis erregend, sondern – ich glaube – wir sind schon mitten drin, im Klima-Wandel …«

»Das glaube ich auch.«

Einige Tage später sah Danny im TV einen Film über die Koalas, wobei eine Frau einen Koala rettete: »Etwa 350 dieser Tiere sollen durch die gegenwärtigen Buschfeuer in einem ihrer Hauptlebensräume schon ums Leben gekommen sein.«

Deshalb seine erneute Nachfrage: »Hömma, was ist eigentlich mit den Bränden in Aussie? Brennt es dort immer noch?

»Momentane Feuer. Es ist ganz furchtbar. Ich habe mir jetzt eine App geholt. ›Fires near me‹. Vorgestern in Sydney. Sehr viel Rauch.«

»Oh, schrecklich. Gerade habe ich wieder die Fotos und Filme im TV gesehen. Ich hoffe für euch und für eure letzten Koalas, dass Australien die Feuer bald unter Kontrolle bekommt …!?«

»Es sieht nicht so aus, weil kein Regen in Sicht ist. Gestern habe ich gelesen, dass bereits 1 Millionen Dollar gespendet wurden, um Koalas zu helfen. Aber das nützt wenig, wenn die Wälder weg brennen. Ja, ist alles sehr traurig.«

»Jacomoon, was ist jetzt mit Regen bei euch in Aussie …? Letztens sah ich so eine Klima-Tabelle von Brisbane. Da war für Dezember 11 Tage Regen angegeben, für Jan. und Febr. sogar je 13 Tage Regen. Brennt es denn dort bei euch in der Nähe in NSW immer noch?«

»Kein Regen bis jetzt diesen Monat. Und Regen hier heißt nicht Regen wie in Deutschland. Es gibt nachmittags ein Gewitter, und dann ist auch wieder gut. Ja, es brennt immer noch. Und wird sicher auch so schnell nicht aufhören, weil eben langfristig nicht wirklich Regen in Sicht ist.«

»Oh, was für ein Mist, dann hoffe ich mal, dass die ›Regenzeit‹ bei euch mal endlich bald anfängt …!!!«

»Den verheerenden Buschbränden in Australien sind nach Schätzung von Experten bereits mehr als 2.000 Koalas zum Opfer gefallen. Die Direktorin einer Koala-Klinik sagte: ›So etwas gab es noch nie. Es ist furchtbar. Und der ganze Sommer steht uns noch bevor.‹ Normalerweise beginnt die Zeit der Buschbrände in Australien erst im Dezember. Diesmal begann sie im Oktober. Rund 90 Feuer wüten derzeit. Für heute rechnen Meteorologen mit dem nächsten dramatischen Höhepunkt aufgrund von Temperaturen über 40 Grad Celsius und Wind. dpa«[*]

Wie Danny aus den Medien erfuhr, waren Anfang des Jahres 2020 durch die verheerenden Buschfeuer in Australien mindestens eine Milliarde Tiere ums Leben gekommen. Alleine im Bundesstaat New South Wales an der Ostküste seien mehr als 800 Millionen Säugetiere wie Koalas und Kängurus sowie Reptilien und Vögel umgekommen. Er hörte im Radio, dass die Brände eine Fläche so groß wie Bayern und Baden-Württemberg zusammen vernichtet haben. Und nach wie vor kein Regen in Sicht. Der Hochsommer brachte Rekordtemperaturen von über 48 ° C. Und er dauerte noch weitere trockene Monate an. Experten meinten, dass es solange auch noch Brände in Aussie geben würde.

»Riesige Flächen in Australien stehen in Flammen. Seit Beginn der Brände starben bereits 26 Menschen. Eine Fläche so groß wie Portugal brannte nieder. Und Experten schätzen, dass die Flammen über eine Milliarde Tiere töteten. In Australien soll mehr Land verbrannt sein als bei den Bränden im Amazonasgebiet und in Kalifornien zusammen. Die Feuer drohen das Aussterben der Koalas zu beschleunigen – zehntausende Tiere sind bereits gestorben. Die australischen Buschbrände werden noch Monate anhalten«[**]

Eigentlich hätte es dann alles auf einmal ganz schnell gehen können, denn der deutsche Sommer kam, was in Australien Winter bedeutete. Endlich gab es Regen-Regen-Regen in Down Under, und die Brände konnten gestoppt werden. Zwar mit reichlich Verlusten an Land, Tieren, Menschen und Lebensräumen,

---

[*]   *Buschbrände töten bereits 2.000 Koalabären, in Westfälische Rundschau Hagen, 10.12.2019*
[**] *Focus Online, 10.01.2020*

aber der Aussie ist ja von Natur aus optimistisch. Das Leben auf dem fünften Kontinent ging weiter.

Aber dann nahm 2020 der Coronavirus Covid-19 die Welt in seinen Würgegriff.

Als nach einem Jahr endlich ein Gegenmittel in Form eines Impfstoffes entwickelt wurde, erholte sich die Menschheit langsam. Sie eroberte sich Schritt für Schritt ein ›normales‹ Leben zurück. Und Danny konnte 2021 endlich seine Aussie-Pläne verwirklichen. Direkt nach den olympischen Sommerspielen in Tokio, die um ein Jahr auf 2021 verschoben wurden, sollte es im September nach Australien losgehen.

Danny besorgte sich einen neuen Pass, denn der alte war längst abgelaufen. Wegen ihrer Katze Lilli konnten Danny und Moni nicht beide gleichzeitig für einen ganzen Monat verreisen. Aber für eine Australien-Tour sollte es doch schon mal ein ganzer Reisemonat sein. Für zwei Wochen lohnte sich dieser Riesen-Aufwand nicht. >>Da er also ohne Moni nach Aussie reisen wollte, erinnerte er sich an seinen Facebook-Freund Fatman Tom. Der hatte sich ja quasi per ›sozialem Urlaub‹ einfach mal bei Danny aufgedrängt. Tom freute sich, dass er jetzt mitreisen durfte: »ja, er wollte immer noch.« Nicht lange überlegt, rasch geplant. Machte Danny halt die Aussie-Reise zusammen mit Fatman Tom. Der hatte einen gültigen Pass, Geld für die Reise ebenso und konnte seinen Urlaub nach der gewünschten Zeit einteilen. Er wohnte in Solingen. So war der Abflug für beide ab Düsseldorf recht praktisch. Danny erkundigte sich nach günstigen Flügen von Düsseldorf (DUS) nach Brisbane (BNE). Und siehe da, die Singapore Airlines waren ab 864 € dabei. Also buchten sie Singapore-Airlines. Viele Aussie-Reisende nahmen Singapore nicht nur als Zwischenstop, sondern auch als Stop-Over. Dannys Bruder Gerry hatte bei seinem Flug nach Australien über Singapore dort 4 Stunden Aufenthalt. Er machte es allerdings ohne Stop-Over nach Singapore rein. Aber Dannys Freund Fritz berichtete von seinem Stop-Over in Singapore: »Boah, ich sag dir, die schwüle Hitze dort am Äquator, das ist nix für mich. Zwar war alles schön sauber und der Zoo war sehr interessant. Aber Singapore brauche ich nicht noch mal.« Es schien Danny tatsächlich so, als käme man als Aussie-Reisender an Singapore nicht vorbei. Dabei stand die sauberste Stadt der Welt, eben Singapore, im zweifelhaften Ruf, eine durchaus gefährliche Gegend zu sein. Denn sie sind dort auch für äußerst drakonische Strafen bekannt, kennen keine Gnade und ziehen ihr Ding durch …

Nun, denn, Danny und Tom entschieden sich für September als Reisemonat. Das hatte ihnen Jacomoon als beste Reisezeit empfohlen. Also los ging's. Sie stiegen in Düsseldorf in den Flieger und düsten ab nach Singapore. Im Flugzeug lernten sie sich erst persönlich kennen. Daher gab's viel zu erzählen. Als erstes plauderten sie über die Verlosung. Das lag ja nahe, weil die überhaupt zu dieser Reise geführt hatte.

»Also, wie war das mit der Verlosung bei Ralph Siebe's Plattenteller?« fragte Tom.

»Tja, Jacomoon berichtete mir, dass sie 542 Stimmen gezählt hat. Ich glaube, das kann sich sehen lassen. Und der Gewinner von einer Woche in ihrem Airbnb in Brisbane war ich,« erzählte Danny.

»Herzlichen Glückwunsch, und wie ist sie auf dich gekommen, Danny?«

»Also, sie hatte eine Liste mit allen Namen durchnummeriert, die bei dem Freitags-Voting mitgemacht haben. Und ihr Mann Chris sollte ihr eine x-beliebige Nummer aufschreiben. Das gab sogar Applaus aus dem fernen Österreich,« erinnerte sich Danny, »unser Chrisman meinte dazu: super Jacomoon!«

Fatman Tom: »Ja, genau, das ist Verlosungsstandard.«

Danny konnte nur ›danke, danke‹ sagen, für den überraschenden Gewinn einer Woche Brisbane bei Jacomoon, und danke danke für all die Glückwünsche der anderen Voter.

»Na klar. Der Sieger war gekürt und der Gewinner der Übernachtung im Airbnb Haus Brisbane auch,« meinte Tom.

»Ich hab mich dann erst mal lieb bei Jacomoon bedankt, und auch bei ihrem Mann, denn der war ja die ›Glücks-Fee‹ bei der Verlosung. Und dann fragte ich sie noch, was er für eine Zahl genannt hat …« erzählte Danny.

»Und welche war's?«

»Die 8. Und das war großartig, denn die ›8‹ ist die chinesische Glückszahl, hihi …«

»Chinesisches Glück können wir in Singapore gut gebrauchen. Denn die Chinesen sind ja dort mit über 75 Prozent deutlich in der Überzahl.«

Kurz vor Singapore diskutieren Danny und Tom, ob sie einen Stopover mit Übernachtung machen sollten? Denn das war ja sehr preisgünstig. »Singapore Airlines bietet von Düsseldorf aus das Stopover-Holiday-Programm an. Eine Hotelübernachtung in Singapore, Flughafentransfer und eine SIM-Karte gibt es laut Airline für nur 26,-- € pro Person. Wer sich freien Eintritt zu einigen

Sehenswürdigkeiten wünscht, zahlt 39,-- €.«* Oder sollten sie einfach nur ne Halbtagestour dorthin mitmachen, um die 5 Std. Aufenthalt zu überbrücken …? Danny meinte: »Mir wäre es egal, ob wir hier ne Nacht verbringen oder nicht.« Tom jedoch hatte es eilig: »Nee-nee, ich möchte schleunigst nach Australien. Außerdem ist es mir in Singapore viel zu heiß und schwül.«

»Okay, Tom. Kein Problem. Dann machen wir nur die angebotene Halbtagestour mit. Da sehen wir dann wenigstens ein bisken watt von Singapore.« Und so machten sie es.

»Sie kamen auf dem Changi Airport an und hatten 5 Stunden Aufenthalt. Um die Zeit zu nutzen, buchten sie also eine Stadtrundfahrt … Eine einheimische Reiseführerin begrüßte sie. Ihre kastanienbraunen Locken schmückte eine Lotusblume, die zu ihrer strengen Erscheinung nicht recht passte … Sie erklärte ihnen mit Zucht und Ordnung gebietender Stimme die Einreiseprozedur … Nach der Kontrolle sollten sie sich alle wieder sammeln. Sie schlug einen warnenden Ton an, dass ihnen nichts Gutes blühen würde, sollten sie ihre Anweisungen nicht befolgen. Sie hatten genug über Singapore gelesen, um zu wissen, dass sie die Warnung besser ernst nahmen … Auf ihrem Tagesvisum wurden sie mit roten Lettern willkommen geheißen: ›Für die Einfuhr von Drogen gilt die Todesstrafe!‹ lautete die herzliche Begrüßung.«** Für Danny fühlte sich das ein bisschen an, wie in früheren DDR-Zeiten ein Tagesausflug aus dem Berliner Westen nach Ost-Berlin. Die Vopos verstanden damals auch überhaupt keinen Spaß. Nun denn, klaro-klaro, er würde sowieso keine Drogen mit nach Singapore nehmen. Dafür hatten sie dort ja die Todesstrafe als Abschreckung. Und da er kein Kaugummi mochte, käme er eh nie in die Verlegenheit, ein Kaugummi öffentlich zu kauen oder gar auszuspucken. Denn dafür drohte, ausgepeitscht zu werden. Selbiges galt für Zigaretten-Stummel wegwerfen. Danny rauchte schon seit Jahrzehnten nicht mehr und würde es auch nicht ausgerechnet in Singapore wieder anfangen. Von daher hatte er keine Zigaretten im Gepäck, und Kippen würde er sowieso nicht wegschmeißen. »Puuh, wieder mal dem Auspeitschen entkommen.« Aber sie wussten gar nicht, was der streng reglementierte Stadtstaat sonst noch so alles unter Strafe stellte …? Da konnte man ja aus Versehen mal rasch zum Delinquenten

*   Singapore Airlines bietet Stopover, Westfälische Rundschau Hagen 11.01.2020
**   Anke von Fley & Martin Brütt – Durchs wilde Australien, Leipzig 2019, S. 184 ff.

werden. Das würde Danny jedenfalls nicht sonderlich in den Kram passen, als letztes großes Abenteuer in Singapore öffentlich ausgepeitscht zu werden …

Aber da hatte er noch nicht damit gerechnet, dass sein Begleiter Tom gerade hier am Flughafen Singapore einen Striptease hinlegen würde. Und das kam so: bei der Ein- und Ausreise mussten sie jeweils ihr Handgepäck durchleuchten lassen und selber durch den Ganzkörper-Scanner gehen. Der piepte bei Fatman Tom. Der Sicherheitsmann gab ihm zu verstehen, dass er seine Jacke ausziehen sollte. Das machte Tom, aber an der Scanner-Kontrolle piepte es wieder. Dann zog er das Hemd aus, es piepte. Gürtel ab, es piepte immer noch. Und bei der Andeutung des Hose Ausziehens, ließ er Tom dann durch. »Glücklicherweise, denn so ein halber Strip in Singapore: wer weiß, was der für Strafen bedeuten könnte? Womöglich eine halbe Auspeitschung …?« Sie hatten aber auch noch zusätzliches Glück. Denn ein anderer Tourist fand diese Szene mit Tom's Striptease so köstlich, dass er laut prustend los lachte. Dabei vergaß der dusselige Ami-Touri, dass er sein Kaugummi noch im Mund hatte. Das war an sich schon strafwürdig. Aber das Kaugummi beim Losprusten dann auch noch im hohen Bogen auf die geheiligten Singaporer Flughafen-Fliesen zu spucken, das war ein Skandal. Da interessierte plötzlich Tom's piepende Hose überhaupt nicht mehr. Der arme Kaugummi-Mann wurde rigoros überwältigt. Da ließen sich die Herren Flughafen-Polizisten nicht lange bitten und nahmen ihn erst mal fest. Die anderen einschließlich Tom und Danny wurden von ›Lotusblume‹ nach der Kontrolle wieder eingesammelt. Und die Stadtrundfahrt konnte beginnen. Als sich Tom später ein Taschentuch aus seiner Tasche kramte, stellte sich heraus, dass sich in der Innentasche seiner Jeans ein Parkcoin seines Friseurs befand. Der hatte den Nackt-Scanner zum Piepen gebracht. Na ja, das passte ja total gut in die Thematik dieses Romans, ›Textilfrei unter Straßenräubern‹ ….., hihihi. Der halbnackte Tom im piependen Nackt-Scanner auf dem Flughafen Singapore. Und nebenan wurde ein kaugummi-spotzender US-Tourist von uniformierten Singapurer Flughafen-›Straßenräubern‹ abgeführt. ›Textilfrei unter Straßenräubern‹, haha …

»Mann-Mann, Tom, den Coin zeigste aber bei der nächsten Durchleuchtungskontrolle besser freiwillig vor, was …?«

»Klar, Danny, ich will hier nur noch raus aus dem ›dampfenden Tropenhaus‹. Und dann aber ab vom Hof, Brisbane, wir kommen!«

Schnell telefonierte Tom mit seinem Smartphone noch mit Jacomoon in

Australien, um ihr die Ankunft in Brisbane mitzuteilen. Sie hatte ihnen vorher versprochen, sie vom Airport abzuholen, wenn es irgendwie möglich wäre. Während des Fluges beratschlagten sie, was sie sich alles in Australien anschauen wollten. Danny: »den Uluru auf jeden Fall, und vielleicht Alice Springs.« Tom wollte gerne nach Sydney, das Opera House, die Harbour Bridge und den Bondi Beach mal mit eigenen Augen sehen. »Hört sich gut an,« meinte Danny, »und wie ist es mit Tasmanien?« »Schaun wa ma,« grübelte Tom, »vielleicht in Verbindung mit Adelaide.« Danny ergänzte noch das Problem der Mobilität: »entweder werden wir in Brissie von Jacomoon abgeholt. Oder wir mieten uns direkt ein Auto am Airport.« Na ja, Pläne für den Monat in Aussie hatten sie mehr als genug. Ob sie das alles schaffen würden, war eine andere Frage. Erst mal gut ankommen. Und dann whuppdi, nur 5 Flugstunden später landeten sie endlich in Australien. Der Brisbane Airport lag 13 km nordöstlich der Stadt Brisbane im Bundesstaat Queensland. Der Flughafen war groß genug, um Passagierflugzeuge der größten Kategorie aufzunehmen. Die Terminals des Brisbane Airport besaßen mehrere Restaurants, Geldwechselschalter und Duty-free Shops. Zum Flughafen führt eine Autobahn, außerdem verkehrten Taxis, Busse und der Airtrain. Der Flughafen teilte sich dabei in zwei Terminals, wobei eins für internationale und das andere für nationale Flüge Verwendung fand. Tja, vielleicht würden sie den nationalen Airport noch mal brauchen können, wenn sie zum Uluru oder woanders hinfliegen würden. Aber die beiden hatten jetzt erst mal Glück, denn sie wurden von Jacomoon abgeholt. Sie wurden mit einer freudigen Begrüßung und herzlichen Umarmung willkommen geheißen. Und Jacomoon brachte sie mit ihrem Auto heim zu ihrem Mann Chris in Brisbane. Unterwegs überlegten sie, was sie in den nächsten Tagen zusammen unternehmen könnten. Sie hatte sich nämlich zu Ehren ihres Besuchs aus Old Germany ein paar Tage frei genommen. Sie schlug vor: »Hey, Leute, morgen können wir ein wenig Brissie besichtigen und danach an der Sunshine Coast am Strand chillen. Und am kommenden Wochenende könnten wir dann zusammen zur Gold Coast fahren. Dort haben wir ja ein Strandhaus in Pottsville, NSW, direkt am Meer.« »Oh ja, prima,« Danny und Tom waren begeistert. Aber jetzt fuhren sie erst mal mit Jacomoon zu ihr nach Hause, wo sie ihren Mann Chris trafen. Dort feierten die beiden das persönliche Kennenlernen mit dem deutsch-australischen Paar mit einigen erfrischenden »Little Creature Bright Ale, einem Bier aus Fremantle von der australischen Westküste.«* Denn es war am Nachmittag in Brissie mit 24 ° C doch noch überraschend schön warm: kurze Hosen und T-Shirt-Wetter allemal. Nach einem leckerem Snack für die beiden war es inzwischen später Abend geworden. Erst hatte sie der enorme Jetlag ziemlich aufgekratzt. Denn die Zeitverschiebung zwischen Düsseldorf und Brisbane betrug 9 Stunden. Aber inzwischen waren sie vom Reden, Trinken, Essen und vom vielen Reisen müde geworden. Von Jacomoon bekamen sie ihre Zimmer gezeigt. Endlich bequem liegen und ausstrecken. Als Danny dann am nächsten Morgen in seinem Bett aufwachte …<<

… war er überhaupt nicht erstaunt, sein gewohntes Bett in seinem Zimmer zu Hause in Hagen vorzufinden. Es war auch gar nicht heiß, nur normale mitteleuropäische September-Wärme. Er rieb sich die Augen und bemerkte, dass er alles nur geträumt hatte …

Tja, und bei Danny hatte es ja nun – zumindest bisher nicht – zu diesem letzten Abenteuer gereicht, nämlich die auf einmal mögliche Australien-Reise. So bereiste er den fünften Kontinent zumindest im Kopf, sprich: hier in diesem Roman. Unter Zuhilfenahme von Jacomoon aus Brisbane, seinem Facebook-Freund Fatman Tom aus Solingen, seiner Bekannten Anke von Fley aus Frankfurt und seinem heimischen Zeitzeugen und Australien-Vielreisenden Fritz aus Schwerte.

---

* *Anke von Fley & Martin Brütt – Durchs wilde Australien, Leipzig 2019, S. 38*

Epilog zu Zeiten von Greta Thunberg und Coronavirus

Was früher für Danny und Moni normal war, zweimal im Jahr irgendwohin zu fliegen, also im Winter in die Tropen und dann noch mal im September zu einer griechischen Insel, das hat sich inzwischen völlig verkehrt. Seit nunmehr 6 Jahren sind sie nicht mehr in den Urlaub geflogen. Der letzte Flug war der 2014 zur griechischen Dodekanes-Insel Karpathos und zurück.

Auszug aus dem damaligen Reise-Tagebuch ›Karpathos 2014‹: »Mein 170. Flug war der von Karpathos nach Düsseldorf. Wird es mein letzter Flug sein? Im Moment sind wir ziemlich Flugreise-müde ...!«

Tatsächlich haben sie seitdem urlaubsmäßig eher ihre heimischen deutschen Landstriche kennen gelernt, wie den Darß in Mecklenburg-Vorpommern, die ostfriesischen Inseln wie Langeoog, die Elbe in Brandenburg, das niedersächsische Wendland, Butjadingen an der deutschen Nordseeküste, die westfälischen Flüsse, Kanäle und Stauseen wie Lippe, Stever, Hullerner und Halterner Stausee und die sauerländischen Flüsse und Seen wie Ruhr, Lenne und Heve, den Möhnesee, Hengstey-See und Harkort-See ...

Greta Thunberg wird es freuen. Obwohl die schwedische Klima-Aktivistin ja erst 2003 geboren wurde und ihnen 2014 als 11-jährige sicherlich noch nicht ins Gewissen geredet hatte. Aber jetzt ruft sie, ihre aufgeklärte und aufmüpfige junge Generation zusammen mit allen Vernunftbegabten, die sich um das Erdklima kümmern, zu Recht dazu auf, unnütze Luxus-Flugreisen in den Urlaub zu vermeiden.

Danny und Moni sind voll auf ihrer Seite.

»Tja, liebe Greta. Dich wird freuen, dass ich seit 6 Jahren keine Flugreise mehr gemacht habe,« grübelte Danny, »aber andererseits würde es dich ärgern, wenn du erfahren solltest, dass ich in Erwägung zog, für ein letztes großes Reise-Abenteuer durch Australien noch mal zu fliegen ...!?«

Ja, das stand auf Dannys neuester Agenda, um dort im Aussieland vielleicht noch mal den letzten wilden Koala zu erleben.

»Aber andererseits,« gab sich Danny selber zu bedenken, »würde ich mit meinem Flug nach Australien womöglich dazu beitragen, dass es durch die Klima-Veränderung in Australien noch heißer und trockener würde, noch mehr Brände entstehen und damit auch der letzte wild lebende Koala getötet würde …!?«

Denn es gibt diesen wissenschaftlichen Begriff des CO_2-Kontos. Dabei werden nicht nur das Fliegen oder Autofahren, sondern auch der Fleischkonsum, das Heizen oder andere Kategorien berücksichtigt, die zum ökologischen Fußabdruck beitragen.

»Wer sich in den Flieger nach Australien setzt, flutet sein CO_2-Konto regelrecht. Fast elf Tonnen fallen für Hin- und Rückflug an – in etwa so viel, wie ein Bundesbürger im Durchschnitt über das ganze Jahr durch seinen Lebensstil zu verantworten hat. Und ohnehin ist das zuviel. Denn verhielte man sich klimaverträglich, dürften es maximal zwei Tonnen CO_2 sein, so der Richtwert des Weltklima-Rats IPCC. Mit einem Urlaub in Down Under hat man also schon über fünfmal mehr Emissionen zu verantworten, als es für das Klima auf der Erde über ein ganzes Jahr betrachtet pro Kopf noch in Ordnung ginge.«[*]

Danny hatte es also bis zu dieser Buchveröffentlichung nicht geschafft, nach Australien zu reisen. Genauso, wie es der deutsche Schauspieler Peter Sattmann in einem Zeitungs-Interview im November 2019 erklärte, genauso erging es jetzt Danny mit Australien. Sattmann wurde gefragt, was er denn noch an großen Abenteuern in seinem Leben vorhätte …? Seine Antwort war philosophisch, aber sehr gegenwartsbezogen: »Ich erlebe meine größten Abenteuer im Kopf.«[**]

Und dann fiel auch noch das Corona-Virus über uns Menschen ein: erst in China, dann in Italien, und im März 2020 war es auch über Deutschland gekommen, als es die ersten beiden Corona-Toten in NRW gab. Selbst vor unserer Stadt Hagen machte das Virus nicht halt: es gab mehrere Corona-Fälle, inklusive Schul- und Kindergarten-Schließungen.

Tja, letztens las Danny schon: »Reisende sollten NRW meiden.«

Denn NRW war mittlerweile schon die ›Lombardei von Deutschland‹ geworden. Dort in der norditalienischen Provinz durften Menschen in Zeiten von grassierenden Corona-Fällen weder rein noch raus.

---

[*]   *ACE-Lenkrad 03/2020, Stuttgart, S. 41*
[**] *Peter Sattmann, in Westfälische Rundschau Hagen, 07.11.2019*

Dazu dichtete Danny den Falco-Hit vom Kommissar um: »Draa di net um, das Corona-Vir geht um …, dum-dum, dum-dum.«

»Coronavirus legt das Land lahm. Betrieb von Freizeiteinrichtungen und Gastronomie untersagt. Grenzen geschlossen,«* hieß die Überschrift in der westfälischen Rundschau am 16.03.2020.

Eine Woche später, am 23.03.2020, hatte sich die Situation in Europa dermaßen verschärft, dass es in vielen Staaten eine Ausgangssperre für alle Bürger und Bürgerinnen gab, besonders in den stark betroffenen Ländern Italien, Spanien und Frankreich, aber auch in den deutschen Nachbarländern Österreich, Belgien und Dänemark. Dazu wurden fast alle Grenzen geschlossen. Für Deutschland beschloß die Bundesregierung zusammen mit fast allen Bundesländern eine Ausgangs-Beschränkung für ihre Landsleute für zunächst einmal 2 Wochen.

Aber bis dahin würde die Krise ja nicht ausgestanden sein. Danny meinte dazu: »Eigentlich bin ich ja eher Optimist, aber in diesem Fall Realist. Ich glaube, dass der Höhepunkt der Corona-Krise in Deutschland erst im Sommer, also etwa Juli sein wird. Denn genau das berichtete ein Sportskollege, der in seiner Firma Betriebsrat ist, über eine Ärztin bei einer Info-Versammlung noch vor der eigentlichen Corona-Krise. Wenn es anders käme, wäre es mir umso lieber. Was wir im Moment so erleben, ist eine totale Entschleunigung, also die Entdeckung der Langsamkeit. Und das ist genau mein Reden, wenn es immer nur heißt ›Wirtschafts-Wachstum-Wachstum-Wachstum‹ um jeden Preis, kauf jeden Scheiß, Hauptsache die Wirtschaft wächst. Anscheinend reagiert die Menschheit leider nur mit der Holzhammer-Methode …!?«

Corona entpuppte sich quasi als eine Selbstreinigung der menschlichen Entwicklung. Das unselige und von fast allen politischen Parteien dauernd geforderte wirtschaftliche Wachstum kam zum Innehalten. Für Danny erschien diese Wachstums-Schiene sowieso eher als Rückschritt denn Fortschritt. Durch wirtschaftliches Wachstum erlitt die Menschheit mehr gesundheitsgefährdenden Lärm, noch mehr Luftverschmutzung und Erhitzung des Erdklimas, was zum selbstzerstörerischen Klimawandel führte. Beispiel China: durch Corona und den dadurch entstandenen wirtschaftlichen Stillstand wurde die Luft über Peking so sauber wie lange nicht mehr. Sonst war meist

---

* ›Coronavirus legt das Land lahm‹ – in: westfälische Rundschau 16.03.2020

eine riesige gelbe Smog-Wolke über der chinesischen Hauptstadt zu sehen. Selbiges geschah in Italien und nach und nach in Rest-Europa: durch Corona wurde erst der Flugverkehr, dann der Normal-Verkehr und dadurch die gesamte Wirtschaftsleistung ausgebremst. Die Luft wurde besser.

Was alle Klima-Gipfel und empörte Aufrufe und Demos der Greta Thunbergs nicht schafften, durch den Corona-Virus gelangte die industrielle menschliche Gesellschaft zu einer Wiederentdeckung der Langsamkeit ...

Und noch gleich ein sehr interessantes Statement zur Corona-Krise mit ›Ich habe Zweifel‹ von Mathias Döpfner, dem Präsidenten des Bundesverbandes Deutscher Zeitungsverleger: »Krisen, das ist nichts Neues, sind oft die Katalysatoren des Fortschritts. Einige der größten Errungenschaften der Zivilisation sind nach Kriegen und Seuchen entstanden. Die Pest war – nach dem Medizinhistoriker Klaus Bergdolt – regelrecht die Voraussetzung für die Renaissance, eine der kulturell beflügelndsten und reichsten Phasen der Menschheitsgeschichte. Der Pest folgte großer Wohlstand und vor allem ein bis dahin nicht gekannter Individualismus. Egon Friedell fasste es so zusammen: »Das Konzeptionsjahr des Menschen der Neuzeit war das Jahr 1348, das Jahr des Schwarzen Todes.« Auf den Zweiten Weltkrieg folgte das deutsche Wirtschaftswunder. Nach der zweiten Ölkrise von 1978/80 begannen wir, verstärkt in erneuerbare Energien zu investieren.

Vielleicht ist eine nebensächliche, zivilisatorische Signatur des Coronavirus, dass wir zur Begrüßung keine Bussi-Rituale mehr haben werden. Ist das ein Verlust oder ein Geschenk? Vielleicht grüßen sich die Menschen dann so ähnlich wie in Thailand. Die eigenen Hände aneinanderlegen. Leichte Verbeugung. Lächeln. Das Lächeln wünsche ich mir wirklich. Vor allem in Deutschland. Es gibt kein Volk, das so wenig lacht wie die Deutschen. Vielleicht hinterlässt Corona uns ein Lächeln. Wenn es vorbei ist. Ein Lächeln der Dankbarkeit.« *

Trotz und nach Coruna werden wir das Leben mit viel Alltagsstress irgendwie meistern. Und wie die meisten von uns sicherlich die Corona-Krise lebend überstehen. Wenn es irgendwann überstanden sein wird, dann wird die Welt zwar nie mehr so sein, wie sie vorher war. Aber danach werden wir alle anders und gestärkt daraus hervor krabbeln.

---

*   *Mathias Döpfner – ›Ich habe Zweifel‹, aus: Die ZEIT vom 23.03.2020*

Aber Danny wird bestimmt nicht mehr in ferne Länder reisen. Denn Fernreisen in exotische Gebiete werden mega-out sein. Damit wird auch kein neues T-Shirt mehr den Weg ins Textil-Album finden ...

Literatur-Verzeichnis

1. Amerika: Bialas, Martina – ›Mit Mülltüten-Kleidung im Zirkuszelt gerockt‹, Dattelner Morgenpost 25.11.2019
Miller, Henry – Big Sur und die Orangen des Hieronymus Bosch, Reinbek 1975
Steinbeck, John – Die Straße der Ölsardinen, München 1970
Wolfe, Tom – Fegefeuer der Eitelkeiten, München 1988

2. Europa: De Cesco, Federica – Silbermuschel, Hamburg 1994, S. 258 f.
Kerouac, Jack – Unterwegs, Reinbek 1968 (›On the Road‹ im Original von 1957)
Robbins, Tom – PanAroma – Jitterbug Perfume, Hamburg 1985

3. Afrika: Kerouac, Jack – Engel, Kif und neue Länder, Reinbek 1971
Michel-Briefmarkenkatalog, Unterschleißheim bei München 2006
Poth, Chlodwig – Die Vereinigung von Körper und Geist mit Richards Hilfe, Frankfurt 1982
Schulze, Ralph – ›Zehntausende Touristen hängen fest‹, in Westf. Rundschau, 25.02.2020

4. Asien: Badische Zeitung vom 13.06.06
Fritz, Thomas (Internet-Artikel) – ›Islamisten auf der Insel: Warum der IS auf den Malediven erstarkt‹, 26.02.2016
Loose, Stefan – Thailand. Der Süden, S. 20, 1998
Schwarzenbach, Annemarie – Alle Wege sind offen, Basel 2000, S. 43 – 56
Wikipedia (12.03.2020) – Liste der Staatsoberhäupter Afghanistans

5. Australien & Südsee: Andersch, Alfred – Sansibar oder der letzte Grund, Olten 1957

Fley, Anke von & Brütt, Martin – Durchs wilde Australien, Leipzig 2019, S. 38, 116 + 184 ff.

Focus Online, 10.01.2020

Heyerdahl, Thor – Fatu Hiva. Zurück zur Natur, München 1974

Heyerdahl, Thor – Kon-Tiki. Ein Floß treibt über den Pazifik, Frankfurt 1976

Heyerdahl, Thor – Wege übers Meer. Völkerwanderungen in der Frühzeit, München 1978

Reich, Wilhelm – Der Einbruch der sexuellen Zwangsmoral, Frankfurt/M. 1975, S. 24

RP Online – Brisbane huldigt ›Mozart‹ Thomas Broich, 05.05.2014

Schloßer, Manfred – Anthropologie der Praxis, Datteln 1976, S. 96 – 98

Westfälische Rundschau Hagen – über Thomas Broich, 20.11.2019

Westf. Rundschau Hagen – ›Buschbrände töten bereits 2.000 Koalabären‹, 10.12.2019

Westfälische Rundschau Hagen – ›Singapore Airlines bietet Stopover‹, 11.01.2020

Abschließendes: ACE-Lenkrad 03/2020, Stuttgart, S. 41

›Coronavirus legt das Land lahm‹ – in Westf. Rundschau Hagen, 16.03.2020

Döpfner, Mathias – ›Ich habe Zweifel‹, aus: Die ZEIT vom 23.03.2020

Sattmann, Peter, in Westfälische Rundschau Hagen, 07.11.2019

Danke an alle

Ich möchte mich bei den vielen Menschen bedanken, die tat- und ratkräftig dabei mitgeholfen haben, diesen Roman fertig zu stellen:

– besonders meiner lieben Frau Petra. Sie gibt mir nicht nur den Freiraum, mich kreativ in meinen Romanen auszuleben, sondern unterstützt mich auch beim Diskutieren des Manuskripts. Dabei ist sie mir eine große Hilfe in Fragen der Grammatik, des Stils und der Logik. Sie hat mit dazu beigetragen, dass mein Schreibstil in den letzten Jahren eine positive Fortentwicklung bekommen hat.

– unserer Katze Lilli, unsere ›Fellnase‹ gibt uns mit vielem Schnurren und flauschigen Streicheleinheiten innere Ruhe und Behaglichkeit.

– meiner Schwester Rosemarie Schloßer, neben mir die letzte aus unserer Familie.

– meinem kalifornischen Freund David Chadd und meiner ehemaligen Kollegin Inge Schwickerath für die Erlaubnis, ein Foto aus dem Jahre 1986 für das Titel-Cover zu veröffentlichen. Inge fotografierte David und mich in Citrus Height.

– meinem Dattelner Freund Norbert Hiller für die Erlaubnis, ein Foto aus dem Jahre 1976 für das Titel-Cover zu veröffentlichen. Er fotografierte mich in Holland.

– meiner Hagener Freundin Almuth Franz, die jetzt in Petershagen bei Berlin wohnt. Sie fotografierte mich 1990 auf dem Bike in Goa.

– meinem Schulfreund Franz-Josef, den Facebook-Freunden Jacqueline aus Brisbane, ihrem Mann Christian und Thomas Frohnert aus Solingen für die ›Australienreise-Erinnerungen‹.

– außerdem auch bei Frau Melanie Engel, mit der ich zum elften Mal zusammen einen Roman bei meinem Verlag Books on Demand veröffentliche. Sie wirkt mit bei der Herstellung & Autorenservices, Team Buchdesign & Lektorat, und ohne ihre engagierte Mitarbeit wäre mein dreizehnter Roman optisch nie so schön gestaltet worden.

Allen Teilnehmern/Innen an den inzwischen zwanzig Lesungen, die ich in den letzten zwölf Jahren gehalten habe, und natürlich auch allen Leser/Innen und Käufer/Innen meiner ersten zwölf Romane ›Straßnroibas‹, ›Spätzünder, Spaßvögel & Sportskanonen‹, ›Keine Leiche, keine Kohle …‹, ›Der Junge, der eine Katze wurde …‹, ›Leidenschaft im Briefkuvert‹, ›Zeitmaschine – STOPP!‹, ›Das Geheimnis um YOG‹TZE‹, ›Wer andren eine Feder schenkt‹, ›Das Ekel von Horstel‹, ›Die sieben Jahreszeiten der Musik‹, ›Es geht eine Leiche auf Reisen‹ und ›Die sieben Leben eines Fußball-Fans‹, die mich dadurch ermunterten, fleißig weiter zu schreiben.

Die bisherigen 12 veröffentlichten Romane
von Manfred Schloßer

Straßnroibas, Liebe –Länder –Leidenschaften

… ein autobiographischer Roman über Manfred Schloßers Alterego Danny
Kowalski, der genauso wie er während der letzten 3 ½ Jahrzehnte durch
die Kontinente gereist ist und dabei allerlei interessante und aufregende
Abenteuer erlebte, die mit fremden Kulturen, der jeweiligen Zeitgeschichte,
lustigen Dödelkes und prickelnder Erotik gewürzt wurden.
»Der afghanische Soldat hielt mir seine geladene Kalaschnikow gegen die Brust
und herrschte mich an: »Verschwinde!«, worauf ich mich schleunigst und bereitwillig in die Wüste am östlichen Stadtrand von Herat verkrümelte … «
Dieser 2007 veröffentlichte Roman hat 408 Seiten, 17 farbige Illustrationen
und ist im Buchhandel bereits vergriffen.

Spätzünder, Spaßvögel & Sportskanonen
Vom ersten Kuss bis zur Traumfrau: meine Jugend hat spät begonnen …
… ist die Geschichte von Danny Kowalski, der auszog, das Leben und die
Liebe zu lernen. Als Spaßvogel und ›Sportskanone‹ war er ein Frühstarter,
aber in der Liebe ein Spätzünder. Sein zweiter Roman von 2009 hat 368
Seiten, ist unter der ISBN-Nr. 978-3837032697 veröffentlicht und im Buchhandel oder im Internet zu beziehen.

Keine Leiche, keine Kohle …
… ist ein Ruhrgebiets-Krimi, wobei der verschwundene Tommy Gölzen-
leuchtner gesucht wird. Die Hagener Kripo um Bandura und Julia Finken-
siep rätselt, ob er tot oder gar ermordet worden ist? Danny Kowalski sucht
jedenfalls im Auftrag für seine Versicherung den Verschwundenen und jagt
so einem Phantom durch drei Kontinente und über zwei Jahrzehnte hinterher: diese Jagd führte ihn in Städte wie San Francisco, New Orleans, Taipeh
und Bangkok oder Khao Lak.

Sein dritter Roman von 2011 hat die ISBN-Nr. 978 – 3 – 8423 – 2009 – 3, ist mit 9 Farbfotos verschönert, hat 150 Seiten und kostet 9,95 €.

Der Junge, der eine Katze wurde ...

In diesem abgefahrenen Roman nimmt der junge Danny Kowalski Ende der 1960er Jahre in Domburg einen LSD-Trip, von dem er nicht mehr runter kommt. Die Handlung führt den Leser in einer abenteuerlichen Odyssee durch Süd-Holland, durch das Amsterdam der Hippies, durch die Wälder des Niederrheins und entlang der Flüsse und Kanäle Westfalens, in deren Verlauf Danny sich in eine Katze verwandelt. Sein vierter Roman von 2012 hat die ISBN-Nr. 978 – 3 – 8448 – 2827 –6, ist mit 10 Illustrationen verschönert, hat 132 Seiten und kostet 8,95 €.

Leidenschaft im Briefkuvert

... ist eine spannende Romanze mit historischem Hintergrund. Die Geschichte beginnt während des ›kalten Krieges‹ in den 1960er Jahren, als eine Ost-West-Brieffreundschaft die Gefühle der Beteiligten in Wallung brachte: »... aber sie konnten zueinander nicht kommen...!« Sein fünfter Roman von 2013 hat die ISBN-Nr. 978 – 3 – 8482 – 3785 – 2, ist mit 18 Illustrationen verschönert, hat 152 Seiten und kostet 9,90 €.

Zeitmaschine – STOPP!

In seinem Öko-Science-Fiction entführt uns der Autor Manfred Schloßer in die historische Zeitkultur der 1960er und 70er Jahre. Seine beiden Protagonisten Danny Kowalski und sein griechischer Freund Alexis machen sich mit ihrer Zeitmaschine auf der Suche nach Jim Morrison und den Doors. Da die altertümliche Höllenmaschine sich als leicht defekt herausstellt, landen sie zwar erst in unserer Vergangenheit des letzten Jahrhunderts, stolpern aber immer wieder haarscharf an ihren anvisierten Zielen vorbei. Sein 6. Roman wurde 2014 veröffentlicht, hat die ISBN-Nr. 978 – 3 – 7357 – 7338 – 8, ist mit 17 Illustrationen verschönert, hat 108 Seiten und kostet 7,95 €.

Das Geheimnis um YOG‹TZE

In diesem Kriminalroman klären die Protagonisten Kommissar Danny Kowalski und Kollegin Fanny Bevenbreucker einen 30 Jahre alten historischen Kriminalfall von 1984 auf. Ein Krimi muss nicht immer todernst sein, weshalb der Autor Manfred Schloßer oft humoristisch und augenzwinkernd unterwegs ist.
Sein siebter Roman wurde 2015 veröffentlicht, hat die ISBN-Nr. 978 – 3 –7386 – 7530 –6, ist mit 14 Illustrationen verschönert, hat 120 Seiten, kostet 7,99 €, ist aber nicht mehr zu bekommen.

Wer andren eine Feder schenkt

In seinem 8. Roman taucht der Autor Manfred Schloßer tief in die 1970er Jahre ein, denn es geht um ›Eine Freundschaft seit der Hippie-Zeit‹. Eine Männerfreundschaft mit seinem ewigen Freund Harry, die 1974 begann und auch heute noch – über 40 Jahre später – währt. Dabei erleben die beiden so allerlei und vertiefen sich anschließend in Gespräche über Liebe, Lachen, Nächte. Und es wird wieder mal eine geballte Ladung an Sex, Drugs und Rock‹n Roll geboten.
Dieser achte Roman aus der Danny-Kowalski-Reihe von Manfred Schloßer wurde 2016 veröffentlicht, hat die ISBN-Nr. 978 – 3 – 7412 – 1512 – 4, ist mit 18 Illustrationen verschönert, hat 188 Seiten und kostet 7,99 €.

Das Ekel von Horstel

In seinem 9. Roman ›Das Ekel von Horstel‹ klären Kommissar Danny Kowalski und seine junge flippige Kollegin Fanny Bevenbreucker eine alte Mord-Serie aus Horstel und Berlin von 2003, 2005 und 2007 auf. Er sucht aus seinem Keller-Büro bei der Hagener Kripo im Sonder-Dezernat ›Z‹ für unaufgeklärte Mordfälle zwei Mörder oder gar einen Auftragsmörder.
Dieser neunte Roman aus der Danny-Kowalski-Reihe von Manfred Schloßer wurde 2017 veröffentlicht, hat die ISBN-Nr. 978 3743 1709 40, ist mit 12 Illustrationen verschönert, hat 180 Seiten und kostet 7,99 €.

Die sieben Jahreszeiten der Musik

In seinem zehnten Roman ›Die sieben Jahreszeiten der Musik‹ kommt sein literarisches Alterego Danny Kowalski wieder groß raus. Autor Manfred Schloßer führt im 10. Teil der Danny-Kowalski-Reihe humorvoll durch ein musikalisches Kaleidoskop voller prickelnder Erotik und Abenteuerlust. Eine ganze Generation wird bedient, und der Zeitgeist der 60er, 70er und 80er Jahre wird wieder erweckt. Dabei werden die besonderen Gefühle bei besonderen Momenten im Leben beleuchtet, wie der erste Kuss, die erste Liebe oder der erste Sex …
… und was dabei für eine Musik im Hintergrund lief.
Der 10. Roman von Manfred Schloßer ›Die sieben Jahreszeiten der Musik‹ aus dem Jahr 2017 ist unter der ISBN-Nr. 978-3-7460-5129-1 veröffentlicht worden, hat 224 Seiten, ist mit 28 Fotos verschönert und kostet 8,99 €.

Es geht eine Leiche auf Reisen

In seinem elften Roman ›Es geht eine Leiche auf Reisen‹ klären Kommissar Danny Kowalski und seine Kollegin Fanny Bevenbreucker den Fall der 2015 in Hagen gefundenen skelettierten Leiche aus Dülmen auf. Erneut eine Story aus dem Genre True Crime. Wenn der Tod der jungen Frau nicht so eine ernste Angelegenheit wäre, könnte man fast von einer Kriminalkomödie sprechen.
Der 11. Roman von Manfred Schloßer ›Es geht eine Leiche auf Reisen‹ aus dem Jahr 2018 ist unter der ISBN-Nr. 978-3-7528-0930-5 veröffentlicht worden, hat 124 Seiten, ist mit 11 Fotos verschönert und kostet 7,99 €.

Die sieben Leben eines Fußball-Fans

Sein 12. Roman ist gleichzeitig eine Ode an Freundschaft, Treue und unge-
zügelte Spielleidenschaft des jungen Fußballers und Fans Danny Kowalski.
Aber auch an die Liebe, Zärtlichkeit und Erotik, wenn es um die sechs
Gründe außer Sex geht, keinen Fußball zu gucken. So ist für Frauen wie für
Männer in diesem Roman was dabei.
Der Autor schwelgt in einem Kaleidoskop aus den Bereichen des Fuß-
ball-Schwärmlings und Ball-Lehrlings, dann als Spieler, Tisch-Kicker,
immer als Fan, Sammler und Dokumentartor, leider auch öfters mal als
Fußball-Verletzter, später als Tipper und schließlich als ›Fachmann‹ und
Diskussionspartner …

Der 12. Roman von Manfred Schloßer aus dem Sommer 2019 ist unter der
ISBN-Nr. 978-3-7494-7368-7 veröffentlicht worden, hat 204 Seiten, ist mit 18
Fotos verschönert und kostet 10,-- €.

Ökologisches Prinzip.
*Mein Verlag Books on Demand druckt nur auf direkte Nachfrage. D.h.: jedes
Buch ist gewollt. Deshalb gibt es keine Halden und keine Lager voller unge-
wollter und ungenutzter Bücher. Das ist ein klares ökologisches Zeichen an
den Umweltschutz: kein Baum wird unnötig gefällt …!*